Karen Harrington

Briefe an mein verrücktes Leben

Aus dem Amerikanischen
von Catrin Frischer

cbj

Bei diesem Buch wurden die durch das verwendete Material und die Produktion entstandenen CO_2-Emissionen ausgeglichen, indem der cbj Verlag ein Projekt zur Aufforstung in Brasilien unterstützt.
Weitere Informationen zu dem Projekt unter:
www.ClimatePartner.com/14044-1912-1001

MIX
Papier aus verantwortungsvollen Quellen
FSC® C083411
www.fsc.org

Penguin Random House
Verlagsgruppe FSC® N001967

Wir produzieren Klimaneutral
ClimatePartner.com/14044-1912-1001
Druckprodukt

1. Auflage 2021

Die amerikanische Originalausgabe erschien 2013 unter dem Titel:
»Sure Signs of Crazy« bei Little, Brown and Company,
einem Imprint der Verlagsgruppe Hachette, Inc., New York.

Aus dem Amerikanischen von Catrin Frischer
Umschlaggestaltung: Suse Kopp, Hamburg,
unter Verwendung eines Fotos von © Plainpicture/Donatella Loi
KH · Herstellung: UK
Satz: Uhl + Massopust, Aalen
Druck: CPI books GmbH, Leck
ISBN 978-3-570-15945-3
Printed in the Czech Republic

www.cbj-verlag.de

Für die außergewöhnliche Gigi
und die außergewöhnliche Lauren

1. Kapitel

Einer wie mir bist du noch nie begegnet – wenn du nicht gerade Leute kennst, die überlebt haben, obwohl ihre Mutter sie ertränken wollte, und die jetzt mit einem Alkoholiker-Vater zusammenleben.
Sollte es doch noch mehr solcher Leute geben, dann will ich sie kennenlernen, pronto. Pronto *ist zurzeit mein Lieblingswort, das sagen sie im Krimi, wenn der Ermittler ganz schnell Informationen haben will. Von solchen Leuten könnte ich eine Menge lernen, ganz besonders, wenn sie älter sind als ich, und ich bin fast zwölf. So, wie die Dinge im Moment stehen, muss ich mir das Meiste allein beibringen.*

Das habe ich in mein *echtes* Tagebuch geschrieben. Laut sagen könnte ich es nie. Niemals.

Falls es dich interessiert, ich habe ein echtes Tagebuch und ein unechtes. Das unechte Tagebuch ist zur Tarnung, es ist eine Attrappe, etwas, das ich direkt vor der Nase von allen Leuten verstecke. Wenn es jemand findet und liest, hält er mich für normal und geht seiner Wege. Ich stelle mir einfach nur vor, dass ein Erwachsener liest, was ich reinschreibe, zum Beispiel so was wie das hier:

War das ein toller Tag heute. Ich habe eine Eins in Mathe gekriegt und eine neue Freundin gefunden. Sie heißt Denise und beim Rechnen summt sie vor sich hin.

Das echte Tagebuch ist nur für mich. Ganz vertraulich und ehrlich. In letzter Zeit habe ich über Probleme geschrieben, über die ich mir klarzuwerden versuche. Das habe ich geschrieben:

Wir haben noch zwei Wochen Schule. Sobald die Schulglocke zum letzten Mal läutet, habe ich zwei riesige Probleme.
Problem 1: Mein Sommer wird langweilig, weil ich ihn im Haus meiner Großeltern verbringen muss. Und da ist es langweilig.
Problem 2: In drei Monaten komme ich in die siebte Klasse und werde das gleiche schreckliche Familienstammbaum-Projekt durchziehen müssen wie Lisas Schwester dieses Jahr. In der

Schule wird dann jeder über meine Mutter Bescheid wissen.
Problem 1 kann ich vielleicht ändern, aber Problem 2 ist auf tragische Weise unlösbar.
Ich habe keine Ahnung, wie ich um das Projekt herumkommen könnte, es sei denn, ich ziehe weg und gehe auf eine andere Schule. Ich muss genauer untersuchen, ob das möglich ist.

Es ist ein kleines bisschen schwierig, zwei Tagebücher zu führen, doch es ist notwendig. Ich muss Tatsachen, Hinweise und Wörterlisten da verwahren, wo sie niemand außer mir sehen kann. Auf Wörter reagiert nicht jeder Mensch gleich. Manche Wörter haben eine beunruhigende Wirkung. So ein beunruhigendes Wort – oder Problemwort – kann den Gesichtsausdruck des Menschen verändern, zu dem man es sagt. *Liebe* kann für einige Menschen ein beunruhigendes Wort sein. *Verrückt* ist auch so ein Problemwort.

Ich weiß, wovon ich rede.

Einmal – wir waren gerade erst nach Garland gezogen, in unser hässliches braunes gemietetes Haus im Yale Court – ist mein Dad so ausgerastet, dass ich dachte, er wollte auf was einschlagen, weil ich das Wort *verrückt* benutzt habe, um meine Mutter zu beschreiben. Grund dafür war der Berufsinformationstag in der Schule gewesen. Dad hatte mich gefragt, ob ich schon wusste, was ich mal werden will. Ehrlich gesagt, ich überlegte noch, weil ich erst mal abwarten wollte, ob ich auch verrückt werden würde, so wie sie.

Also hab ich zu Dad gesagt: »Wollen wir nicht erst mal sehen, ob ich das Verrücktsein geerbt habe, ehe ich mich für einen Beruf entscheide?« Ich weiß nicht, warum ich das laut gesagt habe. Normalerweise gehe ich vorsichtig mit Worten um.

Dad wirkte so verletzt, dass ich sofort den Raum verlassen wollte. Aber weil er mir den einzig möglichen Weg aus unserer U-förmigen Küche versperrte, konnte ich nirgendwo hin. Mein Plan B war, in einen Küchenschrank zu klettern und mich zu verstecken. Das sagt schon einiges, wenn man bedenkt, dass Küchenschränke in gemieteten Häusern das Ekligste sind, das man je gesehen hat. Sollte es eine Liste mit den ekligsten Orten der Erde geben, dann stehen diese Schränke bestimmt drauf.

»Tut mir leid«, sagte ich.

Er holte tief Luft und antwortete: »Nein, du wirst nicht verrückt, und bitte benutze dieses Wort NIE wieder, um sie zu beschreiben, kleines Fräulein!« Ich konnte nichts dagegen einwenden, weil ich Angst hatte. Ich wünschte, ich hätte Mumm genug gehabt, ihm zu sagen, dass ich *verrückt* im Wörterbuch nachgeschlagen hatte.

Ich wusste, dass ich das richtige Wort gewählt hatte.

verrückt
Adjektiv
1. krankhaft wirr im Denken
2. auf absonderliche, auffällige Weise ungewöhnlich
3. wahnsinnig

Ich setzte *verrückt* auf meine Liste der Problemwörter.

Das echte Tagebuch verstecke ich zwischen zwei zusammengefalteten Handtüchern unter meinem Waschbecken, die Attrappe lasse ich offen auf meinem Nachttisch liegen. Sie hat ein glänzendes goldenes Schloss, um den Anschein zu erwecken, dahinter würden sich wichtige Worte verbergen.

2. Kapitel

Ich war erst zwei, da ließ meine Mutter die Küchenspüle mit Wasser volllaufen und versuchte, mich darin zu ertränken. Manchmal fühlt es sich so an, als wäre sie die Mutter irgendeiner Familie auf der anderen Straßenseite gewesen, eine, über die wir was in den Nachrichten gehört und gedacht hätten: *Oh, echt schlimm für die arme Familie.* Die Therapeuten, zu denen mein Dad mich mal geschickt hat, haben ihre Zeit damit verbracht, entweder Einzelheiten über das, was sie »den Vorfall« nannten, aus mir rauszuholen oder mir diese in den Kopf zu setzen.

Einer dieser Therapeuten, Dr. Madrigal, war so sicher, dass ich irgendwas von diesem Tag in Erinnerung hatte, dass er mich andauernd fragte, ob ich Wasser-Albträume hätte oder mich vor Wasser fürchten würde. Nein, tu ich nicht. Aber, unter uns, wenn ich noch viel länger zu ihm gegangen wäre, hätte ich bestimmt Angst vorm Schwimmen entwickelt.

Also, obwohl ich ihre Tochter bin und sie versucht

hat mich umzubringen, kenne ich die Geschichte nur so, wie sie schwarz auf weiß zu lesen ist. In gewisser Weise bin ich so was wie eine Ermittlerin. Viele der Details sind jedem Menschen mit Computer zugänglich. Aber ich habe Angst, zu Hause irgendwas nachzusehen, deshalb habe ich meine Nachforschungen in der Bibliothek angestellt und die Suchbegriffe *Jane Nelson Prozess* verwendet.

Jane Nelson ist meine Mutter.

Wenn man das in die Suche eingibt, sagt Google, dass es etwa 812000 Ergebnisse gibt. So berühmt ist Jane Nelsons Fall im Internet. Als Erstes kann man ihre Wikipedia-Seite anklicken und sich mit den schlichten Fakten vertraut machen. Jane Nelson wurde in Texas geboren. Ihre Mutter kam ums Leben, als sie neun war. Ihr Vater hat sie aufgezogen. Sie machte eine Ausbildung zur Krankenpflegerin. Wurde mit einunddreißig Mutter. Einweisung in die Psychiatrie mit fünfunddreißig.

Man kann auch Artikel über ihren Prozess anklicken und wird dabei auf Details stoßen, von denen man wünscht, sie wären nicht wahr, wie etwa:

JANE NELSON DREHTE DEN WASSERHAHN AUF, NACHDEM IHR EHEMANN TOM NELSON ZUR ARBEIT GEGANGEN WAR.

Zuerst hat sie mich unter Wasser gedrückt. Dann Simon, meinen älteren Bruder. Er ist mein Zwilling, er ist dreieinhalb Minuten vor mir zur Welt gekommen. Ein UPS-Zusteller klopfte an die Tür und traf meine Mutter triefend nass an. Sie bat ihn, den Rettungsdienst anzurufen. Im Rest des Artikels geht es nur noch um die Gerichtsverfahren und wer recht und unrecht hatte und darum zu beweisen, dass sie verrückt war.

Ich blicke nicht wirklich durch bei den Prozessen. Und ja, ich meine Prozesse.

Es waren zwei.

Zuerst der von meiner Mutter, der dazu führte, dass sie für verrückt erklärt und auf unbestimmte Zeit in eine psychiatrische Einrichtung hier in Texas eingewiesen wurde. Und dann der von meinem Dad, weil es ihm nicht gelungen war, uns zu beschützen. Verlangt nicht von mir, das zu erklären. Er war doch bei der Arbeit, als meine Mutter kriminell wurde, und selbstverständlich hätte er uns beschützt. Trotzdem haben die Zeitungen nichts Nettes über ihn geschrieben, nicht mal, nachdem er für nicht schuldig erklärt worden war.

Das Einzige, das ich mit Sicherheit weiß, ist, dass Simon nicht so viel Glück gehabt hat wie ich. Er liegt tot in einem kleinen Grab in Houston, und ich bin in diesem hässlichen braunen Haus in Garland zusammen mit einem blanken rosa Handy, das den »Crazy Frog«-Klingelton von sich gibt, darum weiß ich, dass Lisa anruft.

Ich lege mein Tagebuch beiseite.

»Hey.«

»Hast du's gesehen?«

»Was denn?«

»Emma Rodriguez ist offiziell in einer Beziehung.«

Übrigens, Lisa ist besessen von Beziehungen.

»Mit wem?«, frage ich.

»Guck's dir an und ruf zurück.«

»Jetzt sag's mir schon.«

»Guck's dir an!«

Als sie auflegt, umwabert mich eine Wolke aus Verärgerung.

So macht sie das immer. Sie ködert einen mit Informationen. Es wäre so schön, wenn ich mit ihr über was Richtiges reden könnte.

Über Simon zum Beispiel.

Dr. Madrigal hat gesagt, ich soll versuchen, meine Gefühle mit Gleichaltrigen zu teilen. Aber was weiß der schon? Er hat mich immer wieder daran erinnert, dass ich keine Schuld habe an den Verbrechen meiner Mutter. Na toll, das habe ich schon selbst rausgefunden, vielen Dank auch. Meine Mutter hat mich nicht so gekannt, wie ein Mensch einen anderen *so richtig* kennt. Sie war krank und ich erst zwei. Man könnte meinen, das würde keine Rolle mehr spielen, weil es schon vor so langer Zeit passiert ist, aber das ist nicht so. Reporter erinnern die Leute immer wieder gern an diesen Vorfall.

Fast immer, wenn es eine Meldung über eine Frau gibt, die ihr Kind getötet hat, gibt es irgendeinen Verweis auf meine Mutter. So berühmt ist ihre Geschichte.

Ihr werdet also verstehen, warum ich so einen Horror vor der siebten Klasse habe. Es ist einfach unmöglich, mir vorzustellen, ein Stammbaum-Projekt mit Namen, Fakten, Schaubildern und wichtigen Ereignissen in der Familiengeschichte vorzustellen und die Frage zu beantworten, was denn »die interessanteste Verbindung zwischen den Generationen« ist.

Lisas Schwester hat das Projekt letztes Jahr gemacht, und Lisa hat von nichts anderem geredet – abgesehen davon, dass sie das Projekt ihrer Schwester klauen und selbst keinen Finger krumm machen würde – als von ihrer Großmutter, die mal am Broadway gesungen hatte. Lisa hat gesagt, darum werde sie auch die Hauptrolle im Musical *Guys and Dolls* kriegen, und die hat sie dann tatsächlich bekommen, deshalb konnte ich ihr nicht mal den Wind aus den Segeln nehmen.

Natürlich könnte ich lügen und eine komplett neue Familie mit wunderbaren Eigenschaften wie einer Begabung für Holzarbeiten erfinden. Ich könnte sagen: *Oh, meine Familie hat Bücherregale für George Washington gemacht, und seht euch mal den Bleistift an, den ich gerade geschnitzt habe.*

Aber dann wäre ich immer noch nicht all diese Angeberinnen wie Lisa los, die es gut haben. Außerdem läuft mein Hals rot an, wenn ich lüge. Wenn ich mein Projekt vor dieser Modepuppe Angela Nee vortragen muss, passiert das ganz bestimmt. In der Schulzeitungs-AG arbeiten Angela und ich Seite an Seite, aber das ist wohl das Einzige, das wir je zusammen machen werden.

Angela Nee: groß, grüne Augen. Perfektes glänzend schwarzes Haar. Wird oft für ein Modell gehalten. Meldet sich im Unterricht und gibt immer die richtige Antwort.

Sarah Nelson: klein, braune Augen. Braune Haare, die dringend einen Haarschnitt brauchen. Wird oft für eine Fünftklässlerin gehalten. Muss aufgerufen werden, wenn sie eine Antwort geben soll.

Eine Siebtklässlerin mit einem Familienstammbaum-Projekt, das aller Welt verrät, dass ein Verrücktheitsgen in meiner Familie vorkommt, will ich vielleicht nicht sein. Aber würde ich gern etwas mehr über meine Mutter wissen? Ja, das würde ich. Ich hätte gern Informationen über sie und die würde ich ganz für mich behalten. Dass wir beide ein Händchen für Pflanzen haben oder so. Vielleicht haben wir ja beide einen grünen Daumen und können Pflanzen mühelos zum Blühen bringen.

3. Kapitel

Wie sich herausstellt, ist Emma Rodriguez in einer Beziehung mit Jimmy Leighton. Lisa hat mich nur ärgern wollen. Sie weiß, dass ich Jimmy mag. Was soll's.

Nachdem ich was über Problem 1 und 2 in mein Tagebuch geschrieben habe, zähle ich die Tage bis zu den Sommerferien. Noch dreizehn Tage sechste Klasse, das Wochenende eingeschlossen. Sobald die Schule zu Ende ist, fährt Lisa ins Ferienlager, hat also keinen Zweck mehr, »meine Gefühle mit ihr zu teilen«.

Deshalb notiere ich, dass ich einen Informanten brauche, das Wort habe ich neulich Abend im Wörterbuch gefunden.

Informant, der
Substantiv, maskulin
jemand, der (geheime) Informationen liefert

Falls es dich interessiert, mein Wörterbuch ist ganz abgegriffen. Ich habe Lieblingswörter blau markiert.

Dad hasst es, wenn ich in Bücher schreibe, aber ich liebe nun mal Wörter aller Art, also muss ich das tun.

Eigentlich sollte Dad mein Hauptinformant sein. Aber ein Informant muss reden, und er redet über nichts anderes als über das, was er einkaufen muss.

Mit meinem Dad läuft ein Gespräch zum Beispiel so ab:

»Ist noch Milch da? Und Cornflakes? Wie wär's, wenn ich am Samstag Pfannkuchen brate?«

Zu diesen Gesprächen muss man nicht wirklich selbst etwas beisteuern. *Echte* Informationen muss ich ihm mühsam aus der Nase ziehen. Er ist wie hartes, tiefgefrorenes Speiseeis und ich wie ein mickriges Löffelchen. Und das habe ich daraus gelernt: Für all die harte Arbeit, die man reinsteckt, gibt's kaum Eis – und am Ende ist der Löffel verbogen.

Wie immer muss ich mir alles selbst zusammenreimen und mir sämtliche Fragen beantworten, die mein Gehirn produziert. Um es klar auszudrücken, ich bin auf der Suche nach Anzeichen dafür, dass ich verrückt werde. Je mehr Informationen ich sammeln kann, desto besser kann ich mich gegen die Welt zur Wehr setzen, gegen mein eigenes Gehirn, das vielleicht so ist wie ihres – oder auch nicht.

Bis jetzt habe ich erst einen Beschluss gefasst, wie ich mein Problem mit der siebten Klasse lösen kann. Ich bleibe dran, wie sie im Krimi sagen. Ich werde selbst nach Hinweisen Ausschau halten. Ich beschließe, die Namen von allen Leuten aufzuschreiben, die mehr über meine Mutter wissen als ich. Sie könnten meine Quellen sein. Dad, meine Großeltern. Und natürlich meine Mutter selbst. Wenn ich genug Informationen habe, werde ich wissen, was zu tun ist.

Unter den Namen von meinem Dad setze ich die Anmerkung, dass er nicht immer die Wahrheit sagt.

1. *Unzuverlässige Quelle*
2. *Erzählt Leuten, er wäre Witwer*

Als Nächstes kommen meine Großeltern dran. Ich schreibe ihre Namen auf eine neue Seite und mache ein paar Notizen über die Hinweise, die sie liefern könnten.

1. *Abgesehen von Dad sind sie die einzigen mir bekannten Menschen, die meine Mutter vor dem »Vorfall« gekannt haben.*
2. *Meine Großmutter hat sie mal Bohemienne genannt.*

Bohemienne, die
Substantiv, feminin
eine Person, wie etwa eine Künstlerin oder Schriftstellerin, die konventionelle Regeln und Verhaltensweisen nicht beachtet

Ihrem Ton nach war das kein Kompliment, sondern ungefähr so, als würde ich zu Lisa »Steht dir« sagen, wenn ihre Klamotten eindeutig eine Katastrophe sind.

Auf eine andere Tagebuchseite schreibe ich den Namen meiner Mutter. Lange starre ich darauf.

Jane Nelson.

Die Seite bleibt leer.

Ich wünschte, ich könnte einfach zu ihr hingehen und sie fragen (so wie mein Englischlehrer das immer macht): »*Bitte erzähle mit deinen eigenen Worten, was an dem Tag passiert ist, an dem du versucht hast, mich umzubringen.*« Aber das kann ich nicht. Ich klappe mein Tagebuch zu und lege es zurück in sein Versteck zwischen den Handtüchern. Dann schaue ich in den Spiegel, bis meine Augen die eines Menschen sind, der ruhig und furchtlos ist. Ich sage zu mir: *In deinen eigenen Worten … erzähl mir, was passiert ist. Bevor du antwortest, muss ich dir sagen, dass ich dir nichts übel nehmen werde. Ich führe nur eine Befragung durch. Deine Mitarbeit weiß ich zu schätzen.*

Diese Zeilen übe ich vor Pflanze ein, die, wie du sicher weißt, wenn du mein echtes Tagebuch gelesen hast, meine beste Freundin ist. Es gibt nur zwei Dinge, die wir in jedes gemietete Haus mitgenommen haben: Pflanze und die Kiste »Verschiedenes«. Ich trage Pflanze immer in das neue Haus, Dad stellt die Kiste »Verschiedenes« in der Garage ab. Wenn ich ihn frage, was es mit der Kiste auf sich hat, sagt er: »›Verschiedenes‹ ist all das Zeug, von dem man erst weiß, dass man es braucht, wenn man es sieht.«

An den meisten Tagen, an denen ich Pflanze gieße,

kann ich ihr ein neues Problemwort nennen. Diese Worte sind alle gründlich mit ihrer Erde vermischt. Wenn Geheimnisse Samen wären, könnten Blätter an ihr sprießen, die mich rot vor Scham werden lassen würden.

Und was würde ich machen, wenn sie dann blüht und der ganzen Welt meine Geheimnisse zeigt? Wahrscheinlich lügen und sagen: »Ach, die war schon da, als wir eingezogen sind. Das sind die Geheimnisse von einem ganz anderen Mädchen.«

4. Kapitel

Pflanze ist ganz meiner Meinung. Wir werden mit unserer Untersuchung beginnen, sobald die Ferien anfangen. Und jetzt durchleide ich erst mal einen heißen Samstagnachmittag in dem Wissen, dass Jimmy Leighton in einer Beziehung ist.

Ich hasse diesen Tag ganz offiziell.

Nun ja, das Wort hassen versuche ich zu vermeiden. Einer der Gründe, warum ich gern *Westlich von Santa Fé* im Fernsehen sehe, ist, dass der Cowboy Lucas McCain immer Sachen sagt wie: »Hassen ist ein zu starkes Wort, wenn man sich mit jemandem einfach nur nicht einig ist.«

Aber der Tag vor dem zwölften Geburtstag sollte ein schöner Tag sein, an dem man ins Einkaufszentrum gefahren wird, damit man sich sein Geburtstagsgeschenk aussuchen kann.

Nun ja, diesen Plan hat Dad ruiniert, als er beschlossen hat, mit Jim Beam abzuhängen und sich zu betrinken. Das ist nicht ungewöhnlich. Wenn er nüchtern ist, will er alles kontrollieren wie der Geheimdienst. Aber nach ein paar Gläsern bin ich ganz auf mich allein gestellt. Tut mir ja furchtbar leid, Lucas McCain, aber ich hasse diesen Tag immer noch.

Dad versteckt den *Jim Beam* in einer *»Dr Pepper«*-Flasche, aber ich weiß Bescheid. Und wenn er trinkt, dann meistens wegen meiner Mutter. Na, hätte ich es denn nicht kommen sehen können? Mein Geburtstag macht ihn traurig. Mein Geburtstag ist nie schön für ihn, deshalb hätte ich mir auch gar nicht erst Hoffnungen aufs Einkaufszentrum machen sollen.

Natürlich ist mein Geburtstag auch Simons Geburtstag, und das liefert schon einen Hinweis darauf, warum meinem Dad nicht nach Feiern zumute ist. Besser gesagt, es wäre Simons Geburtstag gewesen. Über Simon reden wir noch weniger als über meine Mutter. Sein Name ist ein Problemwort hoch zehn.

Ich werde traurig, wenn ich darüber nachdenke, was er sich zum Geburtstag wünschen würde. Wenn ich die Sachen sehe, die Jungs in meinem Alter so haben, halte ich manchmal inne und denke: *Hätte Simon so was auch gern? Würde Simon so ein Buch lesen wollen? Würden wir dieselben Dinge machen?* Da ich das nicht genau weiß, bekommt er von mir imaginäre Geschenke. Dieses Jahr habe ich ihm einen Motorroller mit blinkenden Lichtern und eine Nachtsichtbrille geschenkt. Letztes Jahr hat er von mir einen Bumerang und *The Dangerous Book for Boys* bekommen, das ich mehrmals gelesen habe (besonders die

Stellen über Mädchen). Simon hat mir dieses Buch im Traum vorgeschlagen. Wir fanden es beide gut.

Ja, manchmal rede ich mit meinem toten Bruder. Das ist ein sicheres Zeichen dafür, dass ich verrückt werde, aber mit wem soll ich denn sonst über gewisse Sachen reden? Abgesehen von Pflanze ist er wahrscheinlich derjenige, der mich am besten kennt.

Sarahs engste Vertraute = ein lebendiger grüner Organismus und ein toter Bruder.

Dr. Madrigal hat mal zu mir gesagt, es sei besser, die Dinge so zu sehen, wie sie sind – und nicht, wie sie sein sollten. Aber man hat nicht immer Kontrolle über seine Fantasie. In letzter Zeit stelle ich mir vor, wie es wäre, wenn meine Mutter hier wäre. Ich könnte eine leere Seite in meinem Tagebuch damit füllen, wie es sein sollte. Wir würden nicht am Ende einer Sackgasse wohnen, auf grauen Boden starren und hören, wie dieser nervige Hund bellt und am Maschendrahtzaun kratzt. Meine Haare wären lang und zu Zöpfen geflochten, und meine Kleider würden sofort zusammengelegt werden, wenn sie aus dem Trockner kommen. Falls es euch interessiert: Meine Haare sind noch nie geflochten worden und meistens fische ich mir ein sauberes, zerknittertes Shirt aus dem Wäschekorb.

»Wie wär's, wenn wir beide ins Einkaufszentrum gehen?«, hatte Dad gefragt, dabei hatte er mir eine Hand auf die Schulter gedrückt. Sein Atem roch schon ordentlich nach *Jim Beam*.

»Machen wir«, sagte ich.

Aber dann hat er sich aufs Sofa gesetzt und Western oder irgendwelche Krimis geguckt, die er aufgenommen hatte. Serien gucken ist eine seiner Lieblingsbeschäftigungen, ich würde sagen, das ist unsere einzige Gemeinsamkeit. Aber wenn er zu viele Folgen guckt, ist das auch ein Zeichen dafür, dass er unglücklich ist.

Ich hab zu ihm gesagt, ich würde nach draußen gehen, er solle mir Bescheid sagen, wenn er bereit sei loszufahren. Er blinzelte mich an. Da kamen mir Zweifel an unserem Vorhaben. Wenn er das macht, schläft er normalerweise für Stunden ein. Ich hatte gehofft, dieses Mal würde das nicht passieren, denn ich hatte schon entschieden, dass wir zu *Claire's* und dann in den iPod-Laden gehen würden. Ich wollte gern einen grünen iPod Shuffle haben, mit dem ich auf dem Heimweg von der Schule Musik hören konnte, und einen Geschenkgutschein von *Claire's*. Lisa und ich hatten uns vorgenommen, ihn nächstes Wochenende einzulösen, denn wer will schon seinen Vater hinter sich herdackeln haben, wenn man sich eine lila Handtasche aussucht oder schwarze Armbänder?

Und auch wenn Lisa manchmal eine totale Modekatastrophe ist, weiß sie mehr über Accessoires und wie man sie kombiniert als ich. Sie hat wahrscheinlich zwanzig Paar Schuhe und schenkt mir manchmal ihre alten. Wenn Lisa nicht wäre, hätte ich nur Tennisschuhe und ein schönes Paar für besondere Anlässe, die in der Regel was mit Großeltern zu tun haben und deshalb kaum getragen werden. Außerdem passen sie mir nicht. Lisa hat mir bunte Flipflops geschenkt, damit ich nicht wie ein totaler Idiot rumlaufen muss.

Vielleicht bin ich ein schlechter Mensch, weil ich heute trotzdem ein Geschenk haben will. Während Dad ausgeknockt ist, klaue ich ihm zwanzig Dollar aus dem Portemonnaie. Warum soll ich denn den ganzen Tag zu Hause bleiben? Ich gönne mir einen Spaziergang zu *Walgreens*, das liegt nur ein paar Straßen und eine große Kreuzung von unserem Haus entfernt. Soll er sich doch Sorgen machen, wenn er aufwacht, sage ich mir. Soll er doch ein schlechtes Gewissen kriegen. Dann erlaubt er mir vielleicht endlich, mir Ohrlöcher stechen zu lassen. Ich bin praktisch die einzige Zwölfjährige mit ungeschmückten Ohren, die ich kenne.

Bei *Walgreens* habe ich fast zwei Stunden verbracht, an einer Cola genippt und Zeitschriften gelesen, bis ein Verkäufer mir auf nicht besonders nette Art zu verstehen gegeben hat, dass der Laden keine Leihbücherei ist. Ich solle was kaufen oder weggehen. Also kaufe ich eine Riesentüte M&M's und einen Liebesroman, der *Ein unwiderstehlicher Schurke* heißt. Ich will wissen, wie ein Schurke unwiderstehlich sein kann. Beim Bezahlen guckt mich der Kassierer schräg an, als er das Buch einscannt. Ein schwarzes Stirnband mit einer Reihe falscher Diamanten in der Mitte kaufe ich auch noch. Lisa sagt, das ist das perfekte Accessoire für jemanden mit braunen Haaren, die bis zur Schulter reichen – und das tun sie bei mir.

Mit meinem Handy mache ich ein Foto von mir mit dem Stirnband und schicke es Lisa.

Sie schickt mir gleich eines von sich zurück und gibt dabei mit ihren blauen Glitzerohrringen an. Das ist ihre Nachricht:

Mach was mit deinen Ohren.

Oh, Mann.

Ich antworte: **Ich hab morgen Geburtstag, hast du das vergessen?**

Sie antwortet mit einem Smiley.

Das mit meinen Ohren kann ich nicht ändern. Mein Dad findet, Ohrlöcher sind nur was für erwachsene Frauen, aber was weiß der denn schon von Mode? Meistens muss ich überprüfen, ob seine Socken überhaupt zusammenpassen, oder kleine Fäden abschneiden, die aus seinen Hosentaschen raushängen.

Als ich von *Walgreens* zurückkomme, ist in meiner Sackgasse noch alles wie vorher. Die Zikaden in den Bäumen lärmen immer noch wie wütende Klapperschlangen, und es ist so heiß, dass man schon im Stehen schwitzt. Wenigstens habe ich jetzt ein Accessoire für meine Haare – und zwar eines mit Pfiff. Das ist mein Lieblingswort – und zwar eines der wenigen mit drei f.

Pfiff, der
Substantiv, maskulin
etwas, was den besonderen Reiz einer Sache ausmacht, wodurch sie ihre Abrundung erhält

Das einzig Neue hier ist *Sanchez' Rasenservice* im Garten von Mr. Gustafson. Mr. Gustafson ist der Einzige in der Nachbarschaft, der seinen Garten nicht selbst mäht. Ich vermute, weil er so krumm ist, dass er langsam die Form eines Spazierstocks annimmt.

Der Mähtrupp ist wahrscheinlich nicht wild auf Publikum, aber ich gehe trotzdem rüber zu Mr. Gustafson. Ein mexikanischer Junge mit einer roten Cap fängt mit seiner Arbeit an. Er sieht nicht viel älter als ich aus – und ich frage mich, woher er schon weiß, wie man einen Rasen in einen gleichmäßigen grünen Teppich mit schnurgeraden Staubsaugerstreifen verwandelt. Warum probiert er nicht andere Muster aus, warum macht er keine verwirbelten Außerirdischen-Kornkreise auf diesem Rasen? Mein Hirn denkt so viel, dass es ganz vergisst, meinem Körper zu befehlen, in Bewegung zu bleiben. So was kommt häufiger vor.

Ich stehe still, bis der Junge sich räuspert, so als ob ich im Weg wäre. Wie sich herausstellt, bin ich das.

»Oh, sorry«, sage ich und gehe einen Schritt zur Seite. »Und … gefällt dir diese Arbeit? Macht Rasenmähen Spaß?«

»*No hablo inglés.*«

»Was? Oh, verstehe.«

Ist ja nicht so, dass ich noch nie Leuten begegnet wäre, die kein Englisch sprechen. Ich bin schließlich nicht vom Mars. Aber in diesem Moment ist dieser Junge vor mir und seine Unfähigkeit, mich zu verstehen, wie ein gerade entdeckter Schatz. Ich könnte sonst was sagen.

»Regenbogen Schokoladenkuchen Wintersonnenterrasse.«

Er nickt, als würde das einen Sinn ergeben, was ich da in fließendem Aliengebrabbel von mir gegeben habe. Seine Schuhe sind alt und voller Grasflecke, und ich überlege, wie viele Häuser er wohl zu sehen kriegt. So ein Job muss doch Spaß machen. Man kann draußen arbeiten und bekommt immerzu was Neues zu sehen. In mein Tagebuch werde ich das hier als mögliche Berufswahl eintragen. Es wäre bestimmt total interessant, so viele verschiedene Stadtviertel zu sehen. Ich wette, die gemieteten Häuser würde ich schnell erkennen. Sie sind braun, haben das meiste Unkraut und – wie unser Haus – in der Regel einen Baumstumpf im Vorgarten. Eine Straße weiter steht so ein Haus, und die Leute haben eine Topfblume auf den Baumstumpf gestellt, als ob ihn das verschönern würde. Diese Pflanze möchte ich kidnappen, weil sie da oben wahrscheinlich vor Scham eingehen wird.

Der Junge mit der roten Mütze steht da und wartet ab, ob ich weiterreden werde. Manchmal fühlt man sich besser, wenn man Geheimnisse einfach laut ausspricht. Das habe ich aus den Gesprächen mit Pflanze gelernt. Sie ist kein Mensch, aber sie ist etwas Lebendiges, ich weiß also, dass sie mich hört.

Ich fange an.

»Ich habe noch nie einen Jungen so richtig geküsst«, sage ich zu ihm, als er einen Laubbläser vom Lieferwagen holt.

Geheimnis Nummer eins.

»Mein Vater hat mich mal mit dem Auto fahren lassen.«

Geheimnis Nummer zwei. Okay, er steht immer noch vor mir.

Und dann warte ich und hole tief Luft. Wenn jemand erfährt, dass wir *diese* Familie sind, meine Mutter *diese* Frau ist und ich *dieses* Mädchen bin, dann ziehen wir um. Aber jetzt gerade wird der Wunsch übermächtig, genau das zu sagen.

Wenn ich dir meinen Namen nennen würde, könntest du im Internet nach mir suchen, und da – neben einer winzigen Erwähnung meines Zwillingsbruders Simon – würde ich stehen, die Tochter dieser Frau. Die Tochter der Verrückten.

Der Junge legt den Kopf schräg und blinzelt, als würde ich ihn mit einer Taschenlampe anleuchten. Dann wirft er den Laubbläser an und geht um mich herum, damit er seine Arbeit fertigkriegt.

Ich könnte das alles zu ihm sagen, aber für heute habe ich genug gesagt. Ich stehe am Bordstein, mampfe meine fast geschmolzenen M&M's und schaue zu, wie er den Bürgersteig sauber und wie neu macht. Die beiden anderen Männer vom Trupp laden ihre Geräte ein, setzen sich auf die Ladefläche ihres roten Pick-ups und machen sich *Gatorades* auf. Einer von ihnen sagt etwas, worüber der andere lachen muss, und ich wünsche mir, ein bisschen *Español* zu können, was ich aber nicht kann.

»Also, du machst deine Sache gut«, sage ich. Der Junge mit der roten Mütze, der damit beschäftigt ist, irgendwas am Gebläse einzustellen, wirft mir wieder einen Blick zu. Also zeige ich aufs Gras und halte den Daumen hoch. Das muss wohl so was wie ein universelles Zeichen der Anerkennung sein, denn er nickt.

»Cool, na denn. Bis irgendwann mal«, sage ich.

Ich gehe bis ans Ende der Sackgasse und winke dem Rasentrupp zu, als er wegfährt. Dabei frage ich mich, welche Fragen der Junge mir wohl gestellt hätte, wenn er Englisch gekonnt hätte, und welche Geheimnisse er wohl haben mag. Neugierige Leute kann ich zwar nicht leiden, aber für ein saftiges Geheimnis habe ich auf jeden Fall was übrig.

5. Kapitel

Dies könnte der längste Nachmittag in der Geschichte der Nachmittage werden. Mein Dad ist immer noch betrunken.

Vorhin habe ich einen Blick durch die Fliegengittertür geworfen und, war ja klar, da lag er auf dem Sofa wie hingegossen, eine Hand hing übers Kissen, die andere lag auf seiner Stirn, so als wäre er nach einer schlechten Nachricht erstarrt.

Für einen Besuch in der Bibliothek ist es gerade zu heiß und zu Fuß ist der Weg zu weit, also sitze ich mit *Ein unwiderstehlicher Schurke* und geschmolzenen M&M's im Vorgarten fest, und irgendwas Neues, das ich auf meine Liste bewegender Erkenntnisse über die Welt setzen könnte, weiß ich auch nicht. Über das, was ich von dieser blöden Stadt weiß, könnte ich jetzt schon ein Buch schreiben. Eine ganze Tagebuchseite habe ich mit einem Kapitel darüber gefüllt. Kann ja sein, dass ich irgendwann mal berühmt werde und meine Memoiren schreiben muss. HA-HA!

Wir wohnen in einem Viertel, in dem alle Straßen nach berühmten Universitäten benannt sind. Man könnte also vermuten, wir würden in einer feinen Gegend leben, aber nein, das tun wir nicht. Ganz im Gegenteil. Vermutlich hat kaum jemand von den Leuten hier an einer Universität studiert. Lisas Mama sagt, alle Menschen sind Teil von Christus' Leib, also müssen auch einige seine Achselhöhlen sein. Sie sagt, Garland ist die schwer schuftende Achselhöhle von Texas. Das ist ein unverzichtbarer Körperteil, doch schön ist er nicht – und müffeln kann's dort auch, besonders wenn der Wind von der Kläranlage her weht. Und das tut er oft.

Wenn man struppige Bäume nicht mitzählt, aus deren Krone was rausgeschnitten wurde, damit die Oberleitungen hindurchgeführt werden können, gibt es hier nicht viel Natur, falls man auf so was aus ist. Aber die Leute sind nett und brauchen keinen besonderen Grund, um dich anzulächeln.

Wenn mein Dad und ich zu der Sorte Familie gehören würden, die sich vor dem Haus auf den Rasen stellt und mit dem Zeitungsjungen Freundschaft schließt oder beim Blumengießen über die Straße winkt, würden wir eine Menge interessante Leute kennen. Aber wir sind keine Blumengießer. Nicht mal eine Zeitung haben wir abonniert. Wir wissen, wer unsere Nachbarn sind, aber das bedeutet nicht, dass wir sie kennen.

Ich muss die Nachbarschaft von meinem Fenster

aus heimlich beobachten oder vom Baumstumpf im Garten aus. Von dort kann ich unsere Nachbarn in all ihren verschiedenen Farben sehen. In unserer Sackgasse gibt es Familien aus vier verschiedenen Ländern: Mexiko, Indien, Iran und Vietnam. Und Dad hat gesagt, Mr. Stanley habe letztes Weihnachten eine Russin geheiratet. Ich würde zu gern wissen, wie er an solche Informationen kommt, schließlich redet er mit niemandem. Vom Beobachtungsposten an meinem Fenster aus ist mir aufgefallen, dass die Leute in unserer Nachbarschaft hart arbeiten. Jeden Morgen werde ich vom Knattern alter Last- und Lieferwagen geweckt, die ihre Welten da draußen ansteuern. Was sie da den ganzen Tag über tun, ist nicht schwer zu erraten. Wenn man zum Beispiel einen Handwerker oder eine andere Dienstleistung braucht, ist es völlig überflüssig, die Auskunft anzurufen. Aus dem Fenster gucken reicht, schon hat man die passende Firma gefunden. Und die Telefonnummer steht in großen Lettern auf dem Last- oder Lieferwagen.

KLEMPNEREI JENNINGS
MALER NGUYEN
BOB'S POOLSERVICE

Als ich mal zu Hause bleiben musste, weil ich krank war, habe ich die Gegend von meinem Fenster aus beobachtet. Und da habe ich gemerkt, wie still es ist, nachdem all die Nachbarn zur Arbeit gefahren sind, ein paar Minuten lang hat man die ganze Straße für sich allein, ehe die Schulbusse auftauchen. Dann sieht man Kinder auf Rädern und zu Fuß unterwegs, die alle in ein und dieselbe Richtung steuern. Sie haben was von verschlafenen Robotern mit Rucksäcken an sich.

Wenn der Wind auffrischt, kann man das Windspiel in Mrs. Duprees Eichen glockenhell läuten hören. Dieses Geräusch bestimmt meine Entscheidung, ob ich eine Jacke anziehe oder nicht. Montags schrillt das Piep-Piep-Piiiiep des Müllwagens durch die Straßen. Und wenn man nachmittags superleise ist, bekommt man mit, wie das Postauto, das so gegen drei unsere Sackgasse erreicht, immer wieder anhält und weiterfährt.

Und dann habe ich beobachtet, wie sich am späten Nachmittag in unserer Nachbarschaft alles wieder umkehrt. Der Schulbus fährt aus der entgegengesetzten Richtung die Straße entlang. Die Schulkinder sind dieselben, nur ihre Rucksäcke sind jetzt vielleicht noch schwerer. Die Lieferwagen der Handwerker rumpeln wieder, von wo auch immer sie tagsüber gewesen sind, heran und parken vor den Häusern, die Männer bleiben stehen und schauen nach der Post. Und bald riecht es nach Essen in den Gärten, von den Grills und den Küchenherden, exotische Düfte … Schon beim Gedanken daran läuft mir das Wasser im Mund zusammen.

Während das Abendessen kocht und brutzelt, fahren die kleinen Kinder auf ihren Rädern herum oder spielen Kästchenhüpfen, bis die Mütter sie reinrufen. Dabei sind Akzente zu hören, die einem im Leben noch nicht zu Ohren gekommen sind. Wenn das Licht schwindet, werden die Geräusche der Rasensprenger und Zikaden lauter.

Ich vermute also, in Garland kann man doch noch was lernen. Es ist die vierte Stadt, die ich mein Zuhause nenne. Dr. Madrigal würde es freuen, wenn sie wüsste, dass dies eine Information ist, die ich mit Lisa geteilt habe.

Falls es euch interessiert, ich habe für jede Stadt ein extra Tagebuch. Vier verschiedene, jedes in einer anderen Farbe. Angefangen habe ich in Galveston (blau), dann bin ich nach Waco (gelb) umgezogen, dann nach Tyler (rot), und nun sitze ich mit einem hellbraunen Tagebuch hier im Lande Gar. So nennt Lisa diese Stadt.

Ich habe am liebsten am Meer in Galveston gewohnt, ganz einfach weil es dort so hübsch war. Unser Küchenfußboden war immer voller Sand und wir konnten die Fenster fast das ganze Jahr lang offen lassen. Nach der Arbeit sind Dad und ich ganz oft am graugrünen Meer Muscheln sammeln gegangen. Aber zu viele Leute kannten uns da, deshalb mussten wir wegziehen. Dad hat gesagt, allein einkaufen zu gehen war ihm unangenehm, und das verstehe ich völlig.

Kurz bevor wir unser letztes Zuhause in Tyler verlassen haben, wurde Dad von einer Frau mit riesigem Busen in einem tief ausgeschnittenen Tanktop im Supermarkt erkannt. (Dad hat später gesagt, ihre Brüste würden baumeln, ein Wort, das ich in Zukunft gern häufiger verwenden möchte.)

baumeln
schwaches Verb
von etwas herabhängen und dabei (gleichmäßig) hin und her schwingen

Wir waren gerade auf der Suche nach reifen Pfirsichen, beschnupperten die Früchte und suchten die besten aus, als diese Frau auf uns zusteuerte und Dad anstarrte, als hätte sie noch nie im Leben einen Mann gesehen. Sie musterte ihn von Kopf bis Fuß, ihr Blick wanderte von oben nach unten, von links nach rechts. Leute haben etwas Hässliches an sich, wenn sie über jemanden urteilen. Kopf ein wenig schräg gelegt, die Nase gerümpft, so als würde der Geruch nach verfaultem Essen unter den Nasenlöchern entlangziehen. Genau so sah die Vollbusenfrau aus. Wenn Leute nur ein einziges Mal in den Spiegel schauen würden, während sie jemanden verurteilen, würden sie das nie wieder machen. Das ist kein schöner Anblick.

»Ich bin mir immer noch nicht sicher, ob Sie nicht doch ins Gefängnis gehören«, sagte sie.

Das war das Ende unserer Einkaufstour. Wir ließen

unseren Einkaufswagen einfach in der Obst- und Gemüseabteilung stehen und verließen den Laden. Seitdem betrachte ich vollbusige Frauen mit Argwohn.

6. Kapitel

Jetzt geht die Sonne unter und Dad liegt immer noch schlafend auf dem Sofa. Ich breite die braune Wolldecke über ihn. Seltsam, dass ich diejenige bin, die sich wie ein Elternteil verhält. Vor zwei Wochen hat er gesagt: »Nein, du darfst nicht mit Lisa in diesen Film ab 16 gehen. Dass *ihre* Mutter das in Ordnung findet, ist mir ganz egal. Gib mir ihre Handynummer, damit ich meine Bedenken äußern kann.«

Und hier bin ich nun und lege zwei Tylenol neben ein Glas Wasser auf den Couchtisch, wo eigentlich ein Vorab-Geburtstagsgeschenk stehen sollte oder so.

Zum Abendessen esse ich einen kalten *Pop-Tart*, dann ziehe ich meinen verwaschenen Schlafanzug an und bringe mich selbst ins Bett. Ich versuche zu schlafen, kann aber nicht. Die Gedanken kreisen in meinem Kopf. Diesem Tag fehlte das Besondere. Ich sollte jetzt eigentlich meinen neuen iPod ausprobieren. Wir hätten im Restaurant zu Abend essen sollen. *Pop-Tarts* sind kein Ersatz für Torte.

Der Luftstrom von der Klimaanlage erfasst eines von Pflanzes Blättern, sie winkt mir zu.

»Wenn dieser Junge nun plötzlich doch Englisch versteht und jemandem erzählt, dass ich noch nie einen Jungen so richtig geküsst habe, wäre das schlimm«, vertraue ich ihr an. Sie antwortet nicht, winkt nicht mal.

Ich wälze mich auf den Rücken und starre an die Decke. Man macht manchmal seltsame Sachen und später, während sich über einem der Ventilator an der Decke dreht, fragt man sich warum. Was, wenn ich seltsame Sachen mache, weil ich langsam verrückt werde wie meine Mutter? Vielleicht müsste ich im Krankenhaus anrufen und mich erkundigen, was die Leuten raten, die solche Anzeichen bemerken. Die könnten mein Gehirn untersuchen. Dann kriege ich möglicherweise ein ärztliches Attest, das mich von dem Familienstammbaum-Projekt befreit.

Sarah ist aus psychischen Gründen entschuldigt.

Jetzt werde ich erst mal die ganze Nacht aufbleiben, damit ich in genau dem Moment wach bin, in dem ich zwölf werde. Herzlichen Glückwunsch zum Geburtstag, liebe Sarah. Und her mit den Geschenken.

Wenigstens habe ich mir ein neues Taschenbuch geschenkt, das ich schon fast durchgelesen habe. Es hat sich herausgestellt, dass *Schurke* doch kein Wort ist, das ich zu meinem Wortschatz hinzufügen kann. Jedenfalls nicht so, wie das Wort in *Ein unwiderstehlicher Schurke* verwendet wird.

Schurke, der
Substantiv, maskulin
jemand, der Böses tut, moralisch verwerflich handelt, eine niedrige Gesinnung hat

Und wie so oft, musste ich auch diesmal wieder die Bedeutung eines Wortes, das in der Definition eines anderen Wortes vorkommt, nachschlagen.

verwerflich
Adjektiv
schlecht, unmoralisch und daher tadelnswert

Ich habe mir den Kopf darüber zerbrochen, auf wen diese Bezeichnung zutreffen könnte. Ich kenne niemanden. Aber ich habe schon einige Mädchen gesehen, die so rumlaufen, dass ihre Unterwäsche oben aus der Jeans herauslugt. Ein paar von denen machen davon dann Fotos und schicken sie an Jungs. Ich weiß nicht, ob Mädchen nicht auch verwerflich sein können, ich werde der Sache nachgehen müssen. Aber es sieht ganz so aus.

Da morgen dann tatsächlich mein Geburtstag ist, werden die Leute von mir erwarten, dass ich mich gewählter ausdrücke. Unter Umständen könnte ich *verwerflich* in ein Gespräch einflechten.

Hoffentlich ist das Leben mit zwölf anders als mit elf. Doch so was hoffe ich jedes Jahr und meistens bleibt alles beim Alten. Heute Morgen kam es mir so vor, als würden die Sachen in meinem Zimmer einem jüngeren Mädchen gehören. Vielleicht ist das die erste Veränderung. Ich werde meine Sachen umräumen müssen und meiner Garderobe mehr Schwarz hinzufügen, damit sie zu meinem hübschen neuen Stirnband passt. Hoffentlich geht mein Dad mit mir ins Kino oder ins Einkaufszentrum. Vielleicht kann ich ihm ein so schlechtes Gewissen machen, dass er mir erlaubt, Ohrlöcher stechen zu lassen.

Weißt du, eigentlich wolltest du doch mit mir ins Einkaufszentrum gehen, aber dann hast du dich betrunken … Ha! Als ob ich jemals mutig genug sein könnte, so was laut zu sagen.

Irgendwann nach Mitternacht, als ich offiziell zwölf bin, laufe ich auf Zehenspitzen durchs Haus, so als wäre der Fußboden aus Watte. Dad schläft, es ist also unmöglich, einen *Pop-Tart* warm zu machen, ohne dass er aufwacht. Unser Toaster ist so laut, man könnte die ganze Nachbarschaft damit wecken. Also esse ich ihn einfach kalt und laufe zurück in mein Zimmer. Vielleicht macht er ja später Pfannkuchen. Oder er kauft Donuts, wie an den meisten Sonntagen.

Bevor er aufwacht, hole ich noch schnell mein echtes Tagebuch raus und mache eine Liste. So wie für die meisten Leute Neujahr, ist für mich mein Geburtstag ein Neuanfang. Meine Großmutter macht ihre Liste am Jahresanfang. Dieses Jahr sind ihre Ziele unter anderem, eine einfachere Frisur auszuprobieren, sich einem Buchclub anzuschließen und Tomaten zu ziehen.

Ich schreibe Ziele auf wie: meine Haltung zu verbessern und ebenso meine Fähigkeit, blauen und grünen Lidschatten aufzutragen. Ich würde gern mehr über Jehovas Zeugen wissen und was es damit auf sich hat, dass mein Dad ihr Klingeln überhört. Wovon sind sie Zeuge geworden und warum sollte man das nicht wissen wollen?

Heute schreibe ich die Liste mit meinen neuen Zielen in mein Tagebuch:

- *Einen Jungen so richtig küssen*
- *Mein Leben abwechslungsreicher machen*
- *Ohrlöcher stechen lassen*
- *Ein wenig Español lernen*
- *Auf Anzeichen von Verrücktheit achten (HA-HA)*

Wenn ich jetzt doch nur meine alten Listen zur Hand hätte. Ich könnte sie aus der Kiste kramen und nachlesen, wie ich früher mal war. Seit meinem achten Geburtstag schreibe ich Listen. Mein achter Geburtstag war scheiße. *Scheiße* ist ein Megaproblemwort. Vor Dad sage ich es also nicht, der ist nämlich der totale Alleswisser, wenn es um gute Sprache geht. Er ist ja Professor. Aber manchmal muss man einfach das treffende Wort benutzen – wenn es auch bloß in Gedanken ist.

Ich werde nicht erzählen, wie schlimm dieser Geburtstag war. Lasst es uns einfach so sagen: Wenn ich einen Artikel zu dem Thema »10 Tipps für eine grauenhafte Geburtstagsfeier« schreiben wollte, dann könnte ich das. Ohne Probleme.

1. *Esst kalte Pizza bei* Chuck E. Cheese.
2. *Fahrt nach Hause.*
3. *Lasst Dad zum millionsten Mal »Zwei glorreiche Halunken« gucken.*
4. *Gebt Dad was zu trinken.*
5. *Lasst euch ein Puppenhaus schenken, das passend für eine Fünfjährige wäre.*
6. *Macht die Geburtstagskarte von der verrückten Mutter auf.*
7. *Fragt Dad nach verrückter Mutter aus.*
8. *Helft Dads »aus Versehen« verschüttetes Getränk aufzuwischen.*
9. *Esst schweigend Kuchen.*
10. *Lest ein Buch, bis euch die Augen zufallen.*

Wie schon gesagt, Ärger hin oder her, manchmal ist es zwingend notwendig, das treffende Wort zu benutzen. Und gibt es ein besseres Adjektiv als *scheiße*, um diesen Tag zu beschreiben? Ich glaube nicht.

7. Kapitel

Zwei Wochen sind seit dem lausigen Geburtstagswochenende vergangen. Endlich ist der lausige letzte Tag in der sechsten Klasse da, aber hält das unseren Englischlehrer Mr. Wistler davon ab zu versuchen, uns noch mal den Kopf vollzustopfen? Nein. Doch es ist hoffnungslos. Keiner will ihm zuhören.

Ich sitze unruhig an meinem Tisch, wünsche mir, ich könnte einfach durch die Fensterscheibe gleiten und schon mal anfangen, an meiner Flipflop-Fußbräune zu arbeiten. Nicht dass mein Sommer so besonders toll werden wird. Ein langweiliger Sommer ist immer noch Problem Nummer 1. Mal wieder Houston mit den Großeltern. Dasselbe langweilige Leben wie immer. Immer, immer, immer dasselbe.

Dies sind die Zutaten für einen typisch-langweiligen Sarah-Nelson-Sommer:

- *Fahr sofort und auf direktem Weg nach Houston. Halte nicht an, um irgendwas Inter-*

essantes zu besichtigen. Wie zum Beispiel den größten Stiefel der Welt, Abfahrt E – oder um ein Erdnuss-Vanille-Parfait bei Dairy Queen *zu probieren.*

- *Schalte sofort nach Ankunft im Haus der Großeltern den Wetterkanal an.*
- *Beobachte stundenlang Oma am Küchenfenster beim Sortieren von blauen und schwarzen Socken.*
- *Fahre zu einer Bürgermeisterwahlversammlung in die Innenstadt, weil es dort gratis Mittagessen gibt. Und wäre es nicht toll, einen Kommunalpolitiker reden zu hören? (Antwort: Nein.)*
- *Und dann endlich ist der schöne Tag gekommen, an dem Oma das Nähzeug rausholt, um mit mir zusammen ein Plüschtier zu basteln, zum Beispiel ein rotes Kamel mit schwarzen Fransen, und an dem sie mir sagt, wie hübsch ich doch bin. (Warum können wir nicht gleich zu diesem Teil des Sommers vorspulen?)*
- *Den Abschluss des Sommers bildet dann ein peinlicher Einkaufsbummel mit Oma, die mir Kleinmädchenkleider kauft, die ich niemals tragen werde. Es sei denn, zu einem Wettbewerb für das scheußlichste Kleid, den ich problemlos gewinnen würde.*

Das ist alles, worauf ich mich freuen kann. Das und mit den Nachforschungen zu Problem 2 anzufangen:

dem gefürchteten Familienstammbaum-Projekt der siebten Klasse.

Unterdessen redet Mr. Wistler immer weiter, so wie Erwachsene das machen, wenn sie meinen, sie tun uns einen Gefallen, indem sie uns ihre Weisheiten mitteilen. Anscheinend sind sie in den Klang ihrer eigenen Stimme verliebt. Mr. Wistler redet endlos über »unsere Generation der Textnachrichtentipper«, die nur noch mit den Daumen denken kann, und dass die Technik den Weg bereitet hat für eine Sprache, die so reduziert ist, dass unsere Großmütter sie nicht wiedererkennen … so ganz ohne Vokale.

»Würdet ihr so schreiben, wenn ihr vor einem Computer sitzt?«, will er wissen. »Oder gar wenn ihr tatsächlich Bleistift und Papier in den Händen habt?«

Ich betrachte meine Zehen und überlege, in welcher Farbe ich sie nächstes Mal lackieren soll, lila oder hellrosa? Lila mag ich lieber, aber man sieht jeden Fehler, wenn man über die Ränder der Nägel rausmalt, was mir ab und zu passiert.

Dann schreibt Mr. Wistler an die Tafel:

Hey ABF, btw ich hab da was 4u, aber irl!
*rofl*cu, gn8 xx

Und wenn man so was mit Kreide von einem Lehrer an die Tafel geschrieben sieht, ist das natürlich zum Schreien komisch, also müssen wir ein ganz klein wenig lachen.

»Und deshalb fordere ich euch dazu heraus, den ganzen Sommer lang Briefe an irgendjemanden zu schreiben, ganz egal an wen. Schreibt in echten *Worten*, mit *Vokalen*. Schreibt eine Geschichte. Schreibt ein Buch mit Gedichten. Ganz gleich, was es auch ist. Solange es nur korrekt geschriebene Wörter enthält. So wie sie im Wörterbuch stehen.«

Ha! Das kann ich längst, Mr. W.

»Bevor ihr jetzt aber sagt: ›OMG, Mr. Wistler, ist das Ihr Ernst‹, lasst mich ausreden. Ich kann euch keine Zensuren dafür geben, weil ich im nächsten Jahr nicht mehr euer Lehrer bin. Deshalb setze ich eine Belohnung aus. Einen Preis!

Wer mir am Anfang des nächsten Schuljahres beweisen kann, dass er tatsächlich den ganzen Sommer bei der Stange geblieben ist und geschrieben hat, bekommt einen iPod Nano.«

Er hält ein blankes Plastikkästchen mit einem grünen iPod darin hoch. Das ist in Plastik gehüllte Verheißung. Ich will ihn haben.

»Das ist eine blöde Idee«, sagt jemand aus der Klasse. Gut, denke ich. Einer weniger, gegen den ich antreten muss.

»Es ist also blöd«, sagt Mr. Wistler. »Ich frage mich, wie ihr eure Gedanken texten würdet. Könntet ihr einen vollständigen Satz schreiben? Oder gibt es ein Akronym dafür?«

»Uncool«, sagt Dale Baker. »Das würden wir sagen.«

»Interessant«, sagt Mr. Wistler. »Nun, seht ihr, wir haben ein Problem. Ich lese für mein Leben gern und ich stehe hier in einem Raum voller Autoren der nächsten Generation. Werde ich ein besonderes ›Englisch-Textnachricht‹-Wörterbuch brauchen, um rauszukriegen, wovon eure Geschichten überhaupt handeln?

Ich möchte, dass ihr es mal versucht. Ihr schreibt Textnachrichten an eure Freunde, ohne auch nur zu blinzeln. Ich bitte euch darum, Briefe zu schreiben, Dinge hinzuzufügen, die ihr erlebt und beobachtet habt, wie ihr den Wechsel der Jahreszeiten empfindet, wie den Duft von Blumen. Stellt euch vor, ihr würdet in Indien leben – mit einem Affen. Schreibt, wie ihr euch einfach nur über eine Limonade an einem heißen Tag freuen würdet. Stellt euch vor, ihr seid ein Fremder in eurem eigenen Haus und gerade habt ihr einen Riss in der Decke entdeckt. Könnte das die Tür zu einem unbekannten Raum sein? Schreibt Briefe an jemanden, den ihr auf der anderen Seite vom Restaurant sitzen seht. An eine berühmte Persönlichkeit, tot oder lebendig.

Oder schreibt Briefe an eure Lieblingsfigur in einem Buch oder Film. Stellt ihr Fragen zu ihrem Leben. Ihren Vorlieben. Wie wäre es, wenn Harry Potter nach Texas kommen würde? Erzählt ihm, warum ihr ihn so sehr mögt. Schreibt darüber, was ihn *für euch* interessant macht. Tut so, als würdet ihr euch mit ihm oder irgendeiner anderen Figur treffen, am Ende des Sommers. Lasst euren Geist frei umherschweifen, bleibt neugierig und herrlich akronymfrei.«

Ich schaue mich im Raum um. Man weiß sofort, dass jetzt jeder hier drinnen an Harry Potter schreiben wird.

Mr. Wistler sagt: »Und wenn euch niemand einfällt, könnt ihr an mich schreiben. Aber seid gewarnt, ich könnte zurückschreiben.«

»Müssen wir das machen?«, fragt Jimmy Leighton.

Wenn ihr's wissen wollt, Jimmy Leighton ist der einzige Junge in der ganzen Schule, von dem ich mir wünsche, bemerkt zu werden.

Übrigens ist er nicht wirklich in einer Beziehung mit Emma Rodriguez. War reine Fantasie, was sie da auf ihrer Facebook-Seite geschrieben hat. Wahrscheinlich wünscht sie sich, es wäre wahr. Kann ich ihr nicht zum Vorwurf machen. Niemand hat schimmerndere blonde Haare als Jimmy und er ist wahrscheinlich der bestangezogene Junge der Schule.

Wenn ich ihn sehe, tritt alles andere in meinem Kopf in den Hintergrund, und ich stelle mir vor, wie er sich in Zeitlupe bewegt. So schön ist er anzugucken. Er hatte mal eine Facebook-Seite, auf der hab ich ihn immer angestarrt, wenn ich für mich war. Aber viele von den anderen haben blöde Sachen geschrieben, zum Beispiel, dass er schwul ist, nur weil er mal ein Muskelshirt getragen hat, also hat er seinen Account gelöscht. Im Ernst, ich wünschte, Lucas McCain würde mal an unsere Schule kommen und die Leute zur Vernunft bringen.

Mr. Wistler versucht Jimmy Leighton zu erklären, was er sich wünschen würde, aber ich denke: *Oh, du könntest mir schreiben, Jimmy. Schreib mir! Ich mag Muskelshirts.*

»Mr. Leighton, zwingen kann ich dich nicht, aber ich hoffe, du versuchst es mal.«

Die Hände tief in den Taschen geht Mr. Wistler in der Klasse auf und ab. Soweit ich mich erinnern kann, war er nur, als wir *Hüter der Erinnerung* gelesen haben, ähnlich aufgewühlt. Dann hievt er einen großen Karton auf sein Pult und verteilt Aufsatzhefte an uns alle.

»Schlagt die Hefte auf und fangt an. Schreibt den ersten Satz von eurem echten Brief oder eurer Geschichte und zeigt ihn mir auf dem Weg nach draußen, damit ich weiß, dass ich nicht bloß Selbstgespräche führe.«

Aus der Klasse hört man so viele Seufzer, dass sie nicht mehr zu zählen sind. »Ich weiß nicht, was ich schreiben soll«, sagen alle. »Mir fällt nichts ein, Mr. Wistler. Sie machen mich fertig.« »Mr. Wistler, Sie sind so eine Spaßbremse.«

Und dann sagt Mr. Wistler: »Die meisten Leute wissen erst, was sie wirklich denken, wenn sie es aufschreiben. Wollt ihr nicht wissen, was ihr *wirklich* denkt?«

Das Aufsatzheft, das er mir auf den Tisch geworfen hat, ist grün, was ich als ein Zeichen dafür sehe, dass ich den iPod gewinnen werde. Ich kann die Musik schon hören. Das wird ein Kinderspiel. Ich schreibe ohnehin mehr, als ich rede. Ich starre auf die leere Seite. Die blassblauen Linien schreien danach, gefüllt zu werden. Ich beiße in das Radiergummi an meinem Bleistift und überlege, wie es wohl wäre, wenn ich mit einem Limonade trinkenden Affen in Indien leben würde, während ein Tornado über unsere Köpfe hinwegfegt. In der Decke des Flurs bei uns zu Hause klafft ein enormer Riss und der führt hinauf zum Dachboden und zu allen möglichen Spinnen. Da oben verbirgt sich eine gute Geschichte.

Ehe du *Sommer* sagen kannst, fange ich an zu schreiben. Und was Mr. Wistler gesagt hat, erweist sich als wahr. Ich wusste gar nicht, dass ich diesen Gedanken hatte.

Liebe Mary,
ich will dir eine Frage stellen. Erinnert dich jemand an meinen Geburtstag oder hast du das Datum im Kopf? Das glaube ich nämlich nicht. Und ich würde auch gern wissen, wie du deinen eigenen Geburtstag verbringst. Gibt es Kuchen, da, wo du wohnst?

Liebe Mary zu schreiben, war schlau, so weiß nämlich niemand, wovon ich rede. In Krimis nennt man das »etwas vor der Nase aller verstecken«. Das Problem ist, mein Körper wollte nicht, dass mein Gehirn diesen Gedanken denkt, mein Nacken wird nämlich gerade heiß und rot. Ich schaue von meinem Aufsatzheft auf. Mr. Wistler lächelt. Lächelt mich an. Kennt er mein Geheimnis? Möglich wäre es. Zum Teil jedenfalls. Aber heute ist vielleicht meine ganze Tarnung aufgeflogen, wie sie im Krimi auch gern sagen.

Ich reiße die Seite raus, falte sie in der Mitte zusammen und stopfe sie ganz hinten ins Heft. *Schnell,* sage ich zu mir. *Schreib was anderes!*

Meine Hand bewegt sich so schnell, wie ich sie nur bewegen kann.

Lieber Atticus Finch,
ich schreibe dir, weil das eine Hausaufgabe ist, die mir Mr. Wistler, der tollste Englischlehrer aller Zeiten, aufgegeben hat. Es war seine Idee, dass wir uns eine Romanfigur aussuchen sollen, an die wir schreiben. Ganz sicher bin ich nicht, aber ich glaube, ich bin die Einzige, die an dich schreibt. Das ist gut für mich. Die meisten meiner Klassenkameraden schreiben an Harry Potter und Lucy Moon. Die kennst du vielleicht aus der Bibliothek. Als ich klein war, dachte ich immer, alle Figuren würden aus ihren Büchern herauskommen, sobald die Bibliothek schließt. Wie auch immer, ich muss zugeben, dass ich dich nicht in erster Linie aus einem Buch kenne. Wahrscheinlich weißt du, dass es zu dem Buch über dich einen Film gibt. Ich hab dich eines späten Abends gesehen, als mein Vater den Film

Wer die Nachtigall stört *geguckt hat. Er hat gesagt, das sei eine gute Geschichte. Dann ist er mittendrin eingeschlafen, aber ich habe weiter geguckt. Das war ungefähr vor einem Jahr. An der Geschichte hat mir so viel gefallen. Dann habe ich rausgefunden, dass wir eine Taschenbuchausgabe von dem Buch im Haus hatten. Die habe ich in vier Tagen durchgelesen. Mr. Wistler hat gesagt, wir sollten der Figur unserer Wahl erzählen, was uns an ihr am meisten interessiert. Er meinte, wir sollten uns ein oder zwei Fragen ausdenken, die wir ihr stellen würden, wenn wir die Gelegenheit hätten, mit ihr zusammen am Frühstückstisch zu sitzen und zu reden. Die größte Frage, die mir da in den Sinn kommt, ist: Warum hast du dich dafür entschieden, Tom Robinson vor Gericht zu vertreten? Ich weiß, im Buch hast du gesagt, das zu tun, sei das Richtige. Aber die Menschen tun nicht immer das Richtige. Ich kriege immer erst raus, was das Richtige ist, wenn ich alle Möglichkeiten, die ich habe, aufschreibe und dann das einkreise, was das Schwierigste ist. Das Schwerste zu tun, ist fast immer das Richtige. Aber dadurch kann man auch in Schwierigkeiten geraten. Ich frage mich, ob du das genauso wie ich gemacht hast. Ich würde dich gern fragen: Hast du auf deiner Veranda gesessen und alles aufgelistet, was passieren könnte, wenn du Tom Robinson vertrittst? Wusstest du von vornherein, dass dich Leute beschimpfen und lächerlich machen würden? In meinen Augen hast du die richtige Wahl getroffen. Das macht dich so fesselnd für mich. Außerdem gefällt mir auch, wie du mit deinen Kindern Scout und Jem redest. Ich würde gern mit euch allen frühstücken.*

Mit freundlichen Grüßen
Sarah Nelson

Es klingelt. Nur ein paar Kinder zeigen Mr. Wistler ihren ersten Satz. Jede Wette, im Papierkorb auf dem Flur wird man einen Haufen leere Aufsatzhefte finden.

Mr. Wistler liest meinen Brief und reicht mir das Heft, als wäre es etwas Zerbrechliches. »Hmmm«, sagt er. »Also, das ist ein interessanter Brief. Besonders die Stelle über den großartigen Englischlehrer. Ich hoffe, du schreibst weiter, Sarah. Mir gefällt, wie du schreibst.«

»Danke.« Ich nehme das Heft und gehe zur Tür.

»He, Sarah«, sagt er. Ich drehe mich um und sehe, dass er den iPod in der Hand hält. Er wirft ihn in die Luft und wie durch ein Wunder fange ich ihn. Noch nie im Leben habe ich einen Ball oder sonst was gefangen.

»Behalt es für dich«, sagt er mit einem Augenzwinkern.

Ich sage Danke, doch das kommt nur wie ein Flüstern raus.

»Und jetzt ab mit dir in den besten Sommer deines Lebens«, sagt er.

Ha! Eine schwierigere Aufgabe hätte er mir nicht stellen können. Aber wenigstens kriegt mein langweiliger Sommer jetzt seinen eigenen Soundtrack.

Mit einem komischen Gefühl trete ich auf den Flur. Im ersten Abfalleimer entdecke ich ein paar Aufsatzhefte. Ich hole sie raus, hoffentlich guckt keiner, und schlage das erste auf.

LIEBER HARRY POTTER,

Ich stopfe die Hefte und den iPod in den Rucksack. Dann räume ich sämtlichen Müll und alles andere, bis zum letzten Kaugummistreifen, aus meinem Spind. Alle Beweise erfolgreich beseitigt. Und mein Aufsatzheft? Ich bete, dass ich auf dem Heimweg nicht irgendwo sterbe, wo ein Krankenwagenfahrer dann hinten zwischen den letzten Heftseiten meinen *Liebe-Mary*-Brief finden könnte. *Lass mich wenigstens bis nach Hause kommen, Gott, damit ich ihn in tausend Stücke zerreißen kann.*

8. Kapitel

Bei Lisa muss ich vorsichtig sein. Sie ist meine beste Freundin, könnte man sagen, doch wenn man kaum Freunde hat, ist *beste* relativ. Sie ist eine Freundin, und sie ist da, und wenn ich gar keine Freundin hätte, würde ich hervorstechen wie eine blaue Sonnenblume. Sie sagt, die Art und Weise, wie Mädchen ihren Kopf halten, verrät ihr Dinge über sie.

Als sie auf mich zukommt und sagt: »Was ist los mit dir? Du wirst rot. Oh mein Gott, hat dir etwa ein Junge einen Zettel zugesteckt?«, zwinge ich mich, meinen Hals ganz gerade halten, und sage: »Ach was, nein.«

Das Accessoire zu Lisas Lächeln ist heute ein intensiv glänzender Lipgloss, die Haare hält sie mit einem hübschen karierten Stirnband vom Gesicht weg. Unglücklich habe ich Lisa noch nie gesehen. Das mag ich an ihr. Wenn Lisa eine Farbe wäre, dann wäre sie gelb.

Und sie hat mir Ohrringe zum Geburtstag geschenkt.

Ohrringe. Welche für Ohrlöcher.

Sie kann es nicht lassen.

Sie sagt: »Jetzt muss er dir erlauben, dir Ohrlöcher stechen zu lassen.«

»Das denkst du.«

»Versuch's einfach.«

Mit dem, was sie über meinen Dad nicht weiß, könnte man ein ganzes Buch füllen. Ein Buch, das Lisa niemals lesen würde.

»Komm jetzt, komm«, sagt sie auf ihre hastige, atemlose Art. Das ist noch so eine Eigenschaft von Lisa, normalerweise will sie immer schon ganz woanders sein und nie da, wo sie gerade ist.

Wir sprinten also aus der Schule, reden schnell über ihre tollen Pläne fürs Sommerlager, in das sie fährt, und ob ich ihr schreiben werde. »Vergiss nicht unsere Abmachung, bis zum Ende des Sommers einen Jungen so richtig geküsst zu haben, mit Zunge, und schreib mir eine Nachricht, sobald das passiert ist.« Irgendwie ist sie auf diese Art Kuss fixiert, so als ob das ihr Leben verändern würde. Sie glaubt, nachdem es passiert ist, würde man es ihr äußerlich ansehen, sie würde dann älter wirken und den Kopf anders halten.

Ich bin mir nicht so sicher, dass das stimmt. Und selbst wenn, warum sollte man wollen, dass alle Welt über so etwas Persönliches Bescheid weiß? Mir selbst wäre es lieber, wenn ein Junge bemerken würde, welches Buch ich lese, und mir erzählt, dass er es auch gut findet. In meinen Augen ist das ein besseres Zeichen dafür, dass man jemanden mag, als ein feuchter Kuss.

Mr. Wistler, mein neuer Lieblingsmensch auf dem Planeten, sagt, Figuren werden interessant, wenn man ihnen eine Menge Erfahrung mitgibt. Ich glaube, das trifft auf das wirkliche Leben auch zu, deshalb werde ich versuchen, Abwechslung in meinen Sommer zu bringen, und ein echter Kuss wäre ganz bestimmt mal was anderes, aus diesem Grund steht er auch auf meiner Liste. Dieser Punkt wird aber schwer umzusetzen sein. Keine Ahnung, wie ich jemanden zum Küssen finden soll, wenn ich den ganzen Sommer ins Haus meiner Großeltern verbannt werde. Die haben nicht mal einen Jungen zum Rasenmähen.

Lisa wird von ihrer Mutter mit dem Auto abgeholt und ich mache mich auf zur Bushaltestelle.

Im Bus ist heute Party auf Rädern. Na ja, ist schließlich der letzte Schultag. Und die letzte Busfahrt. Wenn ich ein Mensch wäre, der ständig »Gott sei Dank« sagt, würde ich sagen: »Gott sei Dank ist das der letzte Tag, an dem ich Bus fahren muss.« Am liebsten würde ich den ganzen Weg zu Fuß laufen, aber nein, das wird niemals geschehen, wegen meines Dads und seiner »Sorge um meine Sicherheit«. Er sollte mal mit dem Bus fahren, dann hätte er einen richtigen Grund, sich um meine Sicherheit zu sorgen.

Zum Beispiel riechen die Leute dort meistens schlecht und sind nicht nett zu neuen Mitschülern, erst recht nicht, wenn die bloß mickrige Sechstklässler sind. Wenn du Sechstklässler bist, ist das Grund genug, von anderen nur aufgrund deines Alters belästigt zu werden. Das Gute an mir ist, dass ich gelernt habe, die »Nadeln« im Bus auszumachen, bevor sie mir was tun können. Der Begriff *Nadeln* hat eine besondere Bedeutung, die ich erfunden habe.

Nadeln, die
Substantiv plural, feminin
Kinder, die den Schwachpunkt eines Menschen finden und alles daransetzen, gemein zu sein

Dieses Wort kann ich benutzen, um sie zu beschimpfen, ohne dass sie es mitkriegen. Abgesehen davon passt es. Ich stelle mir vor, wie ihre Gemeinheiten auf Menschen einprasseln und tausend kleine Löcher in sie reinpiken. Nadeln sind nicht schwer auszumachen. Sie haben gern Publikum und treten in Zweier- oder Dreiergruppen auf. Sie haben das, was gerade am angesagtesten ist, immer schon vor allen anderen. Sie reden laut. Sie glauben, sie wissen alles. Und sie bringen kein Mittagessen von zu Hause mit in die Schule. Deshalb will ich sie am liebsten fragen: *Wo ist deine Mutter?* Aber das mache ich nicht. Ich bleibe unsichtbar wie immer.

Besonders heute.

In meinem Bus gibt es zwei Nadeln: Mark Medina und Daryl Land. Die würden mir liebend gern meinen iPod klauen oder sich über meinen Brief an Atticus lustig machen, wenn sie davon wüssten. Es ist gut, dass beides im Geheimfach von meinem Rucksack versteckt ist. Daryl ist der Anführer einer ganzen Gruppe von Nadeln. Er hat einen tarnfarbengrünen Rucksack und keine Schnürsenkel in den Schuhen, was er vermutlich für cool hält. Ich finde das irgendwie bescheuert, aber das würde ich niemals laut sagen.

Am Anfang des Jahres gab es einen Neuen namens Russell. Ich hätte Russell warnen können, dass er wegen seines Klarinettenkastens mit dem Pfadfinderaufkleber mit Nadeln gespickt werden würde, aber ich habe überhaupt nichts gesagt. Daryl Land hat ihn Doofnuss und Dumpfbacke genannt. Russell stand einen Augenblick einfach nur da und drängelte sich dann an Daryl vorbei, aber der schubste ihn auf einen Sitz und schmiss den Klarinettenkasten runter. Russel wollte was sagen, aber es dauerte eine halbe Ewigkeit, bis er es rausbekam, weil er stotterte. Das war nicht gut für ihn, denn Daryl ließ die Beschimpfungen nur so auf ihn niederhageln.

Mir ging es so schlecht damit, dass ich sauer auf Russell wurde, weil der sich nicht verteidigte, weil er nicht einfach versuchte, auf andere Art nach Hause zu kommen, sich eine andere Mitfahrgelegenheit suchte. Aber ich vermute, der Unterschied zwischen mir und Russell ist, dass meine Garage mit Kartons vollgestopft ist, die jederzeit zum Packen bereitstehen, falls wir wegmüssen. Außerdem bin ich ein Feigling. Ich sehe zu, wie Russell wehgetan wird, und unternehme nichts dagegen, denn lieber soll er es abkriegen als ich.

Heute ist Russell nicht im Bus. Da fragt man sich

schon, ob Russell die Sommerferien und die Tatsache, in ihnen nicht Bus fahren zu müssen, vielleicht mehr liebt als alles andere auf der Welt.

Ich wohne zwei Querstraßen von der nächsten Bushaltestelle entfernt. Am liebsten würde ich die Sandalen ausziehen und übers frisch gemähte Gras gehen, den Sommeranfang unter den Füßen spüren und vielleicht in der Mitte der warmen, geteerten Fahrbahn der weißen Straßenmarkierung folgen. Außerdem ist das jetzt für eine ganze Weile das letzte Mal, dass ich völlig allein sein kann. Ich bin es so leid, mit meinem Dad darüber zu streiten, dass ich den ganzen Sommer weggeschickt werde. Es nützt ja doch nichts.

Gestern Abend ist Folgendes passiert.

Beim Abendessen hat er gesagt: »Es wird Zeit, Pläne für unseren Sommer zu machen.« Er hat mich nicht angeguckt, als er das gesagt hat. Er hat nur auf die Speisekarte gestarrt. Wir waren essen gegangen, weil jemand vergessen hatte, einkaufen zu gehen, und niemand Appetit auf eine Dosensuppe hatte.

»Ist wohl so«, sagte ich und dachte angestrengt darüber nach, wie ich ihn davon überzeugen konnte, dass ich alt genug war, allein zu Hause zu bleiben. Da mein Vater Professor ist, ist er geübt darin, die Schwachstellen von Argumenten herauszufinden. Man muss vorsichtig sein, kurze Sätze benutzen, die nicht zu viele Informationen preisgeben.

»Opa freut sich schon darauf, mit dir angeln zu

gehen«, sagte er. »Und es gibt dieses Jahr ein paar neue Ausstellungen im Museum. Vielleicht ist auch ein Ausflug zur Strandpromenade in Kemah drin.« Er klappte die Speisekarte zu und schaute mich über den Tisch hinweg an, mit hochgezogenen Augenbrauen, so als hätte er eine Frage gestellt. Klar, Opa nimmt mich manchmal mit, wenn er mit seinen Freunden angeln geht. Ich pack dann immer ein Buch ein. Und Museen? Menschen haben ganz unterschiedliche Vorstellungen davon, was Spaß macht.

»Ich habe es dir schon gesagt«, sagte ich. »Ich will da nicht hin. Und du hast gesagt, wir würden das besprechen.«

»Sarah, du weißt, dass ich arbeiten muss.«

»Und ich muss leben!«

»Sei doch nicht so dramatisch.«

»Du musst zulassen, dass ich mich entfalte, sonst lerne ich nie was fürs Leben. Ich bin zwölf.«

»Gerade mal.«

»Was hast du mit zwölf gemacht?«, fragte ich, aber ein paar Fakten kannte ich bereits. Er durfte zu allen möglichen Pfadfinderlagern weit weg von zu Hause und ohne Helm Fahrrad fahren.

»Wenn du den ganzen Tag allein zu Hause wärst, würde ich mir Sorgen machen«, sagte er. »Ich kann nicht anders.«

Würde Dad in meinem Wörterbuch *Sorgenmacher* nachschlagen, würde er sein Verhalten vielleicht ändern.

Sorgenmacher, der
Substantiv, maskulin
ein Mensch, der an unglückliche Ereignisse denkt, die eintreten könnten (siehe auch: **Tom Nelson**)

Nun ja, ich hätte ihn daran erinnern können, dass er mich schließlich auch allein ließ, wenn er betrunken war, und dass wir nie ins Einkaufszentrum gekommen waren, und ich hätte sagen können: *Na, und hast du dir da Sorgen gemacht?* Aber nein, das habe ich nicht getan.

Ich habe nur gesagt: »In diesem Sommer will ich da *wirklich* nicht hin.«

Er zahlte die Rechnung und wir brachen auf.

Als wir nach Hause kamen, ging ich als Erste rein und blieb stumm, als er mir hinterherrief: »Sarah. Sarah, nun lass das doch! Ich mach das doch nur, weil ich dich lieb habe.«

»Schon gut, Dad«, sagte ich und versuchte, meine wackelige Stimme unter Kontrolle zu behalten. Zwecklos. Sie klang zittrig.

»Damit will ich doch nicht sagen, dass du kein verantwortungsvolles Mädchen bist, Sarah«, fing er an.

»Das tust du aber.«

Ich stapfte den Flur entlang, knallte die Tür zu und wartete darauf, dass er auf der anderen Seite stand. Es dauerte lange, bis er etwas sagte.

»Sarah, ich versuche mir was einfallen zu lassen,

okay? Ich versuche, irgendeine andere Lösung für den Sommer zu finden, okay?«

Ich sagte nichts, ließ ihn zappeln.

»Und die Sache mit dem Einkaufszentrum mache ich wieder gut. Wir gehen hin, wenn Oma da ist.«

»Ja, wenn du dich nicht betrinkst«, sagte ich.

Ich hatte gedacht, es wäre ein gutes Gefühl, ihm seinen Fehler an den Kopf zu knallen. War es nicht. Ich hab mich gefühlt wie eine gemeine Nadel.

9. Kapitel

Da es der letzte Schultag ist, lasse ich mir Zeit für den Weg von der Bushaltestelle nach Hause, gehe ein paarmal um den Block und tu so, als würde ich in einer anderen Straße wohnen. Drei ganze Monate lang keine Schule, kein Schulbus und keine Nadeln mehr. Doch ich will auch nicht schnell nach Hause.

Wenn es einen Ort irgendwo zwischen Schule und zu Hause gäbe, würde ich gern dort leben? Ja, das würde ich.

Ich gehe an dem Haus mit der Topfpflanze auf dem Baumstumpf vorbei. Ich spüre, wie sie mich anstarrt und um Hilfe fleht. Ich gehe noch ein paar Schritte, dann halte ich es nicht mehr aus. Ich renne zurück, rette sie vom Baumstumpf und stelle sie vorsichtig auf die Veranda, wo sie hingehört – was eigentlich jedem klar sein müsste. Hat mich jemand gesehen? Die Nachbarn werden mich für verrückt halten, aber das interessiert mich nicht.

Ich entferne mich schnell vom Tatort und biege in

den Yale Court ein. Ich gönne mir den Luxus einer Schatzsuche und hebe einen herzförmigen Stein vom Boden auf, die gibt es häufiger, als ihr vielleicht denkt. Dann sammle ich einen Golfball aus dem Vorgarten von Mr. Gustafson ein. Zu Hause habe ich schon zwei, auf die ich mit schwarzem Filzstift kleine Gesichter gemalt habe. Eins ist ein glückliches Gesicht, das andere ist traurig. Ich finde es nützlich, sie auf den Waschtisch meines Vaters zu stellen, damit er weiß, in welcher Stimmung ich gerade bin.

Heute Morgen habe ich beide auf sein Rasierhandtuch gelegt. Vielleicht werde ich einen neuen Golfball mit einem halb glücklichen, halb traurigen Gesicht erschaffen müssen, weil ich mich in letzter Zeit immer innerlich zerrissen fühle. Meine eine Hälfte will unbedingt nach Norden, die andere nach Süden. Pflanze meinte, das sei ein sicheres Anzeichen von Verrücktheit und ich solle mich vor neuen Stimmen hüten.

Ich umrunde die gesamte Sackgasse und kicke einen Stein vor mir her. Und dann schaue ich nach, ob Post da ist.

Tatsächlich.

Irgendwie hatte ich geahnt, dass was im Briefkasten sein würde. Also, eines müsst ihr über meine Mutter wissen: Zweimal im Jahr, zu meinem Geburtstag und zu Weihnachten, schickt sie mir eine Karte. Davon abgesehen kriege ich den Rest des Jahres nichts von ihr. So ist es immer gewesen.

Das macht mir jetzt ein ganz kleines bisschen Angst.

Ich muss mich daran erinnern, dass es nur eine Karte ist. Aber sie hat dieses Stück Papier berührt – und das macht es zu einer Kostbarkeit. Es ist, als wären wir beide am selben Ort gewesen, nur zu verschiedenen Zeiten. So als würde ich in ein Gebäude reingehen und sie rauskommen.

Zunächst tue ich so, als sei mir die Karte egal, und lese die andere Post zuerst. Dann gehe ich Pflanze Hallo sagen und drehe ihren Topf, damit sie ihre Rückseite sonnen kann. Ich schaue nach, ob Textnachrichten gekommen sind, und schicke eine an Lisa.

Schreib mir aus dem Ferienlager!

Mr. Wistler wäre glücklich darüber, dass ich einen vollständigen Satz als Nachricht geschrieben habe.

All das dauert circa fünf Minuten.

Der Umschlag starrt mich an.

Darauf sind ihre verrückte Handschrift und ein Stempel von einer texanischen Strafvollzugsabteilung.

Ich lege die Finger auf meinen mit Tinte geschriebenen Namen.

Sarah Nelson

Ich lasse den Finger unter die Umschlaglasche gleiten und spüre ein befriedigendes Gefühl, als das Papier aufreißt. Ich ziehe eine Karte raus und drehe die Vorderseite zu mir. Ich rieche an der Karte, halte sie ins Licht, um nachzusehen, ob vielleicht eine Nachricht, mit unsichtbarer Tinte geschrieben, drauf versteckt ist.

Verrückte Menschen machen so was manchmal, habe ich gelesen. Nur ein Bild von einem schwarzen Labradorhund starrt mich an. Den Kopf hält er schräg, so als hätte ihm gerade jemand eine Rechenaufgabe gestellt, über die er nachdenkt. *Im Ernst jetzt?*

Ich öffne die Karte.

Einen zum Schwanzwedeln schönen Geburtstag!

Und darunter, in ihrer Handschrift:

Herzlichen Glückwunsch, Sarah. Wie geht es dir? Zwölf ist ein so wundervolles Alter. Bitte schick mir Bilder von dir als neuem Menschen.

Alles Liebe, ~~Jane~~ deine Mutter

Okay, das ist jetzt nicht nett, aber auf den ersten Blick entdecke ich gleich zwei Fehler in dieser Karte:

1. *Sie hat zuerst mit* Jane *unterschrieben*
2. *Sie glaubt, ich sei jetzt ein neuer Mensch*

Ich muss mich fragen, ob jemand in ihrem Krankenhaus sie wohl daran erinnert hat, die Karte an ihre eigene Tochter nicht mit ihrem Vornamen zu unterschreiben. Und was weiß sie denn schon über mein neues Ich? Sie weiß gar nichts über mich.

Trotzdem gehe ich in mein Badezimmer und schaue nach, ob mir ein neuer Mensch entgegenstarrt. Ich fahre mir mit der Hand durchs Haar. Schiebe es hinter die Ohren, vielleicht sieht es dann aus wie hochgesteckt. Mache einen Schmollmund und drehe die Schultern zur Seite nach Supermodel-Art. Keine Ahnung, vielleicht ist da eine kleine Veränderung, aber der Unterschied ist nicht größer als zwischen sechs und fünf nach sechs, alles so wie immer, nur fünf Minuten älter.

Vielleicht hat sie das einfach nur so dahingeschrieben, ohne Grund, und ich bin wegen nichts total aufgeregt. Analyse ist Paralyse, sagt Opa immer, wenn wir beraten, wo wir essen gehen sollen, und uns nicht entscheiden können. Ich denke zu viel über diese Sache nach. Ich lege die Karte beiseite, sie will ein Bild von mir, sonst nichts, sage ich mir. Das Schlimmste an dem ganzen Verrückte-Mutter-Problem ist, dass ich mit niemandem über diese Karte reden kann.

»Was meinst du, Simon?«, sage ich zu meinem Spiegelbild. »Sieht man mit zwölf anders aus? Sehe ich anders aus von da, wo du bist?«

Sofort vermisse ich Simon, also verbanne ich meine Gedanken an ihn und denke an jemand anderen.

Meine Tante Mariah?

Ich könnte sie anrufen und fragen, was sie glaubt. Sie ist noch so ein Mensch, über den unsere Familie nicht gern redet, wahrscheinlich weil sie die Halbschwester meiner Mutter ist. Ich wünschte, wir wären uns näher, doch das sind wir nicht. Wenn ich an sie denke, stelle ich mir vor, wie sie aus der Bibel zitiert und wie sie meine beiden Hände umfasst, wenn sie mich begrüßt. Meine Großmutter mag das gar nicht. Tante Mariah ist ein Mensch, der andere häufig anfasst, und sie trägt Schmuck und bunte Sachen. Wenn Menschen Farben wären, wäre meine Großmutter beige und Tante Mariah ein Regenbogen. Ha!

Ich mache die Augen zu und stelle mir ihre Hände auf meinem Gesicht vor. Ja, mit ihr könnte ich über diese Karte reden. Ich werde es auf meine Liste setzen und Dad um ihre Telefonnummer bitten müssen. Ich weiß nicht mehr, wann ich das letzte Mal mit ihr geredet habe.

Wieder kommt mir Simon in den Sinn, und ich muss ihm sagen, dass er jetzt doch bitte wirklich weggehen soll.

Als wir in Galveston wohnten, haben meine Tante und ich lange Spaziergänge am Strand gemacht. Sie hat ihr Gesicht ganz dicht an meines gehalten, und ich konnte die Minze riechen, die sie gern kaute. Tante Mariah hat immer die faszinierendsten Sachen gesagt. Solche, bei denen du dir wünschst, dass Papier und Bleistift an deinem T-Shirt befestigt wären. Ich wollte all ihre Weisheiten aufschreiben.

»Es gibt Leute, die nur darauf warten, dich zu lieben. Leute, die Gott dir wie Straßenschilder an deinen Lebensweg gestellt hat. Hier entlang! Jetzt abbiegen und diesen Menschen lieben. Nächste Hilfe: in

15 Kilometern. Doch die meisten Leute halten nicht an, um sie zu lesen, Sarah, mein Mädchen.«

An eine Sache erinnere ich mich sehr gut: Sie hat gesagt, wenn ich jemand anderen liebe, wenn das Gefühl, geliebt werden zu wollen, bei mir gerade am stärksten ist, ja, dann wird die Liebe wie Regen auf mich einprasseln, bis ich ganz durchweicht bin.

Genau in diesem Moment merke ich, dass ich weine.

Tränen fließen und ich drücke die Karte an meine Brust. Ich rutsche runter auf den gelben Badezimmerboden und lege mich auf die Seite, sodass ich eine meiner Haarspangen unter dem Schrank sehen kann. Wie in zwei Teile gerissen fühle ich mich. Ich sehne mich schmerzlich danach, mehr über meine Mutter zu wissen, gleichzeitig wünsche ich mir, sie hätte mir niemals irgendwelche Karten geschickt. Zwei so gegensätzliche Sachen auf einmal zu fühlen, ist wahrscheinlich eines der ersten Anzeichen fürs Verrücktwerden.

Ein paar Minuten später höre ich, wie unser Garagentor aufgeht. Es klappert und kreischt, als würde es jemand gerade umbringen.

Ich stehe vom Fußboden auf und bringe mich in Ordnung. Meine Backen sind rot und fleckig, also spritze ich mir Wasser ins Gesicht, dann renne ich in mein Zimmer, schlage die Tür zu und setze mich neben Pflanze. Sie hat im September Geburtstag, sie muss also noch auf ihre besondere Überraschung warten. Ich lese ihr meine Geburtstagskarte vor.

»Ich frag mich, ob sie gerade einen Haufen Autogramme gegeben hat, als diese Karte vor sie hingelegt worden ist«, sage ich. »Sie hat wohl gedacht, es wäre einfach nur eine weitere Unterschrift für einen Fan.«

Im Internet habe ich was über Leute gelesen, die meiner Mutter schreiben wollen. Soweit ich weiß, gibt es Männer, die für sie schwärmen, Frauen, die ihr was antun wollen, und Leute, die sie zu Studienzwecken beobachten möchten. Der Gedanke, dass manche Menschen mehr über sie wissen als ich, ist seltsam. Das ist so ungerecht!

10. Kapitel

Ich gucke aus dem Fenster und sehe das Unheil auf Rädern herannahen.

Die riesige beige Limousine biegt auf unsere Auffahrt ein. Das bedeutet Langeweile. Das heißt, dass Dad keine andere Lösung für diesen Sommer eingefallen ist.

»Hallo!«, brüllt Opa. Er sieht mich als Erster, als ich in die Küche komme. Er drückt meine Schulter. Ich hatte gehofft, ich könnte mir noch schnell einen Imbiss schnappen, mich in meinem Zimmer verstecken und meinen iPod auspacken.

Meine Großmutter presst mich an sich.

»Möchtest du Limonade?«, will sie wissen. »Ich habe welche mitgebracht.«

Mein Dad tätschelt mir den Rücken.

Drücken. Pressen. Tätscheln.

Jedes Mal dasselbe, wenn ich sie zusammen erlebe. Wenigstens können sie nicht sehen, dass ich geweint habe. Oder es fällt ihnen einfach nicht auf.

»Wie war dein letzter Schultag?«, fragt Opa.

»Hast du heute was Neues gelernt?«, fragt Oma.

Meine Haut prickelt wie unter Strom, so gereizt bin ich. Kann ich nicht eine Minute für mich haben? Ich will nicht, dass Lisa ins Ferienlager fährt. Ich wünschte, kein doofer Labrador hätte mir einen zum Schwanzwedeln schönen Geburtstag gewünscht und keiner hätte wissen wollen, wie ich als »neuer« Mensch bin. Und ich kann die Vorstellung nicht ertragen, nach Houston zu fahren, wo der Spaß zum Sterben hinkommt. Ich bin ein einziger Mix aus Wut und Traurigkeit. Kein noch so schlauer Ermittler könnte mit all den Fragen fertigwerden, die jetzt in mir brodeln.

»Bin gleich wieder da«, sage ich.

Nein, bin ich nicht. Ich werde erst wiederkommen, wenn ihr mich dazu zwingt.

Vielleicht ist das auch so ein Anzeichen fürs Verrücktwerden, aber am besten kann ich in meinem Wandschrank schreiben, und genau da gehe ich hin und schreibe noch einen Brief.

Lieber Atticus,
hier bin ich wieder und schreibe dir. Frag mich nicht, warum, aber ich hatte das Bedürfnis, das zu tun. Außerdem habe ich diesen neuen iPod (du weißt nicht, was das ist, aber glaub mir, er ist cool) und drei neue Aufsatzhefte, und ich finde, ich sollte sie vollschreiben. Ich war mir nicht sicher, wie ich diesen Brief genau anfangen

soll. Ich hatte mir überlegt, Lieber Mr. Finch *zu schreiben, aus Respekt. Ich weiß, deine eigenen Kinder nennen dich beim Vornamen und nicht* Dad *oder* Vater. *Darüber habe ich mich gewundert, als ich das Buch, in dem du vorkommst, zum ersten Mal gelesen habe. Mein Dad (Tom Nelson) hat mir gesagt, das sei so, weil du versuchen würdest, Scout und Jem beizubringen, älteren Leuten mit Respekt zu begegnen. Ich vermute, zu deiner Zeit war das wohl der Grund, aber ich kenne ein Mädchen in meiner Klasse, das seine Mutter Lori nennt, wenn sie auf Mom nicht reagiert. Wir haben festgestellt, dass man damit die Aufmerksamkeit eines Erwachsenen bekommt, der dich ignoriert, weil er gerade am Telefon ist. Sie sagt es so: »Entschuldige bitte, Loriiiii.« Ich glaube, so machen deine Kinder das nicht, wenn sie dich Atticus nennen. Du scheinst ihnen Aufmerksamkeit zu schenken. Außerdem ist mir aufgefallen, dass Harper Lee, die Autorin, den Haustieren in ihrer Geschichte gern Vor- und Nachnamen gegeben hat. Das weiß ich, weil ich sie in meiner Taschenbuchausgabe eingekringelt habe. Da ist dieser tollwütige Hund namens Tim Johnson und die Katze namens Rose Aylmer und der Hund vom Sheriff, Ann Taylor. Ich habe noch nie daran gedacht, einem Haustier zwei Namen zu geben. Vielleicht ist das ja so üblich in Alabama.*

Wie du ja schon weißt, hat mein Englischlehrer Mr. Wistler unserer Klasse die Aufgabe gegeben, an unsere Lieblingsfigur zu schreiben. Du bist meine. Ich habe andere in Erwägung gezogen, Boo Radley etwa. Doch aus vielen Gründen würden dann Leute, die den Brief lesen, die Augen verdrehen und sagen: »Hab ich's doch gewusst, dieses Mädchen schreibt an die seltsamste Figur im Buch und nicht an eine normale.« Deshalb behalte ich meine Fragen an Boo für mich. Ich habe außerdem lange darüber nachgedacht, an Scout zu schreiben. Das ist wahr. Die Sache ist die, ich wäre gern Scout, weil sie, obwohl sie manchmal tough ist, sich trotzdem wie ein Mädchen verhält. Manchmal denke ich über die Dinge nach, die sie tun könnte, und überlege, ob ich wohl die gleichen Entscheidungen treffen würde. Aber wenn ich an Scout schreiben würde, ist mir klar geworden, würde ich mit all meinen Worten letztlich nur eines sagen: Atticus, ich wünschte, du wärst mein Vater. Mir ist sonst niemand eingefallen, der meinen Brief lesen und mich nicht auslachen würde. Ich stelle mir vor, wie du mit diesen Seiten in den Händen auf deiner Veranda sitzt und den ganzen Brief liest, ehe du drauf reagierst. Ist das seltsam? Vielleicht, doch es wäre gelogen, wenn ich behaupten würde, noch nie ein eingebildetes Gespräch geführt zu haben. Ich bin zwölf, nur damit du es weißt.

Wenn du mir wirklich antworten könntest, würde ich dich gern fragen: Ist es sehr schwer, Vater zu sein, ohne eine Frau zu haben? Für dich scheint es nicht zu schwer zu sein, vielleicht liegt das auch daran, dass deine Kinder zu der Zeit, zu der deine Geschichte erzählt wird, schon zur Schule gehen und du eine nette Hausangestellte hast, Calpurnia. Diesen Namen liebe ich. Sollte ich jemals eine Katze haben, werde ich sie Calpurnia taufen. Vielleicht Finch als Nachnamen. Calpurnia Finch.
Ich würde auch gern wissen, wie es sein kann, dass du so ein toller Mensch geworden bist, jemand mit so guten Manieren. Wie bist du so geduldig und verständnisvoll geworden? Wenn du mein Vater wärst, würde mir am besten an dir gefallen, dass du nahezu jeden Tag derselbe wärst. Wenn du sagst, du bringst Spaghetti zum Abendessen mit, würdest du das auch tun. Wenn du sagst, du bringst mir ein Kartenspiel bei, würdest du mir die Regeln in einem ruhigen, gelassenen Ton erklären. Und ich bin sicher, du fändest es in Ordnung, wenn ich den Sommer über zu Hause bliebe, während du zur Arbeit gehst. Wie bist du so verlässlich geworden? Hast du das von deinen eigenen Eltern?
Weißt du, wenn du mich kennenlernst, wirst du feststellen, dass ich ziemlich viel über solche Sachen nachdenke. Ich frage mich zum Beispiel,

wie viel von meiner Mutter in mir steckt und wie viel von meinem Vater. Glaubst du, dass du einem Elternteil ähnlicher bist als dem anderen? Wenn du das mit Ja beantwortest, bedeutet das, es gibt Hoffnung für mich. Diese Geschichte hebe ich mir aber für einen anderen Brief auf. Wie manche Leute sagen würden, wäre das TMI oder too much information.

Mit freundlichen Grüßen
Sarah Nelson

11. Kapitel

Meine Großmutter klopft an meine Zimmertür. Wie der Blitz bin ich raus aus dem Wandschrank.

»Sarah, wohin würdest du gern zum Abendessen gehen?«

»Ich komme gleich.«

Nee, darauf könnt ihr lange warten. Ich klettere aus dem Fenster und haue ab. Seht doch selbst, wo ihr zum Abendessen abbleibt.

Sie sagt: »Ich freu mich schon darauf, mit dir über die Sommerferien zu reden. Vielleicht gehen wir ja zu *Chuck E. Cheese*!«

»Okay«, sage ich.

Mehr Begeisterung kann ich nicht aufbringen.

Chuck E. Cheese und ich vertragen uns nicht.

Wenn ihr euch erinnert: Das letzte Mal war ich dort in dem Jahr mit der miesen Geburtstagsfeier, dem Kleinkindpuppenhaus und dem verschütteten Getränk, das damals purer *Jim Beam* war. Das war, bevor *Jim Beam* die Bekanntschaft mit *Dr Pepper* machte.

Ich hab gesagt, ich würde nicht drüber reden, aber hier sitze ich mit einer Karte von Jane alias meiner Mutter. Dieser Geburtstag fängt an, sich genauso anzufühlen wie der damals.

Wenigstens hat meine Mutter an ihn gedacht. Von Dad hab ich nichts bekommen.

Als ich acht wurde, hat er mir zwei Plüschtiere geschenkt und eine Halskette mit kleinen Anhängern, einen Stapel Bücher, ein Spielzeug-Schminkset, Hausschuhe mit Leopardenmuster in Pink, eine Wasserflasche mit meinen Initialen drauf, ein gelbes Tagebuch und das Puppenhaus für Kleinkinder.

Natürlich war es rosa.

Im Puppenhaus gab es in jedem Raum eine kleine Deckenlampe, die man an- und ausschalten konnte. Sogar Bilder von glücklichen Gesichtern waren da an den Wänden, die sollten vermutlich die Familienmitglieder der Puppen darstellen.

Die Geburtstagskarte von meiner Mutter lag damals neben mir auf dem Fußboden.

»Warum bekomme ich nur eine Karte?«, habe ich ihn gefragt. »Warum kriege ich nicht mehr von ihr?«

»Ich weiß es nicht, Sarah«, sagte er, seine Augen klebten noch immer am Fernseher.

»Vielleicht hat sie unsere neue Adresse nicht, weil wir so oft umziehen.«

»Ich hab sie ihr gegeben. Sie weiß Bescheid.«

»Können wir sie jetzt gleich anrufen und fragen? Vielleicht ist da doch noch mehr.«

»Ich frage nächstes Mal. Ich glaube nicht, dass da noch was anderes ist.«

»Glaubst du, dass ihr Gehirn je wieder gesund wird?«

»Keine Ahnung.«

»Wie mag sie wohl gewesen sein, als sie acht war?«

»Ungefähr zu der Zeit ist ihre Mutter gestorben. Sie ist dann zu ihrem Vater in den Süden von Texas gezogen.«

»Wir sind uns also ähnlich?«

»Nun, ja. Vielleicht.«

»Ich will ein Bild für sie malen. Was mag sie denn gern?«

»Das weiß ich nicht. Egal, was du malst, es wird ihr gefallen.«

»Du willst es mir bloß nicht sagen.«

»Sarah, ich weiß wirklich nicht …«

Sein dickes Glas rutschte ihm aus den Fingern und krachte laut auf den Fliesenboden. Glassplitter und Eiswürfel überall, ich weiß nicht, ob es gefallen ist oder geworfen wurde.

Ich hockte mich wieder in mein Nest aus Geschenkpapier und versuchte ein unsichtbares rosa Ding zu sein.

»Tut mir leid, Kleines. Keine Ahnung, wie das passieren konnte …« Und dann schaffte er es nicht, seinen Satz zu Ende zu bringen.

Er bemühte sich, nicht zu weinen.

Im Fernsehen wurde geschossen. Das war auf seltsame Weise tröstlich. Die Guten gewannen.

»Tut mir leid, dass ich dich aufgeregt hab.«

»Das hast du nicht, Sarah«, sagte er. »Du bist mein neugieriges Mädchen.«

Ich half ihm, Scherben und Eiswürfel aufzufegen. Und ich schnupperte dran, weil ich wissen wollte, was so toll an *Jim Beam* war. Der Geruch erinnerte mich an Hustensaft.

Von diesem Tag an versuchte ich, nach außen kein neugieriges Mädchen mehr zu sein. Ich war nur noch im Geheimen, wenn ich ganz für mich war, neugierig. Ich habe seine Sachen durchsucht, wenn er nicht zu Hause war oder schlief.

Dabei habe ich den Schuhkarton gesehen.

Er stand ganz oben auf dem Regal, in der hintersten Ecke von seinem Wandschrank. Als ich ihn aufmachte, stieß ich auf Gegenstände von Interesse, wie Ermittler sagen würden.

Liebe Jane,
wir sprechen ja hin und wieder am Telefon miteinander und schreiben uns E-Mails, aber ich höre dich nie lachen. Ich wünschte, ich würde noch wissen, was dich zum Lachen gebracht hat. Was bringt dich heute zum Lachen? Oh, das ist ein furchtbarer Brief. Sieh nur, wie oft ich das Wort »Lachen« geschrieben habe. Nun, es macht mir nichts aus, das HIER einzugestehen, weil niemand all meine ungesehenen Briefe liest – aber ich habe wieder getrunken. Ja, es ist wahr. Mutter hat ihr Bestes gegeben, mich vom Alkohol weg

und wieder auf Spur zu bringen, und im Wesentlichen hat es funktioniert. Nun ja, eigentlich habe ich es für Sarah gemacht. Aber manchmal kann ich nur so schlafen. Ich bin schwach. Ich bin ein ganz, ganz schwacher Mann.

Der Brief hörte ohne irgendeinen Schluss auf. Kein »Alles Liebe, Tom« oder sonst was. Vielleicht war er eingeschlafen.

Siehst du, so was passiert, wenn man nur zwei Karten im Jahr kriegt von einem Menschen, den man nicht versteht. Irgendeiner verschüttet dann einen Drink oder weint oder beides und man kommt nicht weiter.

12. Kapitel

Würden sie es merken, wenn ich verschwinde, frage ich mich.

»Wo ist sie denn hin?«

»Keine Ahnung.«

»Kommt, wir trinken noch was.«

Da ich nicht komplett verschwinden kann, drücke ich das Fliegengitter vor dem Fenster raus, klettere nach draußen und klemme das Gitter wieder an seinen Platz. Wie ein Verbrecher. Ich weiß, wie ich meine Spuren beseitige. Dann stehe ich auf dem Baumstumpf im Vorgarten. Der Baumstumpf ist nur einen knappen Meter hoch, aber wenigstens bin ich weg vom Boden. Ihr glaubt vielleicht nicht, dass die Dinge aus dieser Höhe anders aussehen, doch das tun sie. Im wirklichen Leben wäre ich auch furchtbar gern so groß. Das würde mir den Vorteil verschaffen, Dinge kommen zu sehen, ehe sie da sind.

Das Beste, das ich mir von diesem Sommer erhoffen kann, ist abzuwarten bis zu dieser letzten, guten

Woche in Houston. Ich werde die Ohrringe meiner Großmutter bewundern und gerade wenn sie mich wieder gernhat, werde ich sie überreden, mir zu erlauben, Ohrlöcher stechen zu lassen.

Ich drehe mich zu unserem Haus um. Die Nase meiner Großmutter klebt an der Fensterscheibe. Ich gucke weg, spüre ihr Starren aber immer noch. Ich wette zehn Dollar, dass sie dasselbe Gespräch führen wie beim letzten Mal, als meine Großeltern in Garland waren.

»Dieser Baumstumpf ist ein Schandfleck, Tom. Kannst du den nicht wegschaffen?«

»Darum müssen sich die Hausbesitzer kümmern. Außerdem steht sie gern da oben.«

»Willst du damit sagen, sie hat so was früher schon gemacht?«

»Was ist denn dabei?«

»Es ist seltsam.«

Es würde mir überhaupt nicht gefallen, wenn sie meinen Baumstumpf absägen würden.

Trotzdem versuche ich mir vorzustellen, wie ich für meine Großmutter aussehe. Ohne besonderen Grund auf einem Baumstumpf zu stehen, fällt ganz bestimmt in die Kategorie von »Dingen, die man mit Stirnrunzeln betrachtet«. Dinge, die man mit Stirnrunzeln betrachtet, sind ganz schön wichtig für meine Großmutter.

Vielleicht bitte ich sie mal, ein Foto von mir zu machen, damit ich weiß, ob ich total bescheuert aussehe. Selbst wenn es so sein sollte, bemühe ich mich sehr darum, dass es mir nichts ausmacht. Ich bin erst seit etwa zehn Minuten zwölf, aber eines weiß ich: Ich bin anders als der Rest dieser Familie und das macht sie nervös. Vielleicht warten sie auch auf Anzeichen von Verrücktheit.

Ich springe vom Baumstumpf und gehe durch die Tür wieder ins Haus. Ich gebe mir besondere Mühe, was Nettes zu meiner Großmutter zu sagen, damit die Dinge zu meinen Gunsten laufen. Das sollte meine Chancen auf Ohrlöcher verbessern. Ich schaue runter auf das, was ich anhabe.

»Also, so kann ich aber nirgendwo hingehen, wo's schön ist.« Ich registriere ihren erfreuten Blick. Sie denkt: *Das ist ja, als hätte Sarah meine Gedanken gelesen!* »Ich ziehe mir was anderes an.«

Auf dem Weg den Flur entlang zu meinem Zimmer wärmt mir ihr Lächeln den Rücken. Jetzt, mit zwölf Jahren, überlege ich, was ich an diesem Zimmer verändern soll. Die Wahrheit ist, dass es zu meinem elfjährigen Ich auch schon nicht gepasst hat. Für mich ist es nach wie vor ein total peinlicher Anblick, deshalb habe ich auch nie Freunde zu mir eingeladen, abgesehen von Lisa, die dann immer nur sagt: »Komm, wir bitten deinen Dad, uns ins Einkaufszentrum zu fahren.«

Wenn's euch interessiert, mein Zimmer sieht aus, als hätte Prinzessin Lillifee alles vollgekotzt. Es gibt keine Stelle, die nichts abgekriegt hat. Rosa Wände. Rosa Teppich. Genoppte rosa Tagesdecke. Rosa Lampenschirm. Mein Dad glaubt, Mädchen wollen das so. Fast hätte ich ihm gesagt, wie grässlich das ist, als er vor knapp zwei Jahren die Tür aufgemacht und mir mein neues Zimmer präsentiert hat, aber dann hat er mir mein erstes Handy überreicht.

Ebenfalls rosa.

Was konnte ich da machen?

Der Wandschrank ist der einzige Ort in meinem komischen Zimmer, der annähernd so ist wie ich. Klein und für sich. Er hat so eine blasse weiße Farbe, die sich je nach Tageszeit und -licht, das durchs Fenster fällt, verändert. Wenn ich in meinem Wandschrank sitze, stelle ich mir vor, ich beobachte das Mädchen, das hier früher gewohnt hat. In meinem Kopf ist sie ein blondes, glückliches Mädchen, das liest und Perlenarmbänder mit den Namen ihrer Freundinnen webt. Sie ist ein Mädchen, das Rosa mag.

Ich habe auch eine große schwarze Kiste hinten in meinem Wandschrank stehen.

Ein anderes Mädchen könnte denken, dass diese Kiste voller Müll ist, aber für mich ist sie voller Erinnerungen. Bei jedem Umzug muss ich neu überlegen, was wichtig ist, was in diese Kiste gehört. Manche Sachen muss ich wegwerfen und den Rest muss ich in Erinnerung behalten. Da ist eine abgerissene

Kinokarte von dem ersten Film, in den mein Dad mit mir gegangen ist, »Der Polarexpress«. Eine Postkarte von meiner Tante Mariah mit einem riesigen Bild von der texanischen Küste auf der Vorderseite. Ein Bild von einem Beagle-Welpen – einem Hund, dem man all seine Geheimnisse anvertrauen würde –, das ich aus einer Zeitschrift ausgeschnitten habe. Ein Kronkorken, den Opa mir gegeben hat, eigentlich hat er so getan, als würde er ihn mir aus dem Ohr ziehen. Manchmal bewahre ich mein falsches Tagebuch in dieser Kiste auf, weil das der nahe liegendste Ort dafür ist.

Und selbstverständlich habe ich auch ihre Karten hier gesammelt. Ein kleiner Stapel, der mit einer schwarzen Schleife zusammengebunden ist.

Wenn das Dads Wandschrank wäre, würde ich all diese Karten in die Löcher in den Wänden stecken. Die Löcher sind exakt faustgroß. Letztes Mal, als ich geguckt habe, waren es drei.

Ich suche mir ein weißes T-Shirt und eine Caprihose heraus. Die Haare bürste ich hinter die Ohren zurück, dann setze ich mein neues schwarzes Glitzerstirnband auf. Meine Oma bemerkt meine Ohrläppchen ganz bestimmt. Sie schreien praktisch vor Nacktheit.

Dad, Opa und Oma sitzen mit mir in der Mitte zusammengepfercht in der pfirsichfarbenen, halbkreisförmigen Nische im *La Norte Tex Mex*. Das ist meine Lieblingssitzecke in meinem Lieblingsrestaurant. Hier hängt das ganze Jahr über Weihnachtsbeleuchtung und an den Wänden sind merkwürdige Katzen-, Schweine- und Vogelfiguren. Meine Großmutter sagt, das würde über das Ziel hinausschießen – und ich frage mich immer: *Über welches Ziel denn?* Von einem so farbenfrohen Ort kann man doch gar nicht genug kriegen. Außerdem gibt es Gratis-Chips und Salsa, sobald man sich hingesetzt hat. Man könnte einfach Chips essen und zur Tür rausrennen, ohne etwas zu bezahlen, aber das machen wir nie.

Die Kellnerin bringt uns die Getränke und nimmt unsere Bestellungen auf. »Sour-Cream-Enchiladas mit einer doppelten Portion Reis, keine Bohnen, vielen Dank.«

»Also, Sarah«, sagt Dad. Jetzt kommt's. Jetzt hat wieder mal jemand eine Idee, wie ein toller Sommer für Sarah Nelson aussehen könnte. Ich muss mir ins Gedächtnis rufen, dass Dad es nicht gewohnt ist, Spaß zu haben. Deshalb ist es ihm auch egal, wenn andere sich nach Glück verzehren. Das ist meine Lieblingszeile aus *Ein unwiderstehlicher Schurke*. In diesem Buch verzehrt sich ständig irgendwer nach irgendwas.

»Erinnerst du dich noch an Charlotte Reynolds? Sie ist über die Ferien vom College nach Hause gekommen und möchte, dass du sie anrufst.«

Natürlich erinnere ich mich an Charlotte Reynolds.

Ich *liebe* Charlotte. Sie war das erste Mädchen, das mich darauf hingewiesen hat, dass meine Fußnägel immer lackiert sein sollten, sogar im Winter. Und letztes Jahr hat sie mir einen Stapel Zeitschriften und Bücher so hoch wie ein dreijähriges Kind überlassen. Niemals würde ich meinen Vater bitten, mir solche Zeitschriften zu kaufen.

Und die Bücher, die Charlotte mir geschenkt hat, sind super. Taschenbücher mit weich abgegriffenen Ecken und jeder Menge Eselsohren und gelb markierten Stellen. Das waren alles ihre Lieblingsgeschichten aus der Highschool, hat sie gesagt und mich aufgefordert, zuerst *Wer die Nachtigall stört* zu lesen, was ich selbstverständlich getan habe. Das war das zweite Mal, dass ich es gelesen habe.

Und noch was ist toll an Charlotte, sie hat einen Bruder, der Pizza ausfährt. Das ist ein echter Pluspunkt, wenn der eigene Vater vergisst, was zu essen einzukaufen. Die beiden wohnen direkt gegenüber von unserem Haus, wenn sie nicht im College sind. Als sie letztes Weihnachten zu Hause war, haben wir einen ganzen Nachmittag mit Lesen verbracht, eine Schachtel kalte Pizza auf dem Couchtisch, aus der wir uns nach Belieben bedienen konnten.

»Ja, ich erinnere mich an Charlotte«, sage ich, wobei ich mich frage, warum ich nicht längst weiß, dass sie zu Hause ist. Ob sie vielleicht ein anderes Auto hat?

»Ich habe mit ihr gesprochen und sie freut sich schon darauf, dich diesen Sommer zu sehen.«

Mich diesen Sommer wo genau zu sehen? Kommt sie nach Houston? »Das ist schön.«

»Charlotte muss in diesem Sommer viel fürs College lernen, sie wird die meiste Zeit zu Hause sein«, sagt er. »Na, und da hab ich sie gefragt, ob es ihr was ausmachen würde, wenn du tagsüber bei ihr bleiben könntest. Du weißt schon, nur bis ich von der Arbeit komme.«

Das ist unglaublich! Ich muss nicht mit zu meinen Großeltern. Ich bekomme eine Begnadigung, so was kenne ich bisher eigentlich nur aus Filmen.

Begnadigung, die
Substantiv, feminin
das Aussetzen einer bevorstehenden Strafe

Ich spüre, wie sich mein Körper entspannt. Es ist, als hätte ich die ganze Woche die Luft angehalten, und endlich sagt jemand: »Es ist in Ordnung, du kannst lockerlassen.«

Zu Hause versinke ich in Tagträumen vom Sommer. In wenigen Tagen werde ich mit Charlotte abhängen und meine Zeit so verbringen dürfen, wie es mir gefällt. Ich will gerade was über diese neuen Entwicklungen in mein echtes Tagebuch schreiben, als Dad an meine Tür klopft.

»Dann ist also alles geregelt?«

»Ja«, sage ich.

Er umarmt mich und ich lasse ihn. Ich bin zwar aus den langen Umarmungen, die er gern gibt, rausgewachsen. Aber wie kann ich ihn jetzt zurückweisen? Ich umarme ihn fest zurück, und ich kann förmlich spüren, wie seine Mundwinkel nach oben gehen. Meine übrigens auch. Als er mich loslässt, legt er mir den Golfball mit dem unglücklichen Gesicht in die Hand und schließt meine Finger darum.

»Darf ich reinkommen?«

Oma tritt ein, ehe wir überhaupt antworten können.

Sie setzt sich auf mein Bett und überreicht mir eine kleine lila Geschenktüte.

»Herzlichen Glückwunsch zum Geburtstag«, sagt sie. »Du siehst aus, als könntest du das gebrauchen. Und wenn nicht, kannst du ja schon einmal für später üben.«

Ich ziehe einen BH heraus. Er ist rosa, war ja klar, und grauenhaft.

»Dachte ich es mir doch…«, sagt Oma.

Sie hält mir den BH nicht nur an die Brust, sie macht das auch noch vor meinem Vater. Verzweifelt finde ich mich damit ab, ihm nie wieder in die Augen schauen zu können. Als ich doch einen Blick zu ihm rüberwerfe, sehe ich, dass er auf meine Kommode starrt.

Als sie mein Zimmer dann verlassen, sticht mir das grüne Aufsatzheft neben dem Umschlag von meiner Mutter ins Auge. Warum habe ich es offen liegen lassen?

Sobald sie aus der Tür sind, verstecke ich alles. Das

Aufsatzheft. Den Umschlag. Den neuen rosa BH. Die nächste Familie, die dieses Haus mietet, wird all das an einem ungewöhnlichen Ort finden und sich fragen, was für eine seltsame Familie hier wohl gewohnt haben mag.

Ich würde das jedenfalls tun, das weiß ich.

13. Kapitel

Charlottes Vollkommenheit lässt unser schrottiges Sofa doppelt schrottig wirken.

Mit gekreuzten Fesseln und den Händen im Schoß sitzt sie da in einem weißen fließenden Rock und wirkt gelassen und ladylike. Charlotte hat so was Makelloses und Andersartiges an sich. Aber sie ist auch zwanzig, und man sollte doch meinen, dass ein Mensch in diesem Alter Perfektion erreicht hat. Wenn man uns vergleicht, ist sie aus dem Laden und ich bin selbst gemacht. Im letzten Schuljahr hab ich mich immer, wenn ich in der Schule nervös geworden bin, gefragt: »Wie würde Charlotte sich jetzt verhalten?« Und dann hab ich gemacht, was mir in den Sinn kam, und das lief in der Regel darauf hinaus, so zu tun, als würde mich alles nicht kratzen. Auf diese Weise habe ich mir einige der besten Ratschläge aller Zeiten gegeben.

»Hi«, sage ich zu ihr.

Charlotte sagt: »Also, ich brauche ein paar Sachen aus dem Supermarkt. Willst du mit?«

Seht ihr, was ich meine? Ich hab sie monatelang nicht gesehen und schon gehen wir einkaufen wie beste Freundinnen.

Ich werfe meinem Dad einen Blick zu. Er sagt: »Klar, amüsiert euch, Mädels.«

»Ich besorg dir Zwiebelringe.«

»Die große Tüte, bitte, ich muss Arbeiten korrigieren.« Dann zwinkert er mir zu. Wenn er einen dicken Stapel Hausarbeiten seiner Studenten mitbringt, hat er immer gern eine große Tüte Chips in Reichweite. Er sagt, die schlechten Arbeiten lesen sich so wirklich besser, aber ich halte das bloß für eine Ausrede, Zwiebelringe essen zu können.

Ich hüpfe über die Straße und in Charlottes Auto, das keinen Zentimeter tiefer liegen dürfte, sonst würde es tatsächlich den Boden berühren. Sie dreht das Radio laut auf und lässt die Fenster runter. Genau so liebe ich es.

Ich beobachte ihr Profil, als sie so selbstbewusst fährt, wie ich es eines Tages in naher Zukunft auch tun werde. Selbst wenn man nur eine Seite von Charlottes Gesicht sieht, weiß man, dass sie schön ist. Zeitschriften zufolge hat sie alle Qualitäten, die ein hübsches Gesicht ausmachen. Glatte Haut, grüne Augen und ein tolles Lächeln, durch pinken Lipgloss betont, der nie an ihren Zähnen klebt. Für mich ist sie die Art Mädchen, die dem blendend aussehenden Farmer quer übers Feld ins Auge sticht, sodass er sie nach dem ersten Blick sofort zur Frau will. Na ja, vielleicht habe ich zu viele Western gesehen, aber ich schwöre, so sieht sie aus. Sie löchert mich auch nicht mit Fragen und das ist ein echter Pluspunkt.

An einer Ampel sagt sie: »Ich weiß nicht mal, wo man Zwiebelringe kriegt.«

»Manchmal muss man in den One-Dollar-Store.«

»Da geh ich nicht rein.«

Charlotte hat Stil. Ich hätte den One-Dollar-Store nicht erwähnen sollen. Ich bin ein Dussel. Ich liebe den One-Dollar-Store, weil mir da mein Taschengeld nicht ausgeht und weil es immer was gibt, dessen Existenz auf Erden ich nicht für möglich gehalten hätte. Ein Portemonnaie aus einer Socke zum Beispiel.

»Ich muss heute zwei Aufläufe zubereiten und ich brauche deine Hilfe.«

Das ist auch etwas, das ich an Charlotte liebe. Sie spekuliert nicht, ob ich vielleicht helfen könnte. Sie geht einfach davon aus, dass ich es kann.

»Wer ist gestorben?«, frage ich.

»Was? Niemand ist gestorben.«

»Ich dachte, Auflauf wäre das offizielle Gericht für Trauerfälle. Oder wenn was Schlimmes passiert ist.«

»Wie sich herausgestellt hat, ist Auflauf das offizielle Gericht für hungrige junge Männer. Oder zumindest das von dem, in den ich verliebt bin.«

Liebe?

Das ist eine ganz große Neuigkeit. Ich habe tausend Fragen, weil ich mich bisher noch nie verliebt habe. Sobald Jimmy Leighton mich bemerkt, sollte das aber passieren. Doch es gibt Dinge, die ich wissen muss. Läuft es so: In einem Moment ist alles normal mit jemandem, den man kennt, und dann hebt er das Buch auf, das dir aus dem Rucksack gefallen ist, und – peng – fünf Minuten später bist du verliebt? Und weiß man automatisch, wann man zum Küssen näher ranrücken muss, so wie im Film? Wer muss dann den Kopf drehen, damit die Nasen nicht gequetscht werden?

In meinem Kopf überschlagen sich die Gedanken, also tu ich ganz cool und sage: »Oh, wie schön.«

»Magst du schon Jungs?«, fragt Charlotte. »Oder bist du in dem Alter, in dem man noch denkt, Jungs sind doof und stinken?«

»Kommt wohl auf ihr Alter an«, sage ich. »Aber die meisten Jungs, die ich kenne, sind einfach komisch.« Außer Jimmy Leighton. Der ist auf gute Art komisch.

Die Wahrheit ist, ich nehme schon Notiz von Jungs und interessiere mich sehr dafür, was sie denken, wie es in ihren Zimmern aussieht, und natürlich auch für das mit dem Küssen. Ein paar grundsätzliche Dinge über sie weiß ich: Sie drehen durch, wenn sie auch nur den kleinsten Fitzel Mädchenunterwäsche sehen; sie reden laut, wenn sie in den Bus einsteigen; sie kriegen Ärger für blödes Zeug, zum Beispiel wenn sie *Besucht PenIsland.net* an die Tafel schreiben; und sie wirken furchtlos, wenn sie auf Skateboards durch die Nachbarschaft rasen. Manchmal frage ich mich, ob

Simon wäre wie sie. Ein Skateboarder wäre er ganz bestimmt.

»Na, eines Tages wirst du alles über sie lernen«, sagt sie. »Bis dahin musst du mir einfach glauben. Es ist außergewöhnlich.«

Charlotte gehört zu den Menschen, die ein Wort wie »außergewöhnlich« einfach so benutzen können. Die meisten anderen reservieren sich dieses Wort, um ein schlimmes Gewitter oder ein Bild im Museum zu beschreiben, aber sie nicht, sie kann es in Garland an einem heißen Tag sagen. Ich bewege meinen Mund und bilde dieses Wort – ohne einen Ton von mir zu geben. Ich probiere es an, weil ich sehen will, ob es passt. *Ich muss schon sagen, diese Chips sind einfach außergewöhnlich!*

Nein, das fühlt sich ganz verkehrt an. Ich werde auf die Liebe warten müssen, um wie sie reden zu können.

»Willst du nicht alles über ihn wissen?«

»Weißt *du* denn alles über ihn?«

»Ich weiß eine Menge über ihn«, sagt sie. »Die wichtigen Sachen.«

Ich möchte, dass sie sofort eine Liste für mich erstellt. Ich stecke die Hände unter meine Oberschenkel und grabe die Fingernägel in den Sitz, damit ich nichts Dummes sage.

»Er arbeitet bei *Wilson's Western Wear* im Einkaufszentrum, und er mag King-Ranch-Auflauf, der heute unsere besondere Mission ist. Wir werden untersuchen, wie man so was macht.«

Also, dafür liebe ich Charlotte. Wir wissen beide, wie wichtig es ist, Beruf und Lieblingsessen einer Person zu kennen. Plötzlich mache ich mir Gedanken über den Auflaufmann, darüber, dass der Charlotte ja auch außergewöhnlich finden muss, und was das für meinen traumhaften großelternlosen Sommer bedeuten könnte. Irgendwann während meines intensiven Nachdenkens kommen wir beim Laden an.

Ehe ich mich versehe, ist Charlotte schon aus dem Auto gestiegen und mir drei Schritte voraus. Ich renne hinterher, um sie einzuholen, und verliere dabei einen Flipflop auf dem Parkplatz. Ich spüre, wie sie mich mustert, und tue mein Bestes, unbeteiligt zu wirken. Ich folge ihr in den Laden und überlege, ob Charlotte vielleicht helfen könnte, Dad dazu zu überreden, dass ich mir Ohrlöcher stechen lassen darf. Das sollte ich erledigen, ehe ich den ersten richtigen Kuss von einem Jungen bekomme.

Im letzten Schuljahr haben Lisa und ich eine Jungsparty gemacht. Wir mussten verschwiegen sein. Wenn wir zu ihrer Mutter gesagt hätten: »Hey, wir möchten eine Jungsparty feiern«, na, dann wäre Schluss gewesen mit Partys für den Rest unseres Lebens. Drei Mädchen und drei Jungen wurden zu ihr nach Hause eingeladen. Ihre Mutter hat Popcorn gemacht und Pizza bestellt. Alle haben eine Zeit lang drinnen gesessen oder draußen Spaziergänge gemacht. Draußen waren wir einen guten Kilometer weit weg von Lisas Mutter.

Ich stellte mir vor, wie sie dachte: »*Ach, diese Kinder schnappen frische Luft und gucken sich die Sterne an. Sonst machen die nichts.*«

Aber vielleicht war es ihrer Mutter auch egal, was wir draußen machten. Oder vielleicht war ihre Mutter auch mal elf Jahre alt gewesen und erinnerte sich noch, was das für ein Gefühl war, wenn man noch nie geküsst worden war. Damals ist die Sache mit dem Küss-Pakt aufgekommen. Lisa und ihre tollen Ideen.

Lange Zeit hatte ich die Vorstellung, es würden sich nur zwei Körperteile berühren, weiter nichts. Warum sollte das mit Lippen also was anderes sein als mit Knöcheln oder Knien? Wir klauten ein paar von den Liebesromanen, die Lisas Mutter unter ihrem Bett aufbewahrte, und erfuhren, dass es so viel mehr sein konnte. Obwohl ich zusätzlich im Wörterbuch nachgucken und ein paarmal googeln musste, um mehr Einzelheiten zu beschaffen. Wenn man den Heftromanen glauben kann, bringt wohl ein seltsames Gefühl einen Menschen dazu, einen anderen küssen zu wollen.

In den Liebesromanen überkommt eine Person dieses Gefühl normalerweise, wenn es regnet oder wenn sie einen Typen mit nacktem Oberkörper sieht, der sich hinter den Gardinen von ihrem Schlafzimmer versteckt. Und aus irgendeinem Grund, den Lisa und ich nie verstanden haben, hat die Frau überhaupt keine Angst vor dem Fremden. Wenn ich das wäre, würde ich sofort den Notruf wählen.

Um welche Art Notfall handelt es sich? Da ist ein Fremder in meinem Zimmer! Hilfe!

Ich hab zwar insgesamt nicht so viel Ahnung, aber ich weiß, dass Schwarz-Weiß-Malereien von was auch immer wichtige Informationen aussparen. Solche, die man fühlen, aber nicht beschreiben kann. Und eines Tages werde ich den Mut haben, Lisas Mutter Fragen über diese Bücher zu stellen.

Lisa hat Renee zu unserer Party eingeladen. Renee ist die Hübscheste von uns dreien. Sie hat blonde Haare wie aus der Shampoo-Werbung, alle beneiden sie darum.

Lisa hatte Jimmy Leighton zu der Party eingeladen. Er war schüchtern und still, deshalb hab ich angefangen für ihn zu schwärmen. David Waters und Steven Ng waren auch da, aber das sind große Angeber. Sie düsen auf ihren Skateboards in ganz Garland herum und hören sich gern selbst darüber reden. Wenn ihr mich fragt, war es David, der damit angefangen hat, Jimmy schwul zu nennen. Und das halte ich davon: Ist doch egal!

Aber Steven Ng ist einer der süßesten Jungs weit und breit. Seine Haare sind ein Traum, und wenn er lächelt, strahlt sein Gesicht vor Glück.

Wir waren also auf dieser Party, die Jungs machten sich über die Pizza her, und die Mädchen hockten zusammen und guckten *The Unborn*. Ich hab drauf geachtet, ob Jimmy Leighton bei den gruseligen Stellen zusammenzuckt. Hat er nicht getan. Danach sind wir alle nach draußen gegangen, und wie erwartet, sind Steven und David auf ihre Skateboards gesprungen und haben angefangen, blöde Stellen aus dem Film nachzuspielen. Lisa und Renee fanden das zum Schreien komisch. Und so waren Jimmy und ich dann allein, gewissermaßen. Er hat einen Stein den Bürgersteig entlanggekickt und ich hab mich auf die Bordsteinkante gesetzt.

Nachdem die Jungs weg waren, hat Lisa mir tausend Fragen gestellt. Sie dachte, Jimmy Leighton hätte vielleicht Stellen aus einem anderen Film für mich vorgespielt. Sie hofft immer, dass jemand von der Leinwand runtersteigt und so mit ihr redet wie Hugh Grant mit Julia Robert. Was Schöneres kann sie sich nicht vorstellen. Aber nein, Jimmy Leighton hat den ganzen Abend kein einziges Wort zu mir gesagt.

Wir haben uns gegenseitig bemitleidet, denn es war Renee gewesen, die Steven Ng geküsst hatte. Wir haben nicht wirklich gesehen, wie das passiert ist, aber nach einem weiteren Spaziergang kam sie wieder rein und sah ganz rosig aus. Sie hat uns erzählt, dass sie ihn zuerst geküsst hat. Danach stand er einfach so da, und dann ist er weggefahren auf seinem Skateboard und hat gesagt: »Okay, bis dann irgendwann.«

Und so ist Lisa auf diesen Pakt mit dem Küssen gekommen. Sie wollte auch so aussehen, wie Renee ausgesehen hat. Ich hab versucht, ihr klarzumachen, dass Renee *immer* glücklich aussieht. Aber nein, sie hat mir nicht geglaubt. Sie hat gesagt, in Renees Augen ist ein Licht angeknipst worden, und dass ein Schalter in einem umgelegt wird, wenn man geküsst wird. Ich werde mich bei Charlotte erkundigen müssen, ob das stimmt.

14. Kapitel

Soweit ich das einschätzen kann, ist ein Rezept ein Geheimcode, der aus Mengenangaben zusammengesetzt ist. So wie Charlotte das Rezept für den King-Ranch-Auflauf studiert, könnte man denken, sie würde für eine Prüfung lernen. Ganz so, als ob der Auflaufmann nicht wissen würde, dass sie ihn liebt, wenn nicht genau eineinhalb Tassen geriebener Käse und ein Viertel Teelöffel Chilipulver drin sind. Und vielleicht stimmt das ja. Ihre Nase klebt jetzt schon eine ganze Weile an dem Zettel, also beschließe ich, mich nützlich zu machen und die Zutaten auf der Arbeitsfläche in alphabetischer Reihenfolge zu sortieren.

Brühe, Gewürze, Huhn, Käse, Reis, Suppe, Tortillas.

»Okay, wir brauchen eine 20 mal 30 cm große Auflaufform.«

Sie öffnet und schließt Schranktüren, bis sie findet, was sie braucht. Ihre Mutter ist diese Woche auf einer Kreuzfahrt, wir genießen also den Luxus, das Haus ganz für uns zu haben, abgesehen von ihrem Bruder. Charlotte sagt, er wird nicht viel da sein, weil er lernen und sich Gedanken über seine Karriere im Pizzabusiness machen muss.

Mir gefällt ihre Küche, die so viel ordentlicher ist als unsere. Die Schränke sind hellgelb, genau wie die Fliesen an der Wand dahinter. Die Schranktüren sind nicht vollständig aus Holz, sondern haben Glas in der Mitte, und das wirkt so, als würde man in Minihäuser reingucken, in denen Teller wohnen. Obwohl der Grundriss des Hauses genauso ist wie bei unserem, fühlt sich dieses Haus größer an.

Die Holzverkleidung im Wohnzimmer ist zum Beispiel in einem hübschen Himmelblau gestrichen. In unserem Haus ist alles dunkelbraun getäfelt. Das erzeugt ein Gefühl, als würde man in einem Fass wohnen. Wenn wir in Garland bleiben, werde ich versuchen, den Mut aufzubringen, mit meinem Dad über einen Neuanstrich zu reden. Wir könnten unsere Holzverkleidung auch blau streichen. Vielleicht könnten wir nach dem Wohnzimmer weitermachen und uns den Flur entlangarbeiten, bis wir schließlich mein rosa Zimmer von seinem rosa Elend erlösen.

»Als Erstes muss das Huhn abgebrüht werden«, sagt Charlotte.

»Klingt schmutzig.«

Sie verdreht die Augen. »Was?«

»Abgebrüht werden. Das klingt schmutzig.«

»Woher hast du bloß solche Ideen?«

»Hauptsächlich aus Filmen, die ich eigentlich nicht sehen sollte«, sage ich. »In guter Literatur gibt es auch jede Menge schlimmer Worte. Ich habe die Bücher gelesen, die mein Dad seine Studenten lesen lässt, und darin gibt es haufenweise ungewöhnliche Wörter und Liebesszenen, die, wenn du mich fragst, im Buch unglaublich stark rüberkommen. Das feuert die Fantasie ungeheuer an.«

Charlotte will wissen, ob mein Dad Dates hat. *Date* ist ein Problemwort. Er kommt selten über das zweite Date hinaus.

»Bisher hat ihm niemand einen Auflauf gemacht, wenn du das meinst«, sage ich und frage mich, ob es jemals eine Frau geben wird, die Essen für meinen Dad vorbeibringt. Und wenn, werde ich es dann essen müssen? Dieser King-Ranch-Auflauf sieht nämlich nicht besonders lecker aus. Die letzte Frau hatte sich länger gehalten als jede andere zuvor, von der ich weiß. Es hat ein paar Monate gedauert, bis sie rauskriegte, wer wir sind. Natürlich kenne ich die Einzelheiten nicht, denn ihr Name ist ein Problemwort und führt zu: »Sarah, das geht dich nichts an.«

Nun ja, sie ging mich was an, als sie noch bei uns zu Hause glücklich lächelnd Filme geguckt hat. Dann hat sie ihm plötzlich eine Mail geschickt und gesagt, sie will sich lieber nicht wieder mit ihm treffen. Das weiß ich ganz genau. Ich hab sie gelesen.

Tom,
es tut mir so leid, dir diese Mail schreiben zu müssen, aber ich kann dich nicht wiedersehen. Ich hoffe, du verstehst das. Ich habe einfach für mich beschlossen, dass ich mich zurzeit mit niemandem verabreden sollte.
Deidre

Ihre Geschichte wäre vielleicht glaubhaft gewesen, wenn wir sie nicht am nächsten Wochenende mit einem anderen Mann im Kino gesehen hätten. Natürlich wollte ich auf sie zugehen und sagen: *Ach, du verabredest dich nicht, was?* So wütend hat sie mich gemacht. Ich hab Dad erzählt, dass ich sie nie gemocht habe, weil ihre Haare so künstlich aussahen, so ein Rot kann nur gefärbt sein – und wen hatte sie damit eigentlich täuschen wollen?

Ich fette die Auflaufform ein, während das Huhn von Charlotte abgebrüht wird. In der Zeit, in der wir darauf warten, dass es gar wird, gucke ich die Definition von *abgebrüht* auf dem Handy nach. Und da steht es, das Wort *abgebrüht* hat was mit Kochen zu tun, aber eine zweite Bedeutung hat was mit Verbrechen zu tun. So ein Wort, das beides kann, muss man einfach mögen.

abgebrüht
Adjektiv
1. abgestumpft, unempfindlich gegen etwas, z. B. ein abgebrühter Verbrecher
2. mit kochender Flüssigkeit übergossen

Als Nächstes lässt sie mich das Hühnerfleisch zerkleinern, während sie ihre Mails checkt. Da es ziemlich lange dauert, bis sie zurück in die Küche kommt, beschließe ich, sie zu beeindrucken, indem ich die weiteren Schritte des Rezepts ausführe. Ich bin Expertin im Befolgen von Anweisungen, und im Handumdrehen schiebe ich zwei Aufläufe in den Ofen, und ich habe sogar noch Zeit, das Geschirr abzuwaschen.

Dann gehe ich von der Küche ins Wohnzimmer, um etwas herumzuschnüffeln. Seit Dezember, da war ich zum letzten Mal hier, hat sich nicht viel verändert. Es gibt nur noch mehr Bilder von Charlottes Mom auf verschiedenen Kreuzfahrten.

Wie in vielen Häusern in unserer Gegend steht in einer Ecke des Wohnzimmers eine Minibar. Die Wand hinter der Bar besteht immer aus einem durchgehenden Spiegel mit vier gläsernen Regalbrettern darüber, auf die man Gläser und Schnapsflaschen stellen kann. Aber in Charlottes Haus sind diese Regale mit Büchern vollgestopft und das hat was Nettes.

Ich erkunde, welche von den Büchern, die hier stehen, lesenswert sind. Während ich mir einen Überblick verschaffe, berühre ich ihre Rücken, jedes birgt eine

Geschichte in seinen Seiten. Eines ziehe ich raus, um den Klappentext zu lesen. So was mache ich furchtbar gern. Die kurze Zusammenfassung von einem Buch lesen und gerade so viele Informationen kriegen, dass man weiß, was passiert.

Ehe ich das Buch an seinen Platz zurückstelle, erhasche ich in dem kleinen Spalt zwischen den Büchern einen Blick auf mein Spiegelbild. Auch ich bin ein ungelesenes Buch. Ich warte darauf zu erfahren, was in meiner Geschichte passieren wird.

Unser Küchentisch wackelt, wenn man sich auf ihn stützt. Wir haben ihn nicht hier hingestellt. Er gehört zum Haus dazu, das sagt wohl alles. Wir müssen uns mit dem Wackeln abfinden, während wir unseren King-Ranch-Auflauf essen. Es hat sich nämlich herausgestellt, dass wir zwei Aufläufe gemacht haben, damit Dad und ich einen davon testessen können. Charlotte will wissen, was ein erwachsener Mann von dem Rezept hält, also muss ich Dads Meinung einholen und ihr morgen überbringen. Dafür wird sie mich Songs für meinen neuen iPod downloaden lassen. Dad habe ich immer noch nichts von Mr. Wistlers Aufgabe und dem Preis erzählt, den ich gewonnen habe.

Also muss der Auflaufmann noch einen Tag warten. Bis dahin genieße ich ein neues Gericht, das tatsächlich viel leckerer ist, als ich erwartet hatte. Meinem Dad scheint es auch zu schmecken. Er nickt immerzu. Ich hoffe, er fragt mich nicht nach den Zwiebelringen, die ich holen sollte. Wenn doch, dann werde ich mir was ausdenken müssen.

»So«, sagt mein Dad. Wegen der Art, wie er das »oooo« in die Länge zieht, weiß ich, dass dies die Einleitung zu einer Frage ist, die er mir schon stellen will, seit wir uns zum Essen hingesetzt haben. Er ist so leicht zu durchschauen.

»Hast du eigentlich eine Karte von deiner Mutter bekommen?«

Er trinkt *Dr Pepper* und seine Augen sind traurig. Ich muss eine Weile darüber nachdenken, was ich ihm erzählen kann, und gehe im Kopf meine Problemwörter-Liste durch. Ich habe mit Pflanze geredet, und wir waren uns einig darüber, dass diese Karte anders als die anderen war und deshalb weggeworfen werden sollte. Mir hat schwer zu schaffen gemacht, dass sie ihren Namen durchgestrichen und im Nachhinein mit *Deine Mutter* unterschrieben hat. Ich wollte das Risiko nicht eingehen, dass Dad die Karte in unserem Müll findet, darum habe ich sie in Mrs. Duprees Mülleimer geworfen. Aber er weiß die Antwort. Er hat den Umschlag auf meiner Kommode gesehen.

»Es war ein Hund drauf. Ein lächelnder Hund.«

Er versucht, mehr rauszukriegen. »Irgendwas Interessantes darin? Irgendwas über …« Er spricht seinen Gedanken nicht zu Ende. Ich warte ab, ob noch mehr kommt. Es könnte opportun sein, eine Frage für meine eigenen Ermittlungen einzuschieben. *Opportun* ist mein neues Lieblingswort, hauptsächlich wegen des Klangs.

opportun
Adjektiv
in der gegebenen Situation angebracht, von Vorteil

»Sie will wissen, wie ich als neuer Mensch bin.«

»Das ist schön«, sagt er schließlich. Dann nimmt er einen großen Schluck und starrt intensiv ins Glas. Ich versuche abzuschätzen, ob ich irgendein Problemwort gesagt habe. Er kriegt keine zwei Karten im Jahr von ihr. Nicht seit der Scheidung. Davor haben sie sich dann und wann E-Mails geschickt, hat er jedenfalls gesagt. Ich habe sie nie finden können. Die letzte Mitteilung, die ich gesehen habe, war ein offizieller Brief vom Staat, in dem stand, dass sie in ein Krankenhaus in Wichita Falls verlegt worden war.

»Willst du eine Partie *Scrabble* spielen?«, schlage ich vor, um die Stimmung aufzulockern.

»Eine vielleicht. Ich muss so viele Arbeiten korrigieren.« Er wirkt immer noch weit weg, seine Gedanken wandern an einen anderen Ort.

»Dann kann ich dir doch Kaffee kochen und du fängst gleich an, die Arbeiten durchzusehen. Ich würde mich sowieso lieber nach draußen setzen und die Aussicht auf die Bäume genießen.«

»Ach ja? Ich glaube, du versuchst die Nachbarschaft auszuspionieren.«

»Na ja, manchmal passiert das einfach, wenn man die Bäume beobachtet.« Woher weiß er, dass ich eine Spionin bin? Ich werde an einer besseren Tarnung arbeiten müssen. Tarnung ist ebenfalls ein neues Lieblingswort von mir.

Tarnung, die
Substantiv, feminin
Verhüllung, Vermummung, Verkleidung

Jetzt streichelt er auf diese zärtliche Art über meine Wange und lächelt. Es ist gut, dass ich heute den sanften Vater vor mir habe, das wiegt eine Menge anderes auf.

»Sag Charlotte, das Essen war exzeptionell«, sagt er.

Ich räume den Tisch ab, erledige den Abwasch und denke darüber nach, wie es wohl sein wird, wenn ich eines Tages mal jemanden haben sollte, für den ich Auflauf zubereite. Was soll der ganze Aufwand, wenn man eine Pizza bestellen kann und die Küche hinterher nicht aufräumen muss? Aber wenn ich jemals jemand Besonderen zum Bekochen kriege, dann werde ich schönere Teller besorgen. Unsere sind alle am Rand kaputt.

Ich gehe Pflanze holen, wir setzen uns vorn auf die Verandatreppe und schauen in den Abend. Sonnenuntergang ist erst um halb neun, der Himmel ist also schmutzigblau. Ich zupfe am Unkraut, das durch die

Gehwegplatten wächst, und wünsche mir totale Dunkelheit.

Ich möchte durch die Nachbarschaft gehen, in anderer Leute Fenster gucken und sehen, was sie abends so tun. Wahrscheinlich wird Charlotte turtelige Sachen zum Auflaufmann sagen. Und die Duprees, nun ja, manchmal machen die einen Spaziergang, wenn es dunkler und kühler geworden ist, also sehe ich sie vielleicht in Fleisch und Blut. Ein paarmal habe ich Mrs. Dupree am Küchenfenster stehen sehen und mich gefragt, was es bei ihnen wohl zum Abendessen gab. Als ich meine Geburtstagskarte in ihren Mülleimer geworfen habe, habe ich eine leere Dose Tomatensoße gesehen, vielleicht genießen sie heute Abend also Spaghetti.

Da ist er, dieser Schmerz, allein zu sein. Warum mache ich das, warum sitze ich hier und stelle mir das Leben anderer Leute vor?

Ich befehle mir selbst, die Klappe zu halten. Sei glücklich, du kriegst den Sommer, den du dir gewünscht hast. In Houston bei deinen Großeltern würdest du dich viel heftiger allein fühlen. Charlottes Auflaufmann zu ertragen, ist nicht so schlimm. Mir scheint, die ganze Situation ist irgendwie aus dem Gleichgewicht geraten. So wie wenn das Bett nachmittags um zwei noch nicht gemacht ist und sich der ganze Tag irgendwie unordentlich anfühlt. Wenn ich so ein Gefühl habe, wünsche ich mir jemanden zum Reden. Eine Mom zum Beispiel.

Lieber Atticus,
diesen Brief würde ich gern mit einer Entschuldigung beginnen. Du sagst immer, dass es höflicher ist, Menschen über das reden zu lassen, was sie interessiert, als das, was einen selbst interessiert. Hier bin ich und schreibe all diese Sachen, frag dich nach deiner Meinung und habe noch nicht mit dir über deine Interessen gesprochen. Von dir weiß ich Folgendes:

- *Du liest jeden Tag die Zeitung.*
- *Du bist Rechtsanwalt.*
- *Du hast den Spitznamen Blattschuss-Finch, weil du ein so guter Schütze bist.*
- *Du liest jeden Abend.*
- *Du trinkst nicht.*
- *Du gehst gern zu Fuß zur Arbeit.*

All das bewundere ich an dir, Atticus. Wenn du irgendwie in meine heutige Welt kommen könntest, würde ich dir die Zeitungen zurechtlegen, aber ich muss dir sagen, dass noch viel mehr Nachrichten im Internet zu finden sind. Das ist ein Fenster zur Welt auf einem Computerbildschirm. Dort könntest du Nachrichten von überall auf dem Planeten finden. Ich könnte mir vorstellen, dass du trotzdem lieber eine echte, gedruckte Zeitung in deinen Händen halten und lesen würdest. Mir geht es genauso. Meine beste

Freundin Lisa hat gerade einen neuen E-Reader bekommen, ein dünnes elektronisches Gerät von der Größe eines Kuchentellers, das Bücher aus Papier ersetzt. Dir würde das nicht gefallen. Zu Fuß gehen würde ich auch liebend gern mit dir. Ich würde dir unsere Stadt zeigen, obwohl es da nicht viel zu zeigen gibt. Die Häuser in unserer Nachbarschaft haben keine Veranda. Oder nicht die Art Veranda, die ihr in Maycomb habt, wo man ein Hinter-der-Veranda-Mitlauscher sein kann wie deine Schwester. (Ich glaube, wenn ich könnte, wäre ich auch gern ein Hinter-der-Veranda-Mitlauscher.) Hier sind die Veranden winzige eckige Betondinger, die nur für den UPS-Fahrer gut sind, der dort Pakete abstellt, oder für einen schnellen Gute-Nacht-Kuss. Sie sind keine Orte für lange Gespräche oder um eine Liege zum Schlafen rauszustellen, obwohl ich das, glaube ich, mal eine Nacht lang ausprobieren möchte, nur um zu sehen, wie es ist. Dir würde wahrscheinlich die Innenstadt am besten gefallen, die einen Platz mit kleinen Läden, einem Springbrunnen und vielen Bänken hat, auf denen eigentlich nie jemand sitzt. Ich weiß nicht genau, was sonst noch an Garland interessant ist, das ich dir zeigen könnte. Das muss ich untersuchen. Irgendwas muss es geben. Mein eigener Dad arbeitet an der staatlichen Universität, das ist zu weit zum Zu-Fuß-Gehen.

Echt schade. Er würde mehr mit mir reden, wenn wir gemeinsam zu Fuß irgendwohin gehen würden, meinst du nicht? Er liest auch viel, aber dann trinkt er, bis er völlig betrunken ist, und das löscht dann das Gute daran irgendwie wieder aus.

Mit freundliche Grüßen
Sarah Nelson

15. Kapitel

Hier steh ich nun auf der Veranda vor Charlottes Haus und warte darauf, dass sie die Tür öffnet. Heute machen wir einen Mädchentag mit Nagellack, Filmen und Popcorn. Dann gebe ich ihr zwanzig Dollar von meinem Geburtstagsgeld und sie hilft mir Songs auf meinen neuen iPod zu laden. Ich liebe diesen Tag. Ich werde so tun, als wären wir Schwestern. Ich bilde mir gern ein, dass niemand einen besser kennt als eine Schwester. Und es gibt sowieso nur wenige Leute, von denen man sich die Fußnägel lackieren lassen möchte.

Die Fliegengittertür öffnet sich quietschend und ein Typ in Flanellhose und grünem T-Shirt steht da.

»Äh, ist Charlotte zu Hause?«, frage ich.

»Komm doch rein.« Er lächelt und fährt sich mit der Hand durch die hellbraunen Haare. »Sie kommt gleich zu dir.«

Ich bin mir ziemlich sicher, dass das der Pizzabote-Bruder ist, den ich kaum wiedererkenne, weil er letzten Sommer immer eine rote Baseballkappe mit einer Riesenpeperoni vorne drauf aufhatte.

Er ist ungefähr ein Jahr jünger als Charlotte, also müsste er jetzt neunzehn sein. Ich muss den Kopf schnell wegdrehen, als mir klar wird, dass ich ihn anglotze. Sehen denn alle in dieser Familie perfekt aus? Manche Leute haben Augen, die man nie vergisst. Seine Augen sind so. Wenn perfekt eine Farbe ist, dann ist es diese Art von Blau.

»Ich bin Finn, kennst du mich noch?«, sagt er und hält mir die Hand hin, damit ich sie schüttele. »Sarah, stimmt's?«

Da erscheint Charlotte, noch in ihrem lila Bademantel.

»Bist du jetzt schon dran?«, fragt sie.

»Boah, Charlotte, wie liebenswürdig«, sagt Finn.

»Halt die Klappe, Finn.«

»Ich kann draußen warten«, sage ich.

»Nein«, sagt sie. »Ich hab so lange gearbeitet, sooo lange.«

Im Haus versuche ich, in den Spiegel zu gucken, ohne dass zu sehr auffällt, wie ich meinen fleckigen Hals mustere. Ich habe einen Rekord im Rotwerden aufgestellt, weil ich Finn so lange angestarrt habe, aber wenn jemand so schön anzusehen ist, kann man sich nur schwer abwenden.

Ich folge Charlotte in die Küche. Der wunderbare Duft von Kaffee liegt in der Luft. Aus irgendeinem Grund riecht er hier besser. Sie streckt sich und gähnt, und dann huscht eine ganz neue Art Lächeln über ihr Gesicht.

»Na ja, ich habe nicht die ganze Nacht gearbeitet«, sagt sie und reagiert damit auf das Fragezeichen in meinem Gesicht. »Ich hab lange mit Christopher telefoniert.«

»Mit wem?«

»Mit dem Typen«, sagt sie. »Von dem ich dir erzählt hab.«

Auflaufmann heißt also Christopher.

»Oh, wie lange hast du mit ihm geredet?«

»Ewig«, sagt Finn. Sie gibt ihm eine Kopfnuss, als er sich eine Tasse Kaffee einschenkt.

»Musst du nicht zur Arbeit?«

»Ich stehe zu deiner Unterhaltung zur Verfügung«, antwortet er.

»Aufgemerkt, Sarah«, sagt sie. »Finn ist ein Mensch gewordenes Wörterbuch. Ich hab ihm von deiner Wortbesessenheit erzählt. Du brauchst mich nicht, wenn du was nachschlagen willst. Gib ihm ein Wort.«

»Ein Wort?« Ich frage mich, wie es sein kann, dass ich wortbesessen bin, und ob das ein gutes Zeichen ist.

»Egal was.«

Ich sollte mir was Schlaues und Merkwürdiges zugleich einfallen lassen, doch damit wird er rechnen. Ein gewöhnliches Wort wird ihn verblüffen, das weiß ich einfach. Also treffe ich meine Wahl.

»Wie wär's denn mit *ewig*?«

Und Finn sagt: »Von sehr langer Dauer, unvergänglich, endlos. Wie im Satz: Charlotte hat *ewig* telefoniert.«

»Wenigstens hab ich ein Leben und bin keine Dumpfbacke«, antwortet sie.

»Oho«, sagt Finn. »Tolle Replik. Keine Sorge. In einer Stunde bist du mich los.«

Irgendwie frag ich mich, worüber zwei Leute wohl stundenlang reden können, aber ich hab im Einkaufszentrum auch schon stundenlang mit Lisa darüber geredet, dass manche Kleidungsstücke nur in bestimmten Größen verkauft werden sollten und dass keine Schrift drauf sein darf, wenn der Hintern, der darin steckt, zu breit ist. Ob so was in der Art wohl Themen von Charlotte und Auflaufmann sind? Wahrscheinlich nicht.

»Lackieren wir uns zuerst die Nägel?«, fragt sie.

»Weißt du noch, wie wir letztes Jahr jeden Fußnagel in einer anderen Farbe angemalt haben?«

»Ach ja, das gefällt mir nicht mehr«, sagt sie.

Ich merke, wie mein Gesicht heiß wird.

»Hm, geht mir genauso«, lüge ich. Ich will immer noch für jeden Zeh eine andere Farbe. Jetzt werde ich das nur noch im Winter machen, wenn meine Zehen vor dem Spott anderer geschützt sind.

Ich setze mich in ihrem Zimmer auf den Fußboden und reihe alle Nagellackflaschen nebeneinander auf, angefangen mit *Ballet Pink*, der hellsten Farbe, bis zum kräftigsten Ton, *Frankly, Scarlett*. Wenn wir mit dem Lackieren unserer Fußnägel fertig sind, werden wir uns die Flipflops anziehen und den Lack trocknen lassen, während wir Songs für mich auswählen. Dann werden wir uns Brote mit Erdnussbutter und Gelee machen, ohne Kruste. Oder vielleicht wird es gratis Pizza geben. Charlotte wird dann an ihrer Hausarbeit schreiben, während ich mir einen Film angucke, Snacks für uns mache und noch mehr über die Mr.-Wistler-Aufgabe nachdenke. Klar, ich weiß, ich muss nicht weiterschreiben, um den iPod zu gewinnen, aber ich fühle mich dazu verpflichtet, deshalb habe ich mein Aufsatzheft mitgebracht. Vielleicht gehört das zu meiner Wortbesessenheit.

Charlotte hat ihren Bademantel gegen ein luftiges weißes Shirt und einen Rock getauscht. Die Haare werden von einem dunkelblauen Stirnband gehalten. Sie sieht aus wie ein Modell für Gesichtspflege. Ich nehme mir vor, später, wenn sie arbeitet, einen Blick in ihr Badezimmer zu werfen und zu notieren, welche Pflegeprodukte sie benutzt.

Wir richten unsere Lackierstationen auf zwei verschiedenen Hockern ein und machen uns ans Werk. Sie ist so nett und lässt mich ihre Zehen zuerst anmalen. Dann sagt sie total entspannt: »Erzähl mir was über dich, das ich nicht weiß.«

Am liebsten würde ich einfach das Erstbeste rausposaunen, was mir im Kopf rumgeistert.

Ich habe eine Karte von meiner Mutter bekommen.

Ich stelle mir vor, wie die Worte in der Luft hängen und leicht hin und her schwingen.

Charlotte hält meine Mutter für tot. Sie weiß nicht, dass ich ein Zwilling bin – oder sein sollte. Wir könnten diese Lüge unangetastet lassen, obwohl ich sie gern einweihen, ihr alles gestehen würde und gern eine Vertraute hätte, die mich kneifen könnte, sollten sich bei mir Anzeichen von Verrücktheit zeigen. Eine, die mir sagt, dass ich mich auf normale Gedanken – zum Beispiel an Accessoires und Aufläufe – konzentrieren soll.

Als ich den Pinsel in den Nagellack tauche, beschließe ich, meine Mutter weiterhin tot sein zu lassen. Charlotte würde mit dem ganzen Thema bestimmt wie eine gute Freundin umgehen, aber ich kann nicht riskieren, dass sie mich so traurig anguckt, wie Leute das immer machen, wenn sie im Begriff sind, sich zu verabschieden.

»Ich habe dieses Jahr einen Haufen Zigaretten geraucht«, lüge ich. »Und ich bin ganz nah dran an meinem ersten echten Kuss.« Von der Wette mit Lisa erzähle ich ihr noch nichts. Sie sollte beeindruckt sein, weil ich von ganz allein drauf gekommen bin.

»Und nah dran, zurückgeküsst zu werden, nehme ich an«, sagt Charlotte und vervollständigt meinen imaginären Satz. Erst mal zucke ich nur mit den Schultern. Ein Bild von fremden Lippen auf meinen blitzt vor meinem inneren Auge auf, obwohl ich das zu diesen fremden Lippen gehörende Gesicht nicht sehen kann.

»Was weiß ich außerdem noch nicht über dich?«, fragt sie weiter.

»Gar nichts.«

Der Name meines Bruders ist Simon. Ich bin diejenige von uns beiden, die hier ist, so lebendig, dass ich sogar Lügen erzählen kann. Meine Mutter ist nicht tot, nur unerreichbar. Mein Vater trinkt. Ich habe zwei Tagebücher. Ich spreche mit einer Pflanze. Ich habe Angst vor dem Familienstammbaum-Projekt und hoffe, dass mir einfällt, wie ich die siebte Klasse überspringen kann.

»Ich bin so froh, dass Sommer ist«, sagt Charlotte. »Es ist so schön, nach Hause zu kommen zu seinem alten, gemütlichen Bett. Das im College ist widerlich.«

»Kann ich mir vorstellen.«

»Ich krieg es nie so hin, dass meine Wäsche so riecht wie bei meiner Mutter.«

Ich habe keinerlei Erinnerung daran, wie meine Mutter meine Sachen gewaschen hat, aber mein Dad macht das ganz ordentlich. Ich habe immer die hellen Sachen gewaschen, während Dad die dunklen wäscht. Viel Spaß macht das nicht, es sei denn, Dad beschließt, einen Sockenkampf zu veranstalten. Ein Sockenkampf ist, wenn man zwei Socken ineinander stopft und den Gegner damit bewirft.

Ich habe jede von Charlottes Zehen mit einer glänzenden Schicht *Frankly, Scarlett* lackiert. Es ist nicht die beste Leistung, die ich je vollbracht habe. Meine Hand war ein bisschen zittrig, weil ich Charlottes rätselnden Blick gespürt habe.

»Bitte erzähl meinem Vater nichts vom Rauchen. Er

würde ausflippen.« Das war nicht gelogen. Das war die Wahrheit. Dad möchte mich gern in Sicherheit in einem Glaskasten sehen, weit weg von Zigarettenrauch und Jungs. Wenn er wüsste, was die Kinder im Bus reden, hätte ich meinen eigenen Privatchauffeur für den Schulweg, so viel ist sicher.

»Ich erzähl es keiner Menschenseele«, sagt sie und legt einen Finger auf die Flasche mit »*Ballet Pink*«-Nagellack. »Was wir hier sagen, bleibt in unserer Kammer der Geheimnisse.«

Und wie es mir mit meinem Gehirn so oft passiert, stelle ich mir eine echte Kammer der Geheimnisse vor. Sie ist groß und grau und davor steht ein süßer Wächter, der zufällig genauso aussieht wie Jimmy Leighton. Er schiebt den riesigen goldenen Riegel vor der Tür zurück, dann wirft er einen Umschlag, der ein Geheimnis enthält, in die Kammer. Und dann schließt er die Tür schnell wieder, ehe irgendwelche Geheimnisse entfliehen können. Als er sich danach mit dem Rücken gegen die Tür lehnt, hört man, wie von der anderen Seite Hände gegen das Holz hämmern. Das sind die Geheimnisse, die flehen, rauskommen zu dürfen.

Genau das bin ich. Eine Kammer der Geheimnisse. Sie flattern in meiner Brust herum wie Vögel im Käfig, wollen sich in die Luft schwingen, haben aber gleichzeitig Angst vor dem Fliegen.

16. Kapitel

Der ganze Tag, den ich geplant hatte, hat in dem Moment Flügel umgeschnallt und ist zum Fenster rausgeflogen, als Charlotte gesagt hat, der Auflaufmann würde vorbeikommen. Ich glaube, ich hab mal in einer Zeitschrift gelesen, dass Frauen ihre Freundinnen auf Eis legen, sobald ein Mann in ihr Leben tritt. Jetzt weiß ich, wie wahr das ist. Ich fühle mich auf Eis gelegt.

Ich spähe aus Charlottes Fenster und sehe, wie sie ihn auf dem Plattenweg vor dem Haus umarmt. Er ist so groß, ich wette, er füllt einen Türrahmen ganz aus. Er hat sandfarbene Haare und einen dazu passenden buschigen Schnurrbart. Und er trägt Cowboystiefel, die mit einem komplizierten Muster bestickt sind. Für wen hält der sich denn? Cowboystiefel im Sommer!

Sie umarmen und küssen sich. Aus diesem Blickwinkel ist es schwer zu sagen, ob sie von ihm zurückgeküsst wird. Ich warte im Zimmer, bis ich das Quietschen der Fliegengittertür höre. Dann zähle ich bis zehn, ehe ich ins Wohnzimmer gehe, es könnte ja sein, dass noch mehr Küssen erledigt werden muss. Aber nein, das ist nicht der Fall, denn Finn sitzt auf dem Sofa, und vor dem eigenen Bruder rumzumachen, muss garantiert seltsam sein.

»Das ist mein jüngerer Bruder, Finn«, sagt Charlotte.

»Ich hab nicht mal gewusst, dass du einen Bruder hast«, sagt Auflaufmann.

»Na ja, er ist auch nur hier, weil meine Mutter nicht da ist«, sagt Charlotte. Finn guckt sie schief an.

»Das ist Sarah, die Freundin, von der ich dir erzählt habe.« Jetzt weiß ich, dass was anders ist an ihr. Sie benimmt sich so förmlich.

Christopher streckt die Hand aus, also greife ich nach ihr. Er schüttelt sie fest und selbstsicher.

»Sie möchte diesen Sommer ihren ersten richtigen Kuss bekommen«, ergänzt Charlotte. Mein Gesicht wird heiß und fängt an zu kribbeln, mein Mund fühlt sich trocken an. Wo steckt der Wächter der Kammer denn jetzt? In der Kaffeepause? Sie erzählt ihrem Bruder und ihrem Freund Dinge über mich, so als wäre ich gar nicht da.

Ich hatte nicht vor, Finn anzugucken, aber ich tu es. Er zwinkert mir zu, davon wird mein Gesicht noch röter. Wahrscheinlich hat es jetzt die Farbe *Frankly, Scarlett.*

»Und, was machen wir heute?«, fragt Auflaufmann.

Charlotte will wissen, ob wir nicht erst mal alle

einen Spaziergang um den Block machen wollen. Na, davon werden meine frisch und von mir ganz allein (!!!) lackierten Zehen rein gar nichts haben. Ich fühl mich schon nicht mehr ganz so girly, und ich vermute, das sieht man an meinen Schultern, denn Christopher rüttelt eine von ihren und sagt: »He, willst du dich nicht ein bisschen auf den Baumstumpf in deinem Garten stellen?«

Alle drei gucken mich an, als wäre ich ein Ausstellungsstück im Museum und an meinen Füßen ein Schild, auf dem steht: *Mädchen, das auf Stumpf steht.*

Wenn jetzt ein Tornado durch Garland fegen würde, hätte ich nichts dagegen. Er könnte mich mitreißen und an einem anderen Ort absetzen, an dem ich niemanden kenne. Ich könnte einen Neuanfang machen und ich wäre einfach nur das Tornadomädchen.

Es gefällt mir nicht, dass Auflaufmann was über mich weiß. Und dann halten Charlotte und Christopher sich an den Händen, und mir ist klar, dass ich hinter ihnen herdackeln werde. Ich wünschte, der King-Ranch-Auflauf wäre nicht so gut geworden. Er hat ihn nicht verdient.

»Hast du gewusst, dass Charlotte vorhat zu promovieren?«, frage ich, um das Thema zu wechseln.

Und er antwortet darauf: »Ja, das weiß ich.«

»Sie ist also schlau. Schlauer als die meisten. Was studierst du eigentlich?« Ich betone das **Du**, als wäre es fett und unterstrichen.

»Wirtschaft.«

»Und damit hast du diesen tollen Job bei *Wilson's Western Wear* gekriegt?«

Finn lacht.

»Halt die Klappe, Finn, geh und kümmere dich um deine Freundin, das Wörterbuch!«, schnauzt Charlotte, aber er lacht einfach weiter. Wie nett das klingt, hoffentlich hört er nicht auf.

Dann teilt sie mir mit, dass sie gleich wiederkommt von ihrem Spaziergang. Allein. Einverstanden. Geh du nur spazieren mit einem Auflauf essenden Pseudo-Cowboy, ist mir doch egal. Sie sind schon draußen, ehe ich »*Buh!*« sagen kann.

»Warum hat sie gesagt, dass deine Freundin das Wörterbuch ist?«, frage ich Finn.

»Weil ich Wörter liebe«, sagt er. »Ich glaube, so meinte sie das. Aber egal.«

»Oh, cool.« Er soll nicht glauben, das sei etwas Schlechtes. Das will ich nicht.

»Viele Leute denken da anders, aber was soll's, ich habe deswegen ein Stipendium für die Uni gekriegt, und sie ist nur neidisch.«

»Wirklich?« Ich hatte nicht gewusst, dass ein Buch zu lesen zu einem Studium führen konnte.

»Vorsicht, Streberalarm!«, sagt er. »Du hast einen wahrhaftigen Buchstabierchampion vor dir. Ich habe die Karteikarten noch, die das belegen.«

Na, das ist ja ein Ding. Alles, was ich dazu sagen kann, ist ein lausiges »Wow«.

»Genau. Und jetzt studiere ich im zweiten Semester Linguistik und Etymologie an der Uni. Weißt du, was das ist?«

»Mein Vater ist Professor, du kannst also davon ausgehen, dass ich eine Menge weiß«, sage ich – und es stimmt. Mir sind sämtliche *-logien* bekannt, die ein Mensch kennen kann.

Er schaut mich an, legt den Kopf schräg und sagt dann: »Gut zu wissen. Gut zu wissen. Nun ja, deshalb zieht sie mich manchmal mit meinem Studium auf. Du weißt ja, wie Schwestern sein können.«

»Nein, eigentlich nicht.«

»Dann hast du Glück«, sagt Finn.

»Mir ist noch nie jemand anderes begegnet, der gern im Wörterbuch liest«, sage ich.

»Oh, du bist also eine von uns, was? Es gibt nicht viele von uns, so viel kann ich dir verraten«, sagt er. »Kehr um, ehe es zu spät ist.«

»Was?«

»Schon gut.«

»Lieferst du noch immer Pizza aus?«

»Ja.«

»Gut.«

Und damit endet unser Gespräch, denn nun kommen die Turteltauben zurück. Im Vorübergehen krault Christopher mir den Kopf. Hält er mich für ein Haustier? Er sagt mir, dass Charlotte ihre Handtasche vergessen hat. Keine Ahnung, wozu ein Mensch bei einem Spaziergang eine Handtasche braucht. Meine Abneigung gegen ihn wächst, aber ich werde mich trotzdem um eine liebenswürdige Miene bemühen und Smalltalk machen.

»Also, wie kommt es eigentlich, dass du so viel für Aufläufe übrig hast? Das ist Beerdigungsessen«, sage ich.

Das Gesicht, das jetzt folgt, macht Christopher sicher auch, wenn er eine Matheaufgabe nicht lösen kann, könnte ich mir zumindest vorstellen. Auf mich wirkt er nicht wie ein Superhirn.

»Sarah hat mir gestern bei ein paar Rezepten geholfen. Apropos«, sagt sie und schubst mich Richtung Küche. »Ich habe was Rezeptbezogenes mit ihr zu besprechen.«

Sie zerrt mich ins Esszimmer.

»Dass ich ihm einen Auflauf gemacht habe, war ein Geheimnis«, sagt sie, nimmt eine Bürste aus der Handtasche und fährt damit durch die Nester in meinen Haaren. Ich hasse es, sie mir selbst rauszubürsten. »Das hätte ich dir vorher sagen sollen. Ich versuche ihn zu beeindrucken.«

»Dass ich auf einem Baumstumpf stehe und zum ersten Mal geküsst werden will, waren *auch* Geheimnisse«, sage ich, und das bringt sie zum Lachen.

Ich sage ihr: »Nun, du hast dir bestimmt die richtige Nagellackfarbe ausgesucht. Das sollte ihn beeindrucken. Aber ich glaube, ihm ist nicht klar, wie schlau du bist.«

»Woher weißt du das?«, fragt sie.

Für mich liegt das auf der Hand, aber ich sage ihr,

worauf sie achten muss, und frage: »Wie viele Fragen hat er *dir* heute gestellt?«

Sie denkt über meine Frage nach. »Das hat nichts zu bedeuten.«

Wenn sie doch nur über die Weisheit meines Vaters verfügen würde. Er sagt immer, eine gut formulierte Frage würde mehr Intelligenz und Interesse zeigen als zwei Absätze Gerede.

»Wir gehen noch mal los. Ich brauche Tinte für meinen Drucker. Finn passt auf dich auf.«

»Auf mich muss nicht aufgepasst werden.«

Sie flüstert mir ins Ohr: »Sei artig, dann erzähl ich dir alles, wenn ich zurückkomme.«

Vermutlich kann ich heute auf nichts Besseres hoffen. Ich muss Informationen aus dem wirklichen Leben zusammentragen und mit dem vergleichen, was ich in *Ein unwiderstehlicher Schurke* gelesen habe. Zurzeit lese ich das Kapitel noch einmal, in dem Rebecca dem Schurken sagt, dass sie ihn hasst und dass ihn zu lieben das Schlimmste war, das sie überhaupt machen konnte. Dann küsst sie ihn, was ja nicht besonders schlau von ihr ist.

Als die beiden den Bürgersteig erreicht haben, halten sie schon Händchen, beim Gehen berühren sich ihre Schultern. Als sie weitergehen, schauen sie sich tief in die Augen, und wenn sie nicht aufpassen, werden sie gegen einen Baum laufen oder über die Bordsteinkante stolpern. Was Lisa über Liebe und Küssen sagt, stimmt nicht. Zuerst mag man davon ja hübscher wirken, aber dann kann man auch ziemlich blöd aussehen.

Ich setze mich auf einen weißen Plastikstuhl auf Charlottes Veranda, oder was so tut, als wäre es eine Veranda. Er ist schon von der Sonne angewärmt. Während meine Nägel ordentlich trocknen, sehe ich mir die Nachbarschaft genau an. Gestern Abend habe ich die Duprees gar nicht spazieren gehen sehen und das lange grüne Auto von Mr. Dupree parkt immer noch vorm Haus. Das veranlasst mich, mir die möglichen Gründe dafür vor Augen zu führen: krank, verschlafen, tot. Es gibt auch noch andere, weniger wahrscheinliche Möglichkeiten: von Aliens entführt, Urlaub, Filmmarathon. In Krimis machen die Ermittler manchmal Kreidestriche auf die Autoreifen, um mögliche Bewegungen zu überwachen.

Ich werde heute früh nach Hause gehen, mir ein Stück Kreide suchen und dann für mich selbst sorgen, vielen Dank auch. In unserem Kühlschrank ist gerade tatsächlich was Richtiges zu essen vorrätig. Auf jedem Regalbrett steht was. So hinterlässt Oma ihn immer – und es sind endlich nicht bloß Karotten da.

Als Charlotte zurückkommt, ist ihre Oberlippe noch röter als sonst. Ich weiß, das kommt vom Küssen borstiger Schnurrbarthaare. Falls es euch interessiert: Ich habe den Verdacht, dass Charlotte im wirklichen Leben einen echten Schurken datet.

Die Turteltauben gehen ins Haus, immer noch

Hand in Hand, und tun so, als würden sie mich nicht bemerken. Und ich denke: *Egal.*

Ich blättere in einer Zeitschrift und suche mir die Mädchen raus, die so aussehen, wie ich gern aussehen möchte. Das haben Lisa und ich immer gemacht, obwohl wir wussten, dass es nichts nützt, so gut würden wir in tausend Jahren nicht aussehen. Da ist ein Mädchen, das ich besonders bewundere, weil sie kurze, rund geschnittene Haare hat wie ich. Sie trägt eine dicke, dunkle Kette, die eng am Hals anliegt, und lange, tränenförmige Ohrringe. Die würden mir garantiert stehen. Auf der Seite daneben ist ein Artikel.

Fünf Tricks für eine selbstbewusstere Ausstrahlung

- **Straffe deine Schultern.**
- **Zähle bis drei, bevor du auf eine Frage reagierst.**
- **Kreuze beim Sitzen die Fesseln.**
- **Frage dein Gegenüber, was es zurzeit liest.**
  Stelle Blickkontakt her.

Finn knallt die Fliegengittertür zu und setzt sich auf den anderen Plastikstuhl. Er legt die nackten Füße aufs Geländer und verschränkt die Hände hinter dem Kopf. Mir fällt auf, dass seine Jeans unten ausgefranst ist. Das ist ein Zeichen dafür, dass er weit rumgekommen ist.

Ich fächle mir mit der Zeitschrift Luft zu, so wie ich es bei Frauen in Filmen gesehen habe.

»Ich dachte, du liest gern«, sagt Finn, der mich dabei nicht mal anguckt. Deshalb kann ich auch keinen Blickkontakt herstellen. Es ist ein harter Kampf, aber ich schaffe es, bis drei zu zählen, bevor ich antworte.

Ich sage: »Das *ist* Lesen«, und wedle mit der Zeitschrift, falls er schlechte Augen hat und nicht sehen kann, wie sehr er danebenliegt.

»Ich meinte Bücher.«

Ich weiß, er spielt darauf an, dass Bücher besser sind als Zeitschriften, aber wenn er mich kennen würde, wüsste er, dass ich weit mehr gelesen habe als die meisten anderen Kinder in meinem Alter. Besonders, wenn man die Inhaltsangaben der Bücher mitzählt, über die Dads Studenten ihre Essays schreiben. Und ja, es gibt haufenweise Bücher, die ich noch nicht gelesen habe, aber das hat Zeit. Bücher werden nicht schlecht. Die werden nicht sauer wie Milch, die man vor dem Verfallsdatum trinken muss.

»Und was hast *du* denn so gelesen?«, frage ich.

Er nimmt die Beine runter und setzt sich aufrecht hin.

»*Ulysses* von James Joyce«, sagt er. »Schon mal davon gehört?«

»Mein Vater hat das Buch, aber selbst hab ich es nicht gelesen. Er sagt, ich werde es mehr wertschätzen können, wenn ich erst Homer gelesen habe.«

»Okaaay«, sagt er auf eine Art, die mir verrät, dass er beeindruckt ist. So, da haben wir's. Es stimmt, was in der Zeitschrift steht. Mein Vater macht mir wegen der Zeitschriften immer die Hölle heiß, aber jetzt habe ich den Beweis dafür, dass sie nützlich sind.

»Musst du nicht irgendwas studieren? Oder bummelst du rum?«

Ich hoffe, das bringt ihn dazu, wieder reinzugehen und mich meinen Gedanken an Mr. Duprees Auto zu überlassen und daran, wo man die Kreidestreifen am besten anbringt, hinten oder vorne.

Er lacht. »Nun ja, wie du weißt, gibt's da noch meine Pizzakarriere. Und ich hab eine ganz große Hausarbeit geschrieben und die wird gerade durchgesehen. Solange meine Mom weg ist, versuche ich, eine Weile zu chillen. Aufgrund dessen mag es so aussehen, als würde ich rumbummeln. Aber im Moment warte ich nur auf eine Sendung von FedEx.«

Er sagt das so einfach und so süß, dass mir meine Fragen plötzlich peinlich sind. Außerdem ist mir mit Ausnahme von Dad im wirklichen Leben noch nie jemand begegnet, der die Worte »aufgrund dessen« benutzt.

»Also, warum stehst du auf dem Baumstumpf?«

»Du hast mich gesehen?«, frage ich. Das ist so peinlich.

Er denkt eine Weile darüber nach und dann sagt er: »Guckst du denn nicht hin, wenn du was noch nie gesehen hast?« Doch, ich glaub, das tu ich. Die ganze Zeit habe ich alle anderen in unserer Nachbarschaft beobachtet und bin nicht auf den Gedanken gekommen, jemand könnte mich beobachten.

Sein Blick wirkt plötzlich abwesend, er lächelt direkt in die Sonne. In Gedanken reist er an einen schönen Ort, das weiß ich einfach. Ich hab eine angenehme Aussicht auf sein Profil. Er könnte in einer Zeitschrift abgebildet sein, ohne Weiteres. Vielleicht Werbung machen für Parfum oder so was. Hätte ich jetzt wohl gern eine Kamera? Ja, das hätte ich.

Lieber Atticus,
heute fühle ich mich komisch, und ich weiß nicht recht, was ich sagen soll. Ich habe überlegt, wie ich dich wegen meiner Mutter um Rat fragen soll. Um das tun zu können, das ist mir klar, muss ich dir alles über sie erzählen. Dies hier wird so eine Art von Brief, in dem mehr steht, als du wissen willst. Irgendwie mag ich ihn kaum schreiben, es könnte ja sein, dass jemand diese Briefe entdeckt. Wenn das passiert, bin ich in enormen Schwierigkeiten. Ich bin schon beschimpft worden aufgrund meiner Lage. Und wir sind deswegen auch schon oft umgezogen. Aber mir ist wieder eingefallen, was du zu Jem gesagt hast über Leute, die dich *beschimpft haben, mit Worten, die ich hier nicht wiederholen will. Erinnerst du dich daran? Du hast zu Jem gesagt, es sei keine Beleidigung, wenn Leute dich mit Worten beschimpfen, die sie für Schimpfworte halten. Atticus, ich will deine Gefühle nicht verletzen, aber ich bin mir*

nicht sicher, dass ich das glaube. Aber egal, ich werde dir von meiner Mutter erzählen, damit das aus der Welt ist.
Die Sache ist so. Die Situation mit meiner Mutter ist folgende: Sie ist vor zehn Jahren verrückt geworden. Bevor du mir jetzt aber erzählst, dass ich zu viel Fantasie habe und dass sie genauso ist wie Arthur Radley von nebenan: Nein, das ist sie nicht. Sie ist eine leibhaftige Verrückte, die in einer psychiatrischen Einrichtung lebt, weil sie meinen Bruder umgebracht hat und versucht hat, mich zu töten. Es gab auch eine große Gerichtsverhandlung deswegen. Zwei Verhandlungen, genauer gesagt: eine für sie und eine für meinen Vater, dem etwas zur Last gelegt wurde, das ich nicht vollständig verstehe.
Ich habe also keine Beziehung zu meiner Mutter, verstehst du. Auf diesem Gebiet habe ich nicht so viel Glück wie Scout. Deine Frau ist gestorben, als Scout zwei war, und deshalb erinnert deine Tochter sich nicht an sie. Und weil du so ein guter Vater bist, fehlt sie deinen Kindern nicht. (Außerdem haben sie Calpurnia, die auf sie achtgibt und Mahlzeiten für sie zubereitet, was schön sein muss.) Was mich betrifft, ich hab nichts von alldem. Keine Mutter. Keinen Bruder. Keine Calpurnia. Und einen Dad, der da ist, aber irgendwie auch wieder nicht.

Und gerade ist mir klar geworden, dass ich meine Mutter eher als Jane Nelson kenne, eine Art berühmte Person, die mir peinlich ist. Immer wenn ich den Namen Jane höre, schnellt mein Kopf herum, und ich werde rot. Man sollte sich nicht für den Namen der eigenen Mutter schämen müssen, oder? Du würdest mir wahrscheinlich sagen, dass ich ein schlechter Mensch bin, weil ich so denke. Ich werde versuchen, mich zu bessern.

Mit freundlichen Grüßen
Sarah Nelson

17. Kapitel

Heute Abend zensiert Dad im Wohnzimmer Arbeiten, dabei singt er Lieder von den Beatles. Bei irgendeiner alten Gruppe bleibt er immer kleben und dann hört man nichts anderes mehr, rund um die Uhr, sieben Tage die Woche. Eine Zeit lang war es Bob Seger und jetzt haben wir es mit John, Paul, George und Ringo zu tun.

Ich gehe in mein Zimmer und frage mich, wie ein Gehirn sich an Liedtexte erinnern kann, ohne dass man vorher alles aufgeschrieben hat. Wie legt es fest, welche Sachen behalten und welche vergessen werden? Im Kopf müssen kleine Erinnerungen kleben, so wie Kaugummis unter einem Tisch. Man braucht Kraft, um die wegzuschrubben, also muss man schon wollen, dass sie verschwinden, oder sie bleiben für immer kleben, vertrocknet und hart. Manchmal tauchen Erinnerungen einfach so auf, dann muss man seine Schritte zurückverfolgen, um rauszukriegen, wie das Gehirn darauf gekommen ist, an etwas Bestimmtes zu denken. Dr. Madrigal sagt, manchmal wird so was Trigger genannt.

Jetzt gerade gucke ich zum Beispiel an die unebene Decke in meinem Zimmer und ich kann an nichts anderes als an weiße Sommersandalen denken. Warum? Weil ich heute gesehen habe, wie ein kleines Mädchen in weißen Sandalen den Gehweg entlanggelaufen ist, sie war hinter dem Eiswagen her. Sie hat sich umgeschaut und ihrem Dad zugerufen: »Schnell! Schnell! Sonst erwischen wir ihn nicht mehr!« Das war ziemlich witzig, weil der Eiswagen langsamer fährt als ein Fahrrad. Trotzdem war sie total aus dem Häuschen, weil sie dachte, ihr würde ein orangefarbenes Capri-Eis entgehen oder so.

Das ist der Trigger für eine Erinnerung an meine Mutter gewesen. Ein Fingerschnippen. Und sie war da.

Und das hat mein Gehirn aus einer Ablage gezogen:

1. *Ich hatte die gleichen Sommersandalen, mit einer Schnalle, die man am Knöchel schließt.*
2. *Ich habe sie angehabt, als ich meine Mutter in der Klinik besucht habe.*
3. *Dad hat mich unter seinem Mantel versteckt, als wir von der Klinik zum Auto gegangen sind. Er hat gesagt: »Ich hab dich. Pass du nur auf deine Füße auf.«*
4. *Ich habe auf Füße in weißen Sandalen geschaut, die über heißen schwarzen Parkplatzasphalt gingen.*

Warum war ich nicht so schlau, damals schon Tagebuch zu führen? Ich würde mich an mehr erinnern können, etwa daran, ob ich sechs oder sieben war, als das passiert ist. Hatte ich sie vor diesem Tag schon einmal besucht? Wie oft habe ich sie im wirklichen Leben seitdem gesehen? Zwei Mal? Oder drei? Und war es das Mal, wo ich vor meinen Schulfreunden verkündet hatte: »Hey, meine Mom lebt in einer Klinik und kann nicht bei mir wohnen«? Vielleicht war ich damals sechs. Mit sechs erzählt man alles weiter. Ich weiß, wie ich einem Mädchen erzählt habe, dass ich früher aus der Schule nach Hause gehe, weil ich meine Mom in der Klinik besuchen würde, und sie hat mir erzählt, dass sie gesehen hat, wie ihre Mom beim Arzt in einen Becher gepinkelt hat.

Später, wenn man sieben ist, wird einem klar, dass solche Informationen einen auf ganz gemeine Weise wieder einholen. Dann lernt man, wie viel man sagen kann, wann man lügen und wann den Mund halten muss. Und mit acht sind die Geheimnisse dann in einem Tagebuch verborgen.

Jetzt denke ich tief in mir drinnen an diesen Tag. Die Einzelheiten drängen darauf, herauszukommen. Das ist einer der Gründe, aus denen ich Pflanze so liebe. Sie ist eine gute Zuhörerin, geduldig und lieb. Jetzt gerade erzähle ich ihr, dass mein Kopf mir keine Ruhe lassen wird, bis ich nicht eine neue Information, irgendeine neue Szene wachgerufen habe. Es ist, als ob mein Gehirncomputer ein Puzzle zusammensetzen wollte, aber einige Teile fehlen. Pflanze fragt sich, ob das eventuell an all den Fragen liegt, die Therapeuten mir stellen. Vielleicht setzen sie Teile ein, die vorher überhaupt nicht da waren. Vielleicht erfinden sie Trigger. Ich weiß es nicht.

Ich erzähle Pflanze, dass ich die weißen Sandalen in der Zeit gleich nach Dads Prozess getragen habe. Wir dachten ans Umziehen, weil alle uns aus den Zeitungen kannten. Manchmal verwendeten sie eine Undercover-Technik, und zwar spielten sie freundliche Nachbarn und fingen dann an, neugierig zu werden.

Wegen der Undercover-Leute behielt Dad mich immer an seiner Seite, wenn wir in unserer Nachbarschaft herumliefen oder auf einem Parkplatz zum Auto gingen. Ja, da habe ich auf meine Füße in Sandalen gestarrt, sie bewegten sich ganz schnell. Jedes Mal, wenn ich sein Deo rieche, denke ich, ich werde von Reportern verfolgt. Als er mich also bei Pfannkuchen und Bacon fragte, ob ich umziehen wollte, irgendwohin, wo nur wir beide allein wären, habe ich gesagt: »Ja, verdammt noch mal.«

Na ja, *verdammt* hab ich nicht gesagt, sondern dieses andere Wort mit V. Er hat die Stirn gerunzelt und gesagt, es sei offensichtlich, dass ich zu viel Zeit in Opas Nähe verbracht hatte und dass ich dieses Wort bitte nicht noch mal benutzen soll. Es war eines der ersten Problemwörter.

Und jetzt fällt mir noch mehr ein. Ich erzähle Pflanze, dass Dad genau da gesagt hatte: »Weißt du was, wir besuchen deine Mutter in der Klinik. Vielleicht redet sie heute mit dir, vielleicht auch nicht, aber du denkst dran, dass sie dich immer noch lieb hat, auch wenn sie dich nicht anguckt, okay?«

Und dann fuhren wir hin.

In der Klinik hat der Arzt gesagt: »Guck mal, da ist sie, die mit den hellbraunen Haaren und den blauen Augen. Das ist deine Mutter.« Ich weiß noch, dass ich nicht zu ihr hingehen wollte, weil ich Angst hatte.

Ich weiß auch noch, dass der Arzt mich und Dad in einen kleinen Raum mit einem Tisch und ein paar Stühlen geführt hat. Auf dem Boden lag ein riesiger Teppich aus vielen bunten Quadraten.

Ich erinnere mich, wie sie die Handflächen an ihrer schlichten blauen Hose gerieben hat und diese immer wieder glatt strich, obwohl sie gar nicht zerknittert war.

Ich erinnere mich, wie ich ihr eine Karte geschenkt habe, die ich für sie gemacht hatte. Genauer gesagt, hatte Dad mir gesagt, dass ich eine Karte für sie machen sollte. Es war nicht meine Idee gewesen. Als sie nicht danach griff, legte ich die Karte auf den Tisch und trat ein paar Schritte zurück.

Ich erinnere mich, wie Dad mir sagte, dass ich vor der Tür spielen gehen sollte. Das Problem war nur, dass es in einer psychiatrischen Klinik keinen Platz zum Spielen gibt. Ich ging vor die Tür, saß dann allein auf dem Flur und pulte am Teppich herum.

Pflanze hört immer noch zu, also rede ich weiter.

Woran erinnere ich mich noch? Keine Ahnung.

Ich frage mich, ob ich all diese Details auf eine Art ergänze wie ein kleines Kind, das ein Malbuch ausmalt und dabei über den Rand kritzelt. Am Schluss wird daraus das Bild, das man daraus malt. Und keiner kann sagen, ob es richtig oder falsch ist. Ich wünschte, ich hätte ein Foto von jenem Tag. Das würde den handfesten Beweis dafür liefern, dass dieser Besuch tatsächlich so stattgefunden hat, wie ich es glaube. Ein handfester Beweis ist etwas, das so wahr ist, dass man es nicht anzweifeln kann.

Der einzige handfeste Beweis, den ich habe, ist dieser: Ich erinnere mich, dass ich weiße Sandalen getragen habe, als ich sie besucht habe. Das ist alles, was ich ganz sicher weiß.

18. Kapitel

Pflanze meint, ich liege falsch, aber ich ignoriere sie. Ich hab ihr erzählt, dass ich befürchte, ich könnte mich genauso entwickeln wie mein Vater und Alkoholiker werden. Ich habe mein Wörterbuch hervorgeholt und laut vorgelesen:

> **Alkoholiker,** der
> *Substantiv, maskulin*
> ein Mensch, der gewohnheitsmäßig und bis zum Exzess alkoholische Substanzen zu sich nimmt

Ich bin kein Alkoholiker, sage ich ihr, weil ich nicht trinke. Das ist eine Erleichterung. Vielleicht werde ich so verrückt wie meine Mutter und kann nichts dagegen tun. Aber man kann sich sehr wohl dagegen entscheiden, sich Alkohol einzuschenken. Solange ich mich daran halte, kann ich Alkoholiker von der Liste der Dinge streichen, die mir passieren werden. Doch dann meldet sich mein Gehirn mit einem guten Argument. Wenn meine Mutter verrückt und mein Dad laut Definition ein Alkoholiker ist, dann würde ich lieber so werden wie er. Jedem Dummkopf wäre *Jim Beam* lieber, als verrückt zu sein. Und Pflanze hat gesagt, ich bin verrückt, weil ich mit ihr rede.

Da hat sie recht.

Ich schreibe diese Gedanken in mein echtes Tagebuch, damit ich später darüber nachdenken kann. Megaschnell schnappe ich mir mein Tarntagebuch und kritzle ein paar Zeilen darüber, wie gern ich bei einem Rechtschreibwettbewerb mitmachen möchte. Dann starre ich hoch zum Ventilator an der Decke und klopfe in seinem eiernden Rhythmus auf die Matratze. Ich liege im Bett, denke über den Tag nach und versuche, mir eine gute Lügengeschichte für Lisa auszudenken, die ich erzählen kann, falls ich niemanden zum Küssen finde. Lisa ahnt nicht, was für eine gute Lügnerin ich bin. Ich könnte sagen, er hatte einen Schnurrbart, und ihr erzählen, dass meine Lippe sich stark gerötet hat. Diese Idee verwerfe ich wieder, mein Gehirn fühlt sich nämlich so an, als müsste es eine Textaufgabe lösen, die es nicht begreift. Und jetzt bin ich total wach.

Dad ist auch noch so spät wach, er guckt einen Western im Fernsehen. Schüsse dringen durch den Flur bis in mein Zimmer. Ich frag mich schon, welcher Pionier oder Cowboy einst nach Garland gekommen ist und gedacht hat: *Hey, dieses platte Land sieht ja toll aus. Hier wollen wir unser Lager aufschlagen und die Ärmel hochkrempeln.* Seine Frau, so eine mit Schultertuch und einem kleinen Kind im Arm, hätte gefragt: *Ist es denn sicher hier?* Und er hätte geantwortet: *Klar, wer sollte uns das hier streitig machen? Meilenweit habe ich niemanden entdecken können.* Und so fing die lange Geschichte von Leuten an, denen es egal ist, wo sie Wurzeln schlagen. Ein anderer Grund für die Existenz von Garland fällt mir nicht ein. Diese Stadt ist wie ein grauer Kapuzenpullover. Sie erfüllt ihren Zweck, aber hip ist was anderes.

Bei dem Gedanken daran, wie albern ich mich vor Finn aufgeführt habe, spüre ich jetzt Wärme den Nacken hochkriechen. Ob er mir wohl mehr darüber erzählen kann, was Jungs machen? Und mir hilft, Wissenslücken zu füllen? Vielleicht finde ich ja dann, dass es etwas Bewundernswertes an ihnen gibt, obwohl ich da echte Zweifel habe. Sie sind außergewöhnlich übelriechend und unhöflich und schauen einem nicht in die Augen, was nach meinem Opa ein Wesenszug ist, vor dem ich auf der Hut sein soll.

Hüte dich vor Jungs, die dir die Autotür nicht aufhalten.

Hüte dich vor Jungs mit zu langen Haaren. Was zum Teufel haben die zu verbergen? (Ich muss wohl nicht erwähnen, dass er nicht *zum Teufel* gesagt hat.)

Hüte dich, billige Pullover zu kaufen, die nicht länger als eine Saison halten.

Hüte dich vor Restaurants ohne Preise auf der Speisekarte.

Sich zu hüten, ist Opa ziemlich wichtig.

Ich setze mich im Bett auf und überlege, ob ich irgendwas vergessen habe zu erledigen. Hab ich vergessen, Pflanze Wasser zu geben? Oder meine Sachen im Trockner gelassen? Dann geht mir auf, dass ich vergessen habe, die Kreidestreifen auf Mr. Duprees Autoreifen zu malen. Vielleicht ist es das.

Meine Gedanken werden von Pferdegeräuschen gestört. Und da ich weiß, dass in unserer Küche keine sind, setze ich die Füße auf den Boden und mache mich auf, Nachforschungen anzustellen. Es ist nur mein Dad, der jetzt im Tiefschlaf auf dem Sofa liegt, mit einer Seminararbeit auf der Brust. Der Western dröhnt aus dem Fernseher.

Ich nehme meinem Dad die Seminararbeit aus der Hand und decke ihn mit einer Wolldecke zu. Ich werde ihn hier weiterschlafen lassen, wo er ohnehin so viele Nächte verbringt. Die Augen zucken unter seinen Lidern, er hat also einen heftigen Traum. Vielleicht reitet er ein Wildpferd und will mit einem Cowboy mithalten. Nun ja, soll er doch träumen.

Ich sammle die anderen Arbeiten zusammen und staple sie ordentlich auf dem Sofatisch, die zuletzt von ihm gelesene kommt quer obendrauf. Irgendwas im ersten Absatz springt mich an:

Hätte sie es gewollt, hätte sie es getan. Sie hätte ihre Arbeit weitergeführt, ernsthaft und aufmerksam. Stattdessen hat sie alles zurückgelassen und sich nicht ein einziges Mal umgeschaut. Ihre bislang unge-

nutzten Begabungen vertrockneten wie das Laub im Herbst.

5!

Dafür hätte ich eine fette 5 gegeben. Der Leser hat keinen Schimmer, welche Arbeit oder Begabungen sie hat oder hatte oder was sie zurückgelassen hat. Mein Vater sagt immer, ein guter Text muss auch für Zwölfjährige verständlich sein. Jetzt begreife ich, was er meint. Ich blick hier überhaupt nicht durch, und mir ist jetzt schon so langweilig, dass ich keine Lust habe weiterzulesen. Deswegen ist mein Vater wohl eingeschlafen. Er sagt, die meisten seiner Studenten schreiben so, als hätten sie Shakespeare und das Wörterbuch am selben Tag entdeckt.

Der Computer meines Vaters am anderen Ende des Flurs gibt einen Ton von sich wie zwei Gläser, die aneinanderstoßen. Ich gehe in sein Büro und erspähe am unteren Bildschirmrand ein kleines gelbes Rechteck mit einem blinkenden Fragezeichen. Es ist eine Nachricht von PBroom: *Bist du immer noch online?*

Wer ist PBroom, und woher weiß mein Vater, wie man solche Sachen macht? Dad ist ein Antitexter wie Mr. Wistler. Ich sehe den Cursor blinken und kann nicht widerstehen. Es ist, als würde er sagen: Antworte jetzt, ANTWORTE JETZT! Ich tippe *Ja* und drücke die Entertaste. Der Computer macht wieder diesen Gläserklirr-Ton. Schon taucht eine weitere Nachricht von PBroom auf – und ich muss einfach drauf antworten.

Ich kann auch nicht schlafen. Was machst du?

Seminararbeiten zensieren.

Puh. Macht bestimmt Spaß.

Ja. Eine ist wahnsinnig schlecht. Der möchte ich eine 5 geben.

Autsch. Das ist hart.

Na ja.

Das Kaffeetrinken war schön neulich. Wie immer.

Ja.

Ich finde, du verwöhnst mich.

LOL. Ich muss aufhören.

Gute Nacht.

Und PBroom ist weg. Ich überfliege den Chat noch mal. So viele Fragen tauchen in mir auf. Er war Kaffeetrinken mit PBroom. Er oder sie weiß, wie man ihn per Messenger erreicht. Er/sie denkt an ihn zu dieser späten Stunde. Schlimmer noch, nie im Leben würde er LOL in einer Nachricht schreiben. Ich werde so was von auffliegen.

Im Wohnzimmer höre ich einen Showdown zwischen zwei Cowboys. Das ist der Teil, den mein Vater am liebsten mag, deshalb lasse ich den Film laufen, damit er gut und tief in seinen Träumen versinkt. Vielleicht fühlt er sich morgen heldenhaft, wenn er aufwacht. In seiner Vorstellung wird er einer von den altmodischen »guten Kerlen« sein. Und dann mache ich ihm superstarken schwarzen Cowboykaffee und Toast mit Butter und schicke ihn hinaus in die Welt, um es mit einem weiteren Tag aufzunehmen. Ha-ha! Und ich kann ihn irgendwie heimlich nach PBroom ausfragen, ohne dass es sich anhört, als wüsste ich was. Ohne dass es sich anhört, als hätte ich mich sechzig Sekunden lang als er ausgegeben.

Auf dem Weg zurück in mein Zimmer mache ich einen Umweg und lande – voilà – in der Garage. Es ist so, als hätten mich meine Füße ganz von allein hier hingetragen, ohne meinem Hirn Bescheid zu sagen. Die Flaschen stehen hinter den Farbdosen. Keine Ahnung, warum er sie da versteckt. Wir wissen schließlich beide, dass er trinkt. Ich hole eine halbvolle Flasche hervor, schraube den Deckel auf und spiele mit dem Gedanken, einen kleinen Schluck zu nehmen. Doch ich schnuppere nur dran und es ist furchtbar. Der Geruch brennt in meiner Nase. Ich begreife immer noch nicht, warum er so was trinkt.

Noch bevor ich in meinem Zimmer bin, steigt ein Schamgefühl in mir auf. Fast hätte ich Alkohol getrunken! Und ich hab am Computer so getan, als wäre ich mein Dad. Ich muss mich fragen, ob das ein Teil von meinem neuen Selbst ist. Ein krimineller Teil.

Auf meinem Kissen liegt mein grünes Aufsatzheft. Ich weiß genau, Atticus würde mich über den Rand seiner Brille hinweg anschauen, in seinem Blick würde ich seine bittere Enttäuschung spüren. Atticus würde einen guten Cowboy abgeben. Ich stelle ihn mir mit einem breitkrempigen Hut vor, in einem von diesen langen Mänteln, mit einem glänzenden Sheriffstern vielleicht. *Du kannst Recht von Unrecht unterscheiden,* würde er sagen. Und das allein würde einen dazu bringen, dass man sich auf die Lippe beißen müsste, damit man nicht weint.

19. Kapitel

Ich hasse unser Haus, und ich glaube, es hasst mich auch.

Wenn ich morgens mal ausschlafen möchte, pfeifen die Rohre in Dads Dusche ganz schrill, bis das Wasser warm ist. Ich setze mich im Bett auf, und dann fällt mir wieder ein, dass Sommerferien sind und ich mich nicht beeilen muss. Wenigstens kann ich mir den Luxus gönnen, den Schlafanzug noch eine Zeit lang anzubehalten. Trotzdem will ich morgens die Erste in der Küche sein. Irgendwo vor allen anderen zu sein, gibt mir so einen kleinen Kick. Zum Beispiel könnte ich die Erste sein, die was entdeckt, und dann jubeln mir alle zu. *Hey, du warst die Erste hier. Fantastisch!* Das hier ist mein Haus und das beanspruche ich bei jeder Gelegenheit für mich.

Ich toaste eine gefrorene Waffel. Mein Vater und ich mögen unsere Waffeln am liebsten mit Erdnussbutter und Sirup, genau solche mache ich heute. Als guten Start in den Tag für ihn, bevor ich anfange, irgendwelche Fragen zu stellen. Außerdem habe ich einen großen Tag vor mir, da ich untersuchen muss, was mit den Duprees los ist. Der Morgen hat jetzt schon eine palpable Elektrizität. *Palpabel* ist gerade mein neues Lieblingswort.

palpabel
Adjektiv
spürbar, greifbar, mit Händen zu tasten

Alles könnte passieren. Es ist noch nicht mal sieben. Der Tag muss erst noch in Erscheinung treten. Aber eines weiß ich schon über ihn: Heute ist der Tag, an dem ich meine erste Tasse Kaffee trinken werde. Ich habe mir überlegt, dass Kaffee das Gegenteil von Alkohol ist, deshalb werde ich diese Richtung einschlagen.

Er kommt in die Küche und ich hole seinen Lieblingsbecher raus, einen kleinen blauen mit einem fliegenden Hund drauf. Ich bin inzwischen gut im Kaffeekochen. Ich gieße seine Tasse voll. Dann meine.

»Danke, Schatz«, sagt er. »Kaffee ist genau, was ich brauche.«

Ja, ganz bestimmt, denke ich.

»Du bist beim Fernsehen eingeschlafen.«

»Danke für die Wolldecke.«

»Gern geschehen«, sage ich. »Für heute Abend hab ich an Koteletts gedacht. Mit Füllung dazu.«

»Klingt gut«, sagt er und trinkt seinen Kaffee. Wenn

er so die Augen schließt mit dem Becher an den Lippen, sieht er ganz friedlich aus. »Was hast du heute vor?«

»Weiß nicht«, sage ich. »Einfach entspannen, glaub ich.« Ich nehme einen großen Schluck Kaffee. Ich versuche, so friedlich auszusehen wie er, aber es schmeckt so bitter und heiß. Trotzdem würge ich den Kaffee runter. Geht einfach nicht anders.

Er sagt: »Du denkst doch dran, Charlotte auszurichten, dass ich diese Woche mit ihrem Bruder sprechen muss.«

»Mit dem ist nichts Besonderes los. Er studiert Wörter an der Uni oder so. Außerdem bleibt er in seinem Zimmer, weil Charlotte wie verrückt verliebt in ihren Freund ist, und das nervt ihn.«

Er wirft mir seinen skeptischen Blick zu, so einen, bei dem seine Braue bis runter zum Auge rutscht.

»Wie verrückt verliebt, soso«, sagt er.

Jetzt versuche ich zu korrigieren, was ich gesagt habe. »Na, nicht wie verrückt. Er respektiert, wie hart sie an ihrem Diplom arbeitet und alles.« Da. Das sollte reichen. Nur dass ich wieder das Wort *verrückt* benutzt habe. Ich gieße eine große Portion Sirup über seine Waffel und hoffe, das hilft beim Themenwechsel.

»Mmmm«, sagt er nur. Das bedeutet, ich werde ihm auch erlauben müssen, Christopher kennenzulernen.

»Ich glaube nicht, dass Charlottes Bruder viel da sein wird«, sage ich. »Er fährt auch Pizza aus.«

»Wo geht er zur Uni?«

»Weiß ich nicht«, sage ich. »Warum hast du so viele Fragen?«

»Ich will einfach wissen, mit wem du zusammen bist, Sarah«, sagt er. »Richte Charlotte aus, dass ich sie heute anrufe.«

»Dad!« Wenn ich protestiere, wird alles nur noch schlimmer. Ich weiß jetzt schon, dass ihr Gespräch eine Quizshow mit tausend Fragen wird, die Finn nie im Leben richtig beantworten kann. Mein Dad gerät mal wieder in seinen Geheimdienst-Modus.

»Und an den Freund habe ich auch ein paar Fragen.«

»Ehrlich, du musst das nicht machen.«

»Nun, du möchtest vermutlich nicht zu deinen Großeltern fahren müssen.«

Die Schärfe, mit der er das sagt, die ist es, die mich kalt erwischt. Wörter sprudeln aus mir raus, bevor ich mir überhaupt vorstellen kann, sie zu sagen. »Wer ist PBroom?«

Die Luft zwischen uns steht still. Ein unsichtbares Seil ist zwischen uns gespannt, und jeder wartet darauf, dass der andere ein bisschen daran zieht. In diesem Moment gucke ich wohl genauso erstaunt wie er. Ich trinke noch mal einen großen Schluck von meinem Kaffee. Zeige ihm, wie reif ich bin.

»Vermutlich sollte es mich nicht überraschen, dass du solche Sachen herausfindest, Sarah«, sagt er. »Ms. Broom ist eine Kollegin von mir. Sie unterrichtet Amerikanische Geschichte.«

»Sie hat dir gestern Abend eine Nachricht auf den Computer geschickt«, sage ich, dann werfe ich schnell noch ein: »Als ich im Haus aufgeräumt habe und so.«

Sie waren mehrmals zusammen Mittag essen und Kaffee trinken. Er würde sagen, dass sie »gute Freunde« sind. Er will wissen, ob mich irgendwas daran stört. Natürlich hat er früher auch schon Verabredungen mit Frauen gehabt, aber es ist nicht gut gelaufen. Ich frage mich also, warum er es überhaupt versuchen will. So viele der Frauen, die er zum Kaffee, Tee oder sogar zu einem Taco bei *Taco Bell* eingeladen hat, waren anfangs nett. Dann erzählte er ihnen von mir und das trübte die Situation ein bisschen. Ich glaube kaum, dass PBroom irgendwie anders ist.

»Ist es was Ernstes?«, frage ich schließlich.

»Nein«, sagt er, und mir fällt auf, dass seine Augen kurz aufblitzen. Er mag sie, das ist mal sicher. Sie muss hübsch sein.

»Nun, ich glaube, ich werde diese junge Dame kennenlernen müssen, wenn du so viel Zeit mit ihr verbringen wirst«, sage ich.

Er stellt seinen Teller in die Spüle und wäscht sich die Hände. »Ich besorge die Koteletts auf dem Heimweg.«

Später erzähle ich Pflanze davon, wir sind uns beide einig, dass *PBroom* ein Problemwort sein könnte. Ich schreibe es in mein Tagebuch, setze es auf die Liste. Bis jetzt gibt es dreiundzwanzig Problemwörter.

20. Kapitel

Das wäre heute ein ganz gewöhnlicher Tag gewesen, wenn nicht zwei Dinge passiert wären: Ich habe zum ersten Mal meine Periode bekommen und mein Dad hat Finn interviewt.

Doch das wusste ich nicht, als ich Charlottes Haus betrat. Ich hatte beschlossen, dass heute der Tag sein sollte, an dem ich das Rätsel um das Auto der Duprees lösen würde. Auf den ersten Blick sehe ich, dass das Auto der Duprees immer noch nicht von der Stelle bewegt worden ist.

Nächstes Mal, wenn ich zu *Walgreens* gehe, werde ich mir ein kleines Notizbuch besorgen, so eines in Hemdtaschengröße. Und eine Einwegkamera. Ich muss diese Beobachtungen festhalten, falls was nicht in Ordnung ist. Mein Bauchgefühl – so was haben Polizisten in bestimmten Situationen – sagt mir nämlich, dass was nicht in Ordnung ist.

Über die Duprees weiß ich bereits eines, sie hatten eine Apfelplantage in Kalifornien. Und das ist interessant, weil Apfelgrün die Farbe von Mr. Duprees Auto und Mrs. Duprees Küchenmöbeln ist. Ich bin nur ein einziges Mal in ihrem Haus gewesen, als die beiden mich und meinen Vater reingebeten hatten, damit wir uns eine Kiste Äpfel aussuchen.

Sie haben nie in unmittelbarer Nähe der Plantage gewohnt, aber sie ließen sich andauernd Äpfel in großen Holzkisten schicken, alle einzeln verpackt in Papier, das die Farbe von braunem Zucker hat. Mrs. Dupree hat gesagt, sie hätten den Betrieb an ihren Sohn verkauft, nachdem sie sich zur Ruhe gesetzt hatten. Sie hat gesagt, Mr. Dupree würde immer noch im Obst- und Gemüseverkauf arbeiten, aber auf dem Wochenmarkt in der Stadt. Die Duprees schenken immer allen Leuten Obst und Gemüse, das sie am nächsten Tag nicht mehr verkaufen können, hauptsächlich wegen des Aussehens. Aber Mrs. Dupree hat mir versichert, dass es immer noch gut ist, man muss nur die äußeren Schichten abpellen, dann findet man das Gute darunter. Das hat auch funktioniert, als sie Mr. Dupree kennengelernt hat. Sie hat gesagt, untendrunter war er gut und gesund wie eine reife Melone.

Wenn sich Mr. Dupree morgens auf den Weg macht, verlässt er, genau wie alle anderen, unsere Sackgasse in einer Art Autokorso. Außerdem holen die Duprees immer ihre Zeitungen rein. Nicht dass ich ihnen hinterherspionieren würde oder so. Heute, als ich auf dem Weg zu Charlotte über die Straße gehe, entdecke ich zwei Zeitungen auf dem Rasen. Und ein langer blauer Flyer klemmt an der Haustür. Und das apfelgrüne Auto steht noch genauso da wie gestern. Heute habe ich viel zu tun: rausfinden, was mit den Duprees los ist, Musik für meinen iPod runterladen, Charlotte bitten, sich die Liste der Professoren an der Uni meines Vaters anzusehen, und PBroom finden. Ich hoffe auch, dass später noch Zeit bleibt, Basketbälle in die riesigen Bäume zu werfen, um die Zikaden aufzuscheuchen. Die nächsten acht Stunden sind also komplett voll. Wie ein frisch eingeschenktes Glas Wasser.

Der Van von *Sanchez' Rasenservice* steht wieder vor Mr. Gustafsons Haus. Die Arbeiter laden riesige Paletten mit gelben Blumen aus. Ringelblumen, glaub ich. Sieht ganz so aus, als würde Mr. Gustafsons Haus eine Verschönerungskur bekommen – oder wenigstens ein bisschen Lipgloss. Ich kann mir schon vorstellen, wie hübsch die Blumen aussehen werden. Ich gehe am Lieferwagen vorbei und sorge dafür, dass ich den Jungen mit der roten Mütze sehe.

»*Hola*«, sage ich, mehr Spanisch kann ich nicht. Er erwidert das Gleiche und winkt. »Das sind hübsche Blumen. Ich mag Pflanzen.« Na, wenn das nicht genial war. Aber er nickt mir ganz süß zu.

»Ich habe heute Kaffee getrunken«, erzähle ich ihm. »Ist nicht übel. Ich verstehe schon, warum Leute den mögen.«

»*Sí*«, sagt er.

»Und das hast du bestimmt noch nie gemacht, aber ich hab gestern Abend so getan, als wäre ich mein Vater. Am Computer, will ich damit sagen. Keine Ahnung, warum ich dir das erzähle.«

Der Junge geht vors Haus, lässt sich auf die Knie sinken und fängt an, für jede Pflanze ein kleines Loch in die Erde zu machen. Er winkt mir zu, als ich gehe, und ich glaube, wir sind jetzt Freunde.

Als ich zu Charlotte komme, erzähle ich ihr von meinen Ermittlungen. Mit den Duprees will ich anfangen und mich dann zu PBroom vorarbeiten.

»Das Auto von den Duprees ist seit zwei Tagen nicht bewegt worden.«

»Na und?«, sagt sie.

»Ich muss wissen warum.«

»Und was war noch gleich das Zweite?«

»Dazu brauchen wir das Internet«, sage ich.

»Aha, die Art Recherche, die man aus der Ferne macht.«

Mein Bauch fühlt sich immer noch komisch flatterig an, und ich frage mich, ob das vielleicht am Kaffee liegen könnte. Morgen gieße ich ganz viel Milch rein. Und arbeite mich langsam vor zu der Art, wie Cowboys ihn trinken.

In Charlottes Zimmer fällt es mir leicht zu gestehen, dass ich mich für einen ganz kurzen Moment für meinen Vater ausgegeben und PBroom entdeckt habe. Ihr Gesicht heitert sich auf, sie verurteilt gar nichts, sondern scheint die Sache unterhaltsam zu finden.

Dann wirbelt sie auf dem Stuhl herum und fängt an, so schnell zu tippen, dass mir ganz schwindelig wird. In weniger als einer Minute taucht auf ihrem Computerbildschirm ein Schwarz-Weiß-Foto von PBroom auf – von Patricia Broom, genauer gesagt, Professorin für Amerikanische Geschichte.

»Und was jetzt?«, fragt sie.

»Weiß nicht. Ich wollte nur mal gucken, wie sie aussieht.« Jetzt komme ich mir blöd vor, weil ich sie anschauen wollte. Das hat nichts verändert. Sie ist hübsch und sieht schlank aus, wenn man das vom Hals aufwärts beurteilen kann. In ihren Augen ist nichts, das darauf hindeutet, dass sie Kinder nicht leiden kann. Ich habe gelernt, diesen Ausdruck bei Frauen auszumachen. Sie lächeln viel zu lange und angestrengt. Und sie zwingen sich zum Lachen. Ganz so, als ob das Universum Mitleid mit mir hätte und meine Stimmung umkrempeln wollte, präsentiert es mir was anderes, über das ich nachdenken kann. Plötzlich krampfen sich meine Eingeweide zusammen. Ich verlasse Charlottes Zimmer, mache die Badezimmertür hinter mir zu, halte mir den Bauch. Fast möchte ich gleichzeitig weinen und lachen.

Selbstverständlich weiß ich, was zu tun ist. Ich bin keine verträumte Darla Jacobs. Als ein paar Mädchen bei einer Übernachtungsparty darüber geredet haben, hatte sie keinen Schimmer. Wir mussten ihr auf die Sprünge helfen.

»Weißt du eigentlich, wie man das nennt, wenn sich

dieselbe Zahlenfolge hinterm Komma immer wiederholt?«

»Öh, Periode.«

»Ach, was.«

Jetzt ist schnelles Handeln angesagt, keine Frage. Es werden gewisse Sachen benötigt. Vielleicht auch was Besonderes zu essen. Wenn man den Werbespots im Fernsehen glaubt, sollte ich jetzt auf einem Pferd den Strand entlangreiten, wie von Zauberhand mit entsprechenden Fähigkeiten ausgestattet. Wenn man der Bibel glaubt, könnte ich jetzt verheiratet werden, wie von Zauberhand wäre ich dazu ausersehen, nur weil ich Kinder zur Welt bringen kann. Ich möchte nicht auf einem Pferd reiten oder heiraten. Dies alles sind Dinge, auf die Mädchen mit Müttern vorbereitet wären.

Ich möchte mich zusammenrollen, allein sein und trotzdem Charlotte bei mir haben. Was sollen diese gegensätzlichen Gedanken nur schon wieder. Das ist mir zu viel.

Ich kann Charlotte bitten, mit mir zu *CVS* zu fahren, um Zwiebelringe zu kaufen, und während ich da bin, könnte ich die gewissen Sachen kaufen. Ich werde an die Kasse gehen und beides bezahlen, als hätte ich mein Leben lang nichts anderes getan. Vielleicht lege ich noch ein Päckchen Kaugummi drauf, um zu zeigen, wie locker ich bin.

»Sarah, alles in Ordnung bei dir?«, fragt Charlotte durch die Tür.

»Jaja.«

»Wir dachten, wir gehen jetzt alle raus und bewerfen diese Bäume im Park mit Basketbällen, ehe es zu heiß wird. Ich hab dir doch erzählt, dass Finn das gern macht.«

Verdammt! Das würde ja so einen Spaß machen, wenn wir das zu dritt tun könnten. Was soll ich machen? Ich werde einfach ehrlich sein müssen. Immerhin bin ich ja jetzt eine Frau.

»Charlotte«, sage ich, »äh, ich glaube, ich brauche deine Hilfe.«

Sie macht die Tür auf und dann mache ich sie hinter ihr wieder zu.

»Ich hab angefangen.«

»Womit?«

»Du weißt schon«, sage ich und zeige südwärts.

»Ohhhh«, sagt sie. »Ich dachte, du hättest schon … na, du weißt schon.«

Ich möchte sie fragen, ob ich schon aussehe wie eine Frau. Aber das ist nicht der richtige Zeitpunkt. »Vermutlich brauche ich was dafür.«

»Ich hab ein paar Sachen da, und später können wir losgehen und was für dich kaufen. Wir müssen dir auch unbedingt Schokolade kaufen.«

Oh, das ist wunderbar. Fast möchte ich ein bisschen weinen und sie bitten, mir die Haare zu bürsten. Ich spüre wieder, wie ein Lachen/Weinen in mir aufsteigt.

»Was ist denn? Tut es weh? Geht es dir schlecht?«, fragt Charlotte.

Der seltsamste aller Gedanken bahnt sich einen Weg in mein Hirn. Was, wenn mir das hier bei Oma und Opa passiert wäre? Jetzt weiß ich, dass etwas, was meine Tante Mariah gesagt hat, auf eine Weise wahr ist, die ich nicht erklären kann. Das Universum hört wirklich zu. Ich dachte immer, ich müsste mir mein ganzes Wissen aus Büchern beschaffen, und doch steht hier eine Überraschung, ein Trost direkt vor mir. Vielleicht muss man eine Frau sein, um das mit der Schokolade zu wissen. Später werde ich eine Liste über all das Neue aufstellen, was das Zwölfsein mit sich bringt.

Zu Charlotte sage ich: »Nein, es geht mir gut.«

Ich strecke die Arme aus und drücke sie, einen Moment stehen wir ganz still. Ihre Umarmung ist solide, auf eine gute Art fest. Ich könnte auseinanderfallen, wenn sie loslässt. Komisch, dass man nicht mal weiß, dass man ein Haufen Einzelteile ist, bis man von jemandem mit einer Umarmung zusammengefügt wird.

Wir haben gerade unsere Handtaschen genommen und Finn Tschüss gesagt – und da ist er: Mein Vater mit einer Aktenmappe in der Hand. Das kenne ich schon. Das macht er immer so, wenn ich in eine neue Schule komme oder in eine Freizeitbetreuung nach der Schule. Er macht einen Background-Check und erstellt dann einen Fragenkatalog. Wenn irgendwas Seltsames dabei rauskommt, ruft er seinen Anwalt in Houston an, und es werden mehr Informationen über die entsprechende Person gesammelt, als die je für möglich gehalten hätte. Dann setzt mein Vater sich hin und redet mit den Leuten, sagt ihnen, dass er über alle mein Wohl betreffenden Dinge in Kenntnis gesetzt werden muss. Bla, bla, bla. Hab ich schon Dutzende Male gehört.

»Ich fahre mit Sarah was einkaufen«, sagt Charlotte.

»Dann ist nur dein Bruder hier?«

Ich werfe einen Blick zu Finn rüber. Er hat keine Ahnung, dass er gleich verhört werden wird. Er ist ein Verdächtiger und mein Vater ist einer von diesen harten Bullen aus dem Fernsehen. Ich hoffe für Finn, in dieser Aktenmappe steckt nicht mal ein Strafzettel.

Am liebsten würde ich meinen Dad anbrüllen, ihm sagen, dass er mich nicht so in Verlegenheit bringen darf, aber im Moment sind meine Eingeweide so verknotet, dass ich dazu nicht fähig bin. Ich gucke ihn scharf an, gebe ihm zu verstehen, dass morgen der Golfball mit dem unglücklichen Gesicht auftauchen wird. *Bereite dich drauf vor,* sende ich ihm stumm kraft meiner Gedanken. Aber es nützt nichts. Wenn mein Dad hellwach, in einem Anzug und nicht betrunken ist, dann gibt es niemanden, der mehr vorbereitet, mehr interessiert an meinem Leben ist. Ich habe zwei Väter. Den Betrunkenen und den Detektiv. Das kann nicht normal sein.

Das, was er gefunden hat, hoffe ich trotz allem, wird Finn das Tom-Nelson-Gütesiegel verleihen. Denn auch nur ein Makel in seinem Führungszeugnis und für mich heißt es, ab nach Oma-und-Opa-City.

21. Kapitel

Ich bin in der Dusche. Wenn mir das Wasser doch nur bis zum Hals steigen und ich mich tragen, ohne Gewicht sein lassen könnte. Ich würde gern eine Maschine erfinden, die Menschen direkt aus der Dusche holt, und – puff – liegen sie trocken und umgezogen im Bett. All die langweiligen Schritte dazwischen werden übersprungen. Das wäre der Himmel.

Seit acht Stunden bin ich jetzt offiziell eine Frau und ich bin offiziell müde. Das Einzige, das mir bisher am Frausein gefällt, ist meine neue Wimperntusche. *Wisch, wisch*. Ich sehe mindestens aus wie vierzehn, wenn ich sie auftrage.

Jetzt werde ich mich mit einem heißen Waschlappen auf dem Bauch ins Bett legen. Charlotte hat gesagt, das würde die Bauchkrämpfe lindern. Als sie heute Nachmittag mit mir einkaufen war, hat sie mir alles erzählt, was ich wissen muss. Das war auch gut, denn wenn man zu lange im Drogeriemarkt in diesem Gang mit den unzähligen Hygieneprodukten steht, kommt man sich dumm vor. Ich würde gern wissen, warum es so viele davon gibt. Sie hat mir gesagt, dass ich eventuell verschiedene Marken ausprobieren muss, um das zu finden, was für mich das Richtige ist. Mein Leben lang hatte ich gedacht, so was würde es nur in Einheitsgröße geben, aber nein, so ist es nicht.

Danach waren wir im Gang mit dem Make-up, damit Charlotte sich Lidschatten in Metallic besorgen konnte. In diesem Bereich bin ich auch keine Expertin, aber ich schaue mir gern all die hintereinander aufgereihten Farben an. Charlotte sagt, man kann so gut wie jede Farbe auf die Lider auftragen. Kinderleicht. Nur einmal drüberwischen und – voilà – du bist ein Supermodel.

Ich dachte an all die Sachen, die ich hier im Laden gern kaufen würde. Die Lippenstiftfarben zum Beispiel erweckten in mir den Wunsch, je einen von jeder Farbe zu besitzen, schon allein wegen der Namen: *Kühle Kirsche, Pretty Pink, Chinarot, Kristallpfirsich.* Ich stelle mir vor, wie ich sie auf meinem Badezimmerschrank aufreihe, damit ich jeden Tag eine andere Farbe auswählen kann. *Bin ich heute in Stimmung für Pretty Pink?*, könnte ich mich fragen.

Ich bin den ganzen Kosmetikgang runtergegangen und vor der Wimperntusche stehen geblieben. Ich schminke mich noch nicht, nur manchmal benutze ich etwas Lipgloss. Mascara schien mir etwas zu sein, das sogar ich hinkriegen könnte. Ein-, zweimal wischen und ich hätte einen neuen Look. Ich wählte

Schwarzbraun. Ein Geschenk zu meinem neuen Status.

»Bist du so weit? Können wir jetzt gehen?«, hat Charlotte gefragt.

»Ja«, hab ich gesagt.

Dann pure Peinlichkeit.

Vorne an der Kasse war nur ein männlicher Kassierer. Ich spürte, wie mir die Röte den Nacken hochstieg, als ich in meinen Korb guckte. Es war so was von klar, weshalb ich hergekommen war. Die Schachtel in Rosa und Weiß schrie praktisch in die Welt hinaus: Sarah hat ihre Periode.

Charlotte ging vor mir, sie kaufte Lidschatten für sich und Schokolade für mich. Deshalb guckte ich mich schnell um und legte eine Packung Kaugummi, eine Einwegkamera und eine Zeitschrift in meinen Korb. Der Kassierer lächelte mich an, dann scannte er jene bewusste Schachtel. Ich beschloss, mir zu merken: Finde heraus, ob du einen Vorrat für ein ganzes Jahr bestellen kannst, damit du diese Qualen niemals wieder durchstehen musst. Vielleicht weiß Lisa das. Dann könnten wir zusammen bestellen.

Der Waschlappen auf meinem Bauch ist jetzt kalt, also lege ich ihn beiseite und ziehe das Schlafanzugoberteil runter. Ich hole mein Aufsatzheft heraus (das ich unter der Matratze aufbewahre) und überlege mir, was ich für die Mr.-Wistler-Aufgabe schreiben kann. Mal sehen, ob mein neues Frauen-Ich was Besseres zu sagen hat als mein altes Mädchen-Ich. Ich hab dann am Ende *Periode* bei Wikipedia nachgeschlagen und war erleichtert herauszufinden, dass meine seltsamen Gedanken für eine echte Frau irgendwie normal sind.

Die Symptome können nämlich Müdigkeit, Stimmungsschwankungen, Reizbarkeit, Nervosität, Verwirrung, Depression, Weinerlichkeit und Angstzustände umfassen.

Bingo. Ich habe viele von den Symptomen, besonders Verwirrung. Habe ich zum Beispiel im Drogeriemarkt eine Zeitschrift für *mich* gekauft? Nein. Ich hab nicht mal geguckt, was ich da mache, und mir eine *Die Gute Hausfrau* statt eine *Glamour* geschnappt. Und was es noch schlimmer macht: Es ist ein großer Artikel darüber drin, wie man so jung wie möglich aussehen kann. Wie soll mir das helfen?

Nachdem ich die Zeitschrift durchgeblättert habe, bin ich nicht mehr so müde, aber gut geht es mir auch nicht. Ich bin sauer, aber auf niemand bestimmten.

Eine leere Seite starrt mich aus dem Aufsatzheft an. *Was glotzt du so?*, will ich sie fragen. Aber ich fang jetzt nicht an, mit einem Heft zu reden. Ich rede ja schon mit Pflanze. Ich habe zwei SMS an Lisa geschickt und ihr von meiner Veränderung und dem neuen Mascara erzählt, aber sie redet über nichts anderes als über die Jungs im Camp und wie viel Spaß sie beim Schwimmen haben und bei Bastelprojekten mit Sicherheitsnadeln. Nun ja, ich bin heute bestens ohne sie zurechtgekommen, und ich weiß, es macht sie sauer, dass Charlotte mir hilft. Ich will sie nicht sauer machen, ein bisschen neidisch vielleicht. Ich will einfach, dass jemand anderes genervt ist. Ich bin sauer auf all die Sachen, die keinen Sinn ergeben.

Normalerweise stört es mich nicht, dass ich Dads Stereoanlage hören kann, auf der die Beatles laufen. Mal wieder. Aber in diesem Moment würde ich gern einen Basketball auf das blöde Ding schmettern, es in Stücke schlagen. Heute ist mein Kopf voll mit Simon. Ich versuche rauszukriegen, was der Traum bedeutet, den ich letzte Nacht hatte, in dem er mir einen Zettel in den Rucksack gesteckt hat. Ich hab schon öfter von ihm geträumt, aber sonst sitzt er nur da und hört mir zu. Und ich glaube, ich bin auch wütend auf meine Mutter. Es ist ihre Schuld, dass meine Oma diejenige ist, die Unterwäsche und Socken für mich kauft. Hallo? Ich bin aus allem rausgewachsen und brauche jetzt dringend was Neues. Aber wem kann ich das sagen? Antwort: niemandem.

Dieses schreckliche traurig-wütende Gefühl packt mich wieder. Das ist normal, sagt Charlotte mir immer wieder. Sie sagt, ich soll es annehmen, weil nicht jeder mit zwei Gefühlen auf einmal klarkommen kann. Aber sie weiß ja nicht, dass ich ein Verrücktheitsgen in mir trage, das der Grund dafür sein könnte, dass ich mich wie zwei verschiedene Leute fühle. Das ist schwer. Ich bin ein Glas Wasser, das beim kleinsten Schubs überschwappen wird.

Ich stehe auf und mache mich auf den Weg in die

Küche, um mir was zu essen zu holen. Dad sitzt an dem blöden wackligen Tisch, als ich vorbeigehe. Er guckt mich grinsend an und fängt an zu lachen.

»Was ist denn mit dir passiert?«, fragt er.

»Was denn?«

»Um die Augen«, sagt er. »Ich bin nicht sicher, dass das der Look war, auf den du aus warst.«

Im verchromten Toaster überprüfe ich mein verzerrtes Spiegelbild. Mascararinge um beide Augen, ich sehe aus wie ein Wesen aus einem Horrorfilm.

Er versucht, sein Lachen hinter der Hand zu verbergen, aber ich merke, dass es immer noch da ist. »Ich glaube, das solltest du lieber abwaschen, Schatz.«

Ich kann gar nicht schnell genug aus der Küche kommen.

Ich knalle die Tür von meinem Zimmer zu. Bin ich blöd! Ich hab ja nicht viel Ahnung von irgendwas, aber ich bin mir ziemlich sicher, dass eine Mutter jetzt nicht über mich lachen würde. Also, tut mir leid, Lucas McCain, *hassen* mag durchaus ein zu starkes Wort sein für meinen Dad, aber im Moment suche ich nicht nach einem Synonym. *Hassen* muss reichen.

Und meine Mutter? Ich bin so wütend auf sie. Man sollte doch meinen, sie könnte wenigstens nützliche Dinge an mich schreiben. Mir was über Hygieneprodukte und Kosmetik erzählen. Irgendwas Besseres als *Zwölf ist so ein wunderbares Alter*. Bla, bla, bla. Wenn sie dieses Alter so toll findet, dann soll sie mich mit dieser Demütigung nicht allein lassen.

Mir kommt der Gedanke, dass es etwas Schlimmeres gibt, als eine Mutter zu haben, die in einem Familienstammbaum-Projekt nicht auftauchen darf. Und das ist, eine Mutter zu haben, die überhaupt nicht auftaucht. Und weiß ich darüber nicht schon alles? Ja, das tue ich.

Lieber Atticus,
dieser Brief wird wütend klingen, aber ich bin nicht wütend auf dich. Das ist mal wieder so eine Gelegenheit, wo ich deinen Rat wirklich gebrauchen könnte. Ich weiß einfach nicht, was ich mit meinem Vater machen soll. Da hatte ich gerade einen guten Tag gehabt (mir sind heute einige interessante Sachen passiert) und mein Dad muss der unsensibelste Mann auf Erden sein. Ich weiß, in Maycomb sind dir so einige unsensible Menschen über den Weg gelaufen und du würdest mir sagen, dass die weitaus schlimmere Probleme haben als ich. Das stimmt. Aber die Leute, die in deiner Stadt andere Menschen (schwarze Menschen vor allem) beleidigen, sind ignorant, wie du sagst. Und sie kennen die Menschen nicht mal, die sie mit Schimpfworten belegen. Ich frage dich also: Ist es nicht schlimmer, *gemein zu jemandem zu sein, den man angeblich kennt und liebt? Nun ja, ich reg mich ziemlich auf, aber so empfinde ich das. Es sollte ein Gesetz geben, das Leute*

dazu zwingt, dem Spruch zu folgen: Wenn du nichts Nettes sagen kannst, dann sag lieber gar nichts. *Ich sage dir, wenn du so ein Gesetz beschließen könntest, wäre das eine gute Sache. Aber dann wären noch Millionen Menschen mehr im Gefängnis. Die Klienten würden dir niemals ausgehen. (Obwohl ich es besser fände, du könntest bei diesen Fällen der Staatsanwalt sein.) Der Beschuldigte (mein Dad zum Beispiel) würde dann aufgerufen werden und du könntest Fragen auf ihn abfeuern, wie etwa: »Mr. Nelson, sind Sie der Meinung, es war weise, die Geschädigte in einer Zeit der Bedrängnis und Verzweiflung auszulachen?«*
Genau so kann ich dich reden hören. Na ja, dein Leinwand-Ich aus der Verfilmung deines Buches. Fast hätte ich vergessen, dir zu erzählen, dass ich dich neulich Abend wieder im Fernsehen gesehen habe, als mein Dad eingeschlafen war. Das Bild von dir, das ich im Kopf hatte, und das im Fernsehen sind miteinander verschmolzen. Ich hoffe, du hast nichts dagegen. Übrigens, mein neuer Freund Finn würde dir gefallen. Er ist nicht unsensibel, wie manch andere Leute hier, ihm geht es darum, für alles genau das richtige Wort zu wissen. Er hat gesagt, ein Wort zu analysieren ist so, als würde man einen alten Koffer auspacken. Wenn man das will, kann man immer mehr Sachen aus dem

Koffer holen und sie so ansehen, als wären sie brandneu. Weil er weiß, dass ich Mode mag, hat er mir erklärt, dass man zueinander passende Worte wie Kleider und Accessoires kombinieren kann. Allerdings finde ich, dass die meisten Leute zu viele Accessoires benutzen, wenn sie reden. Du machst das nicht. Du hast die richtige Menge schlichter Alltagswörter.
Im Film hat mir die Gerichtsszene besonders gefallen. Und mein schlauer Freund Finn hat mir erzählt, dass das die Lieblingsszene von allen Zuschauern gewesen ist. Ich finde es gut, dass ich da so wie alle anderen bin. Ich wünschte, ich hätte dir mit Jem und Scout auf der Empore im Gerichtssaal bei der Arbeit zusehen können. Ich hatte fast das Gefühl, ich wäre dabei gewesen. Weil du auf diese besondere Art redest, musste ich eine Liste mit Wörtern machen, die ich nicht kannte. Na ja, vielleicht sind das nicht alles deine Worte. Ich darf nicht vergessen, dass Harper Lee dich ins Leben geschrieben hat, aber für mich fühlst du dich wie ein echter Mensch aus Fleisch und Blut an. Chiffarobe *war das erste Wort. Ich hatte schon eine ganze Weile Notizen in meine Ausgabe des Buches gemacht und alle Wörter eingekringelt, die ich im Wörterbuch nachschlagen musste. Es sind so viele, dass meine Ausgabe wertlos sein wird für den Nächsten, der*

das Buch lesen möchte, deshalb gehört es mir jetzt für immer.
Hier sind ein paar von den Wörtern, die ich nachgeschlagen habe:
Ombrage (Anstoß)
Palliativ (Linderungsmittel)
Scuppernong (Traubenart in den Südstaaten)
Ich werde sehen, ob ich Scuppernongs in der Gegend von Garland kriegen kann. Es wäre schön für mich zu wissen, dass ich wenigstens eine Sache gegessen habe, die du auch gegessen hast. Ist komisch, ich weiß. (Hoffentlich nimmst du keinen Anstoß daran. Ha-ha.)
Also, danke, dass du mir immer zuhörst. Mir geht es schon ein winziges bisschen besser. (Aber ich bin immer noch sauer auf meinen Dad.)

Mit freundlichen Grüßen
Sarah Nelson

22. Kapitel

Wenn ich mich beklage oder einfach mal laut meine Meinung kundtue, sagt mein Dad immer: »Ach, mach doch nicht so ein Drama«, aber was weiß er schon? Soweit ich sehen kann, ist das Leben ganz von selbst ein Megadrama. Ich spiele nur meine Rolle darin.

Zum Beispiel ist heute ein Tag, an dem die Nachrichten wieder über eine Mutter berichten, die vor Gericht steht, weil sie ihr Kind getötet hat. Es ist schon seltsam, wenn man bedenkt, wie viel an einem heißen Tag in Texas passieren kann. Aber es passiert wirklich, wisst ihr. Irgendjemand sollte mal untersuchen, ob die Hitze vielleicht was damit zu tun hat, dass Leute sich gegenseitig umbringen.

Ich hab erst hinterher von dieser anderen Mutter erfahren und das ist gut so. Ich bin einfach zur Haustür rausgerannt und hab zu den Duprees rübergeguckt. Das lange grüne Auto hatte sich immer noch nicht vom Fleck bewegt. Heute komme ich eine halbe Stunde zu spät bei Charlotte an. Diese Zeit wollte ich einfach für mich haben. Eine stille Lücke, nachdem mein Dad aus dem Haus gegangen ist und bevor ich in der Gesellschaft von jemand anderem bin. Es ist ein Luxus, den ich für meine Stimmung brauche, die »verärgert« ist.

Als mein Dad Finn circa tausend Fragen gestellt hatte und endlich klar war, dass er weder ein Serienmörder noch ein Undercover-Reporter ist, haben die beiden freundlich miteinander geplaudert. Dad hat mir erzählt, dass es hauptsächlich um Worte ging, und wahrscheinlich darum, wie viele Bücher sie beide gelesen haben und wie gebildet sie sind. Ich kann sie förmlich sagen hören: *Oh, sieh uns nur an, wie sind wir doch besonders und bibliophil! Bla, bla, bla.*

Bibliophil bedeutet, dass man ein Freund von Büchern ist. Ich weiß alles darüber, weil Mr. Wistler mal gesagt hat, er wolle uns zu »gebildeten Weltbürgern« machen. Der Trick dabei ist nur, hat er gesagt, dass man nie jemanden hören lassen soll, wenn man so von sich spricht. Sonst denken die Leute noch das Gegenteil, nämlich dass man *ungebildet* ist. Also ist das Wort *gebildet* an sich schon ein Problemwort.

Charlottes Haus ist drinnen total kühl und riecht nach Keksen. Ich hab Lust, ein Nickerchen zu machen.

»Probier's mal damit, bevor dich die Glotze in den Bann zieht«, sagt Charlotte und reicht mir eine Ausgabe von *Die rote Tapferkeitsmedaille*. Sie sagt, wenn ich das jetzt lese, wird es Eindruck machen. Aber ich frage mich, ob sie es wegen der Worte *rot* und *Tapfer-*

keitsmedaille ausgesucht hat. Wenn ja, finde ich das nicht witzig.

Das hier ist eine Verschwörung zwischen Dad, Charlotte und Finn. Die drei, mit ihrem erlesenen Büchergeschmack … Keine Ahnung, was die von *Ein unwiderstehlicher Schurke* halten würden.

Ich nehme ihr das Buch aus der Hand und lasse mich auf ihr Sofa plumpsen. Dann schlage ich die erste Seite auf und bin sofort gelangweilt. Ich möchte einfach hier sitzen bleiben und den ganzen Tag Cola trinken und Chips essen. Mich im Halbschlaf ausstrecken, so wie ein Hund das vielleicht tun würde. Und Lisa noch eine SMS schicken, um mal zu hören, ob sie mittlerweile irgendwie ihrem Ziel näher gekommen ist, von einem Jungen im Camp geküsst zu werden. Warten, bis ich höre, dass irgendwo der Rasensprenger eingeschaltet wird, und dann drunter durchlaufen, bis ich klatschnass bin. Ich weiß, das wäre Zeitverschwendung, trotzdem scheint das so ein Tag zu sein, an dem ich was Kindisches tun sollte, was mein altes Selbst gemacht hätte.

Ich höre eine Autotür klappen und renne zum Fenster. Nein, es ist nicht Mr. Dupree, wie ich gehofft hatte. Es ist Finn, der den Gehweg hochkommt. Er trägt ein schönes kariertes Hemd und seine abgetragene Jeans, die genauso blau ist wie seine Augen. Ich setze mich wieder hin, versuche, mich hübsch zu drapieren und nicht so faul auszusehen. Mein Hirn sagt: *Du konntest wohl nicht dran denken, ein bisschen Lipgloss aufzutragen? Was ist bloß los mit dir?*

Ich schlage das Buch wieder auf, damit Finn beeindruckt ist.

Dann richte ich es so ein, dass meine Stimme megalässig klingt, als er das Haus betritt. »Hey.«

»Wie läuft's?«

»Ich lese gerade.« Jetzt weiß ich, dass ich glaubwürdig klinge.

»Ich dachte, du liest nur Zeitschriften.«

»Wie du siehst, tue ich das nicht.« Ein Lächeln huscht über sein Gesicht. Finn hat so ein Gesicht, das man zum Lächeln bringen möchte. »Und … hast du eine Freundin?«

»Du kommst gleich auf den Punkt, oder?« Er sagt das mit enormer Irritation in der Stimme. »Liegt wohl in der Familie.«

Wenn er wüsste, was sonst noch in der Familie liegt, würde er rückwärts und mit erhobenen Händen den Raum verlassen, ganz langsam, so wie ein Outlaw im Western.

»Du bist ins Verhör genommen und für würdig befunden worden.«

»Na, das ist wohl was, schätze ich«, sagt er. »Vermutlich ist es besser, direkt zu sein.«

»Wenn man es nicht ist, lässt das Leuten sehr viel Spielraum, Dinge falsch auszulegen.«

Ich möchte ihm erzählen, dass die vielen Umzüge mich zu dieser Philosophie gebracht haben. Man hat nur eine kurze Zeitspanne mit Leuten zur Verfügung. Wenn man Freunde haben will, legt man also am besten gleich damit los, sie kennenzulernen. Das Mädchen ohne Freunde zu sein, hat mir nie gutgetan. Außerdem hacken die Nadeln auf Mädchen ohne Freunde herum.

»Und? Hast du eine Freundin?«

»Zurzeit nicht«, sagt er, was mein Herz zum Hüpfen bringt. »Was liest du denn?« Er guckt auf den Umschlag. »Das ist gut.«

»Ich sollte begeisterter sein, aber es ist so heiß«, sage ich. »Warum bringt die Hitze einen dazu, nichts tun zu wollen?«

»Der Sommer sollte eine faule Zeit sein«, sagt er. Ob er wohl meine Gedanken lesen kann, denn genau das hab ich auch gedacht.

Er zieht ein Buch aus seinem Rucksack. Ich weiß nicht, was für eines das ist, aber es ist megadick und grün, muss also ein Lehrbuch sein. Diese Art Buch ist nicht nur zum Lesen gut, man kann damit auch das Auto aufbocken, wenn ein Reifen zu wechseln ist. Das hat Dad mal gemacht, als wir einen Platten hatten.

»Ich habe noch eine Frage«, sage ich.

»Ich bin schockiert«, sagt er übertrieben dramatisch.

»Wann hast du dir meinen iPod geholt und diese beiden Lieder drauf geladen?«

»Als du mit Charlotte streng geheime Mädchensachen gemacht hast.« Und dann fügt er hinzu: »Und übrigens, gern geschehen.«

»Was hat es damit auf sich?«

»Deine Playlist war lückenhaft, fand ich.«

»Mir gefällt sie.«

»Weißt du, du musst nicht das hören, was nach anderer Leute Meinung einer Zwölfjährigen gut gefallen sollte«, sagt er. Ich kann ihm nicht die Genugtuung verschaffen, ihn wissen zu lassen, dass mir seine Songauswahl ein bisschen gefallen hat. Ich hab sie mir auch nur fünfmal angehört.

Ich lese gefühlt eineinhalb Millionen Jahre lang, aber in Wirklichkeit ist es nur eine halbe Stunde. Der Rasensprenger bei Mr. Gustafson geht an und wieder aus. Der Hund, der hinterm Maschendrahtzaun in Mr. Stanleys Garten wohnt, bellt und bellt und bellt ohne jeden Grund. Draußen auf der Sackgasse dribbelt jemand mit einem Basketball. Bei all dem nicht zu stoppenden Leben da draußen kann ich mich nicht auf die Seite in meinem Buch konzentrieren. Ich wünschte, ich würde auf dem Baumstumpf stehen. Aber andererseits möchte ich auch die Zeit nicht verschwenden, die mir mit Finn bleibt. Wenn ich am Ende doch lügen muss, was meinen ersten Kuss angeht, habe ich beschlossen, dass Finn ganz vorn unter den Kandidaten meiner Wahl sein wird.

»Willst du fernsehen?«, frage ich. »Wir stellen ganz leise, damit Charlotte nicht gestört wird. Und ich verspreche, dass ich später weiterlese.«

»Einverstanden.«

Ich schalte den Fernseher an, aber der braucht Minuten zum Aufwärmen. So ein uraltes Gerät wie dieses habt ihr noch nie gesehen. Es ist eine riesige

Holzkiste, in der ein Fernseher als Geisel gehalten wird.

»Vorschläge?«, sage ich, weil ich Angst habe, eine Sendung auszusuchen, die nur so nach *»Ich bin zwölf!«* schreit. Eigentlich möchte ich *Der Preis ist heiß* gucken, obwohl ich besser in *Jeopardy!* bin.

»Wie wäre es mit *Der Preis ist heiß*?« Und da ist sie. Wir haben noch eine weitere Gemeinsamkeit.

Drew Carey hüpft klatschend über die Bühne und begrüßt die glücklichen Teilnehmer, die darauf brennen, ein zusammenpassendes Set aus Waschmaschine und Trockner, ein Trampolin oder einen Kronleuchter zu gewinnen. Das sind die leicht richtig zu ratenden Teile, aber dann bringen sie irgendwann die großen Autos oder Urlaubsreisen ins Spiel. Und da kann es knifflig werden. Mein Dad ist bei uns zu Hause der absolute King aller Quizsendungen. Woher weiß er solche Sachen, wenn er nie irgendwohin geht?

Eine Frau hopst auf der Stelle, nachdem sie den Preis eines Laptops richtig geraten hat. Wahnsinn. Das weiß doch wohl jeder. Die Sendung wird für einen Werbespot unterbrochen. Kurznachrichten folgen, am unteren Bildrand werden die wichtigsten Schlagzeilen eingeblendet. Das machen sie morgens immer, damit die faulen Leute, die Gameshows gucken, wenigstens einen Schimmer davon kriegen, was in der Welt vorgeht.

Ich wälze mich vom Sofa, um aufs Klo zu gehen, als die Nachrichtensprecherin, eine hübsche Frau in einem roten Kostüm, mich in der Bewegung erstarren lässt.

»*Es ist erst das zweite Mal in der Geschichte von Texas, dass so eine Anklage erhoben wird. Zum ersten Mal geschah das im Fall von Thomas Nelson nach dem Prozess gegen seine Frau, Jane Nelson.*« Und da ist sie, unangekündigt und unerwünscht tritt sie in mein Leben. Ein Bild von meiner Mutter in einer weißen Bluse, im Hintergrund eine blassblaue Wand, so eine, vor der immer die Schulfotos von Erstklässlern gemacht werden. Dieses Foto habe ich noch nie gesehen.

»Ich muss jetzt los.«

Finn hat vielleicht was zu mir gesagt, aber bei mir sind sämtliche Sinne abgeschaltet. Ich glaube, so was nennt man betäubt.

Ich habe mein allzu rosa Zimmer vor Augen, sehe mich meine Sachen in Umzugskisten packen, höre das Quietschen des Klebebands, wenn es sich abrollt und an die Seiten eines Kartons heftet, der uns zu unserer fünften neuen Adresse begleiten wird. Pflanze auf meinem Arm sage ich, dass sie ein neues Fenster bekommen wird. Wir müssen die Löcher in Dads Wandschrank ausbessern und darauf achten, dass alle Küchenschränke leer sind.

Es gibt so viele Dinge zu bedenken. Und ich bin *dieses* Mädchen. Mal wieder.

Finn schaltet den Fernseher aus. Ich sehe mein Spiegelbild auf dem Bildschirm. Ich wirke viel weiter weg, als ich wirklich bin.

Ich mache die Augen zu, damit ich mich nicht anschauen muss, und habe die Stimme von diesem gemeinen Mädchen wieder im Ohr: »Oh, du bist *dieses* Mädchen?« Irgendwas an der Art, wie sie das Wort *dieses* betont hat, ließ mich auf dem Schulflur mitten in der Bewegung innehalten. Irgendwas in der neunten Klasse stachelt wohl die Neugier an. Neugierige Mädchen drangen in meine Welt ein – und der Name eines von ihnen war Gina Graham.

Gina Graham hatte den Spind neben mir. Ihrer war mit so vielen GINA-Aufklebern geschmückt, dass man denken konnte, sie habe Schwierigkeiten, sich ihren Namen zu merken. Ich hatte schon so eine Vorstellung von Mädchen wie Gina. Das waren die mit den gaaaanz langen naturblonden Haaren. Sie sind es, die auf dem Schulhof das Sagen haben. Sie posaunen in alle Welt hinaus, dass sie einen Freund haben, auch wenn's keinen kümmert. Sie sind Einzelkinder. Sie lächeln nicht. Sie schüchtern dich ein. Sie sind Nadeln.

»Meine Mutter hat mir erzählt, dass du das Mädchen mit der Mutter bist, die verrückt geworden ist«, sagte Gina. Ich knallte nur meinen Spind zu und überließ meinen Füßen das Reden. Aber sie wollte nicht lockerlassen. Sie rannte, damit sie sich direkt vor mir aufbauen, mir ihren superblonden Kopf in den Weg stecken und sagen konnte: »Bist du auch verrückt?«

Ich sagte darauf das Intelligenteste, das mir einfiel: »Halt die Klappe! Du weißt ja nicht, was du da redest.« Ich spürte, wie mir die Tränen in die Augen stiegen. Irgendwie wusste mein Körper, dass ich nicht gewinnen würde.

»Doch, das weiß ich. Du bist dieses Mädchen«, blaffte sie.

Ich verzog mich aufs Klo. Da weinte ich dann lange ganz für mich allein und versuchte, mir zu überlegen, wie ich verschwinden könnte, indem ich mich auflöste und in den Ritzen im Fliesenboden versickerte. Doch mir ging auf, dass Gina dann über mich drüber laufen würde, das brachte also nichts.

Die ganze nächste Stunde saß ich einfach da rum und spulte Ginas kalte Worte im Kopf immer wieder ab.

Sarah hat eine verrückte Mutter.

Ehe die Rektorin mich suchen kam, hatte ich schon Lügen über Gina an die Klowand geschrieben. Mit der linken Hand, weil es aussehen sollte wie die Schrift einer Wahnsinnigen.

Keine Ahnung, wie ich plötzlich mitten auf unsere Sackgasse geraten war. Ich würde gern zurückspulen und mir das noch mal angucken. War ich gegangen oder gelaufen? Ich weiß es nicht. Aber ich weiß, dass mir plötzlich klar ist, was der Traum von Simon zu bedeuten hat. Als er diesen Zettel in meinen Rucksack gesteckt hat, wollte er mich warnen. Es ist ganz sicher ein Zeichen von Verrücktheit, dass ich an die Simon-Träume glaube, aber das tu ich nun mal. Soll doch jemand in der Klinik anrufen und mich abholen lassen, ich weiß, dass Simon mit mir auf eine Weise verbunden ist, die ich nicht beschreiben kann. Im Wörterbuch gibt es dafür kein anderes Wort als Zwilling.

Finn ist mir nach draußen gefolgt, und hier stehen wir nun in der Hitze und sagen nichts. Es ist so heiß. Der Geruch nach Kläranlage ist jetzt schon beißend. Ich halte den Atem an und die Krämpfe in meinem Bauch kommen in Wellen.

Ich muss in Bewegung bleiben, sonst kreiert mein Gehirn einen Horrorfilm mit dem Titel *Alle wissen über mich Bescheid.*

»Vor unserem Haus wird ein Umzugswagen stehen«, sage ich zu Finn. Und da trägt Dad einen Karton, auf dem mit schwarzem Filzstift das Wort *Zerbrechlich* steht. Da ist die neue Wohnung, ein Haufen zerknülltes Zeitungspapier liegt zu meinen Füßen in der Küche, während ich entscheide, ob die Gläser bei der Spüle oder beim Geschirrspüler stehen sollen. Da ist unsere Post, jeder Umschlag mit einem gelben Nachsendeaufkleber versehen.

»Warum glaubst du, dass du umziehen wirst?«

»Tun wir immer.«

In meinem Flipflop ist ein Stein, also kicke ich den Schuh weg und spüre die Hitze des Pflasters unter meinem Fuß. Ich betrachte das Haus, in dem ich jetzt wohne, versuche, es so zu sehen, wie es an dem Tag war, an dem wir hier angekommen sind.

»Weißt du, wer vor uns hier gewohnt hat?«

»Nein.«

»Man kann sie immer erkennen, die gemieteten Häuser, weißt du?«

»Wie denn?«

»Es ist, als würde man jemanden sehen, der die Mode von vor zehn Jahren trägt. Du weißt schon. Und dann ist da immer der schlecht gepflegte Rasen.«

»Ich glaube, ein Baumstumpf ist auch immer ein deutlicher Hinweis.«

»Ja, niemand würde mit Absicht einen Stumpf stehen lassen, oder?«

Ich klettere auf den Stumpf und spüre eine winzige Brise auf dem Gesicht.

»Meine Mutter ist nicht tot«, erzähle ich ihm. Jetzt kommen mir die Tränen. Er geht um den Stumpf herum und stellt sich vor mich. »Sie ist nur verrückt oder, wenn dir das Wort nicht gefällt, permanent unerreichbar.«

»Das tut mir leid.«

»Meine Familie ist seltsam«, sage ich.

»Seltsam. Ungewöhnlich. Eigenartig. Abnorm«, sagt er. »Sorry, ich kann nichts dagegen machen. Hey, ich lösche die Songs wieder, wenn du willst.«

»Nein, die können bleiben«, sage ich – und dann: »Bitte, erzähl das niemandem.« Aber mir ist klar, wie blöd meine Bitte ist. Die ganze Welt weiß es. Aliens von anderen Sternen wissen es.

»Erzählen? Was denn?«, sagt er, und ich schaue ihm ins Gesicht, genau in dem Moment, in dem er mir zuzwinkert. Diesen Moment bewahre ich in meinem Herzen und weiß, dass ich ihn später hervorholen werde, um ihn zu betrachten.

»Ich will nicht wieder reingehen«, sage ich. »Es ist, als ob der Fernseher Bescheid weiß.«

»Dieser Fernseher ist alt, er hat ein schlechtes Gedächtnis. Bevor *Jeopardy!* anfängt, hat er alles vergessen.«

Fragt nicht, wie ich das weiß, aber ich glaube, er könnte der Wachmann vor der Kammer der Geheimnisse sein. Tut mir leid, Jimmy. Finn ist die Nummer eins auf meiner Liste potenzieller fester Freunde. Er würde niemals was verraten.

23. Kapitel

Wenn ich in der siebten Klasse dieses Familienstammbaum-Projekt tatsächlich durchziehen muss, wird die Welt erfahren, was ich längst weiß. Das Verrücktheitsgen hat sich eingenistet, es baut eine Stadt in mir. Straßen in der Nähe der Lungen. Einen Park in der Herzgegend. Eine Achterbahn um meinen Schädel herum. Aber da wir wahrscheinlich umziehen werden, nehme ich an, Problem Nummer 2 meines Sommers ist jetzt gelöst. Die Sache mit Problemen ist nur, wenn eines gelöst ist, tritt gleich ein neues an seine Stelle.

Und in Bewegung bleiben ist das Einzige, das man tun kann, um nicht andauernd daran zu denken. Ich springe vom Baumstumpf.

»Was machst du jetzt?«, fragt Finn.

»Eine Antwort suchen«, sage ich.

Die Haustür von den Duprees ist schokoladenbraun, ein sehr schöner Ton. Meine Faust hämmert an die Tür. Ich sollte das leiser machen, wird mir klar. *Poch. Poch. Poch.* Ich drücke die Türklingel und höre es drinnen läuten. Immer noch keine Antwort. Es ist still und das macht mich wütend. Warum macht keiner die Tür auf?

Dann bewegt sich die Gardine am Fenster, darauf folgt ein Klicken, mit dem die Tür sich öffnet.

»Ja«, sagt Mrs. Dupree, die die Tür aufgemacht hat. Sie blinzelt. »Kann ich dir helfen?«

»Hallo«, sage ich, unsicher und zittrig. »Ihr Auto ist nicht bewegt worden. Ich hab mir Sorgen gemacht.«

Ihr Gesicht verzieht sich und ihre Finger krallen sich in den Stoff ihres Hauskleides. Da erst fällt mir auf, dass sie überhaupt nicht zurechtgemacht ist. Sie ist völlig aufgelöst. Haare, Gesicht und Kleid, alles sieht aus wie von jemandem, der ganz lange geschlafen hat.

»Sarah«, kann sie gerade eben hervorbringen. »Oh, meine Liebe, tut mir leid, dass ich dir Sorgen gemacht habe, aber …« Sie bricht ab und senkt den Blick. Man weiß einfach, wenn sie den Satz beenden könnte, wäre das letzte Wort Herzeleid oder eines seiner Synonyme.

»Können wir Ihnen helfen?«, frage ich. Sie schaut auf, und ich begreife, dass sie Finn jetzt erst bemerkt. »Das ist mein Freund Finn. Er studiert Linguistik und ist in keiner Weise gefährlich.« Ich sage das so, als sei ich der Chefermittler, der Finns guten Leumund bestätigt.

»Mr. Dupree«, sagt sie. Dann zittert ihr ganzer Körper und sagt, was ihr Mund nicht aussprechen kann. Etwas Schlimmes ist passiert. Ich habe es gewusst.

Mit einer Geste bittet sie uns ins Haus. Wir drei

stehen in ihrem Windfang. Finn und ich warten darauf, dass sie weitergeht, aber das tut sie nicht. An einer Wand hängen ein riesiger Spiegel und eine leere Flurgarderobe. Ich beobachte Mrs. Duprees Spiegelbild und warte, was wir als Nächstes tun. Im Moment ist dieser kleine Raum der einsamste Ort auf Erden.

»Kommt, Kinder, wir setzen uns, dann erzähle ich euch von Mr. Dupree.«

Ich habe genug Nachmittagstalkshows gesehen, um zu wissen, dass man zu einem trauernden Menschen nicht viel sagen kann. Egal, wie oft man auch beteuert: *Hey, ich weiß, was du durchmachst, es wird besser, und die Zeit heilt alle Wunden*, es wird nicht helfen. Aber aus irgendeinem Grund halten die Leute an diesen Sätzen fest wie an emotionalen Rettungsringen. Jemand sollte sie auf den Müll werfen. Sie sind abgenutzt. Ich sage nichts, sondern lasse Mrs. Dupree reden.

»Ihr sollt nicht traurig sein über meinen Verlust«, sagt sie. »Wisst ihr, ich wünschte nur, Mr. Dupree wäre hier.«

Dann strömen die Tränen über ihr Gesicht und ganz, ganz lange herrscht Schweigen. Ich kenne mich aus mit Verlusten, könnte ich sagen, obwohl ich weiß, dass es nicht helfen wird. Ich war vorher schon traurig, also, was Sie auch sagen, ich werde nur nicken und denken, ja, ich weiß. Ich habe auch jemanden verloren. Wir könnten einen Klub gründen.

Zum Beispiel überlege ich immer, auf welche Weise

Simon und ich uns ähnlich wären. Ich stelle Vermutungen darüber an, was ihm gefallen würde, damit ich diese Sachen tun kann, weil er ja nicht die Gelegenheit dazu hatte. So wie damals, als ich in der Fußballmannschaft war.

Es gibt ein paar Bilder von uns, die ich immer wieder anstarre. Ich weiß noch nicht wie, aber eines Tages werde ich eines seiner Fotos in ein Polizeilabor bringen. Und die sollen es dann mit so einem Computerprogramm altern lassen, so wie diese Fotos von den vermissten Kindern auf Plakaten, die zeigen, wie sie heute aussehen würden. Würde ich gern sehen, wie Simon mit zwölf aussehen würde? Ja, unbedingt.

Mrs. Duprees Gesicht ist nass von neuen Tränen, sie lässt sie einfach auf die Plastiktischdecke auf ihrem Küchentisch tropfen und fährt mit dem Finger durch die Pfütze, während sie uns vom Tod ihres Mannes erzählt. Ziemlich bald erinnert sich Mrs. Dupree an Anekdoten über den Mann, mit dem sie über vierzig Jahre verbracht hat. Und sie hat nichts dagegen, sie mit uns zu teilen. Sie ist wie ein Buch, das unbedingt gelesen werden will.

»Er hat nicht nur wunderbare Tischlerarbeiten gemacht«, fährt sie fort, »sondern auch Stifte. Hab ich euch das erzählt? Er hat Stifte aus feinem rosa Holz hergestellt und sie zu Weihnachten verschenkt.«

»Ich habe nicht mal gewusst, dass es so was wie rosa Holz überhaupt gibt«, sage ich.

»Möchtest du auch bestimmt keinen Apfel mehr, Liebes?« Sie berührt meinen Handrücken. Der Unterschied zwischen unseren beiden Händen ist wie der von Feuer und Eis. Sie hat das Leben eines schwer arbeitenden Menschen geführt und meine Hände haben nichts getan. Sie ist gereist und ich bin mein Leben lang zu Hause geblieben. Hoffentlich werde ich eines Tages Hände wie die ihren haben. Hände zerfurcht wie Landkarten, interessante Hände.

»Nein danke«, sage ich.

»Und wie steht es mit deinem Freund? Möchtest du noch einen, junger Mann?«

»Nein danke.«

Die Küche füllt sich mit Worten, die nicht gesagt werden. Sie schweben um uns herum. Gedankenblasen warten darauf, einen Kopf zugewiesen zu bekommen. Vom Zusammenleben mit meinem Vater bin ich es gewohnt, Fragen zu haben, die ich nicht stellen kann. Doch jetzt ist es ein gutes Gefühl, still zu sein. Meine Großmutter würde sagen, wir baden in Stille. Die Vorstellung gefällt mir. Ich stelle mir vor, das Elend von Mrs. Dupree würde abgewaschen. Und mein Elend gleich mit. Wir sitzen da und lauschen auf das Ticktack-Ticktack der apfelförmigen Uhr an der Wand.

Nach dem tausendsten Ticken sagt Finn: »Mrs. Dupree, kann ich Ihnen mit irgendwas im Haus helfen? Sollen Sachen an einen anderen Platz gerückt oder repariert werden?« Finns Satz ist so hilfreich.

»Oh, wie lieb von dir. Mein Sohn kommt am Wochenende«, sagt Mrs. Dupree. »Viel zu tun ist nicht. Es ist alles einfach so passiert. Ich habe mich umgedreht und er war nicht mehr am Leben. Und dann ruft man die zuständigen Stellen an und sie bringen ihn weg. Wir hatten schon vor Jahren unsere Vorkehrungen getroffen. Ich muss nichts weiter tun, als mir zu überlegen, was ich bei der Beerdigung anziehen soll. Es müsste schwieriger sein, meint ihr nicht auch? Sich um jemanden zu kümmern, der gestorben ist? Da müsste mehr sein.« Sie weint wieder, deshalb nehme ich ihre Hand. Was anderes fällt mir nicht ein.

»Ich habe vor ein paar Jahren meinen Vater verloren«, sagt Finn, »und das war schwer.« Ich gebe ihm einen Fußtritt unter dem Tisch, weil er genau das Falsche gesagt hat, weil er einen Tod mit einem anderen verglichen hat.

»Das tut mir leid für dich«, sagt sie.

Finn guckt mich an wie ein gescholtener Hund, ich weiß also, dass er begriffen hat, was ich meine.

Ich sehe mich im düsteren Haus nach Familienfotos um. Will man eine gute Freundin sein, fragt man Leute am besten nach sich selbst. Ein Bild könnte da ein guter Ausgangspunkt sein. Mrs. Dupree zieht ihre Hand weg und fängt an das Tischset glatt zu streichen, das sowieso schon so glatt ist, wie es nur sein kann. Mir fällt der schöne Diamantring an ihrem Ringfinger auf. Sieht aus wie gerade geschmiedet. Glänzend und neu.

»Ist das Ihr Ehering?«, frage ich.

Sie schaut auf ihre Hände und sieht sie an, als wäre

ihr eben erst klar geworden, dass die mit ihrem Körper verbunden sind. »Oje, der hier? Ja, Liebes.« Sie lässt ihn vom Finger gleiten, und dann reicht sie ihn mir einfach, als wäre nichts dabei.

Sie erklärt mir, dass er nach folgendem Muster verziert ist: drei Brillanten, ein Rubin, drei Brillanten, ein Rubin. Dass Mr. Dupree Rubine wollte, weil Rot ihr so gut steht. Und natürlich Brillanten, weil er fand, dass sie genauso strahle. Bei ihrer Hochzeit hatte er sich nicht mehr als einen schmalen Silberring leisten können und zu ihrem zehnten Hochzeitstag hatte er ihr zehn Rosen geschenkt. Er hatte sie ihr einzeln überreicht, eine nach der anderen, und in der Blüte der letzten Rose war der neue Ring verborgen. So was Süßes hatte ich noch nie gehört.

»Möchtet ihr beiden nicht doch noch einen Apfel?«, fragt Mrs. Dupree wieder. Also, jetzt Nein zu sagen, wäre einfach nicht höflich. Und anstelle der Stille lauschen wir dem Knacken und Kauen von drei apfelessenden Menschen. So sitzen wir da, bis wir Charlotte laut draußen durch die Sackgasse rufen hören. Schnell trete ich an Mrs. Duprees Fenster und sehe sie mitten auf der Straße stehen, sie brüllt meinen Namen. Na, wenn das nicht peinlich ist. Finn und ich gehen vor die Tür und winken ihr zu.

»Wir sind hier drüben bei Mrs. Dupree«, lasse ich sie wissen.

»Ich kann nicht fassen, dass ihr beide einfach abgehauen seid«, sagt sie wütend. »So viel zahlt mir dein

Vater nicht, dass ich mir auch noch Sorgen machen kann, wo du abgeblieben bist.« Ich müsse ihn sofort anrufen, fügt sie noch hinzu, und: »Was hast du dir dabei gedacht, Finn, sie mitzunehmen, ohne einen Zettel zu hinterlassen?«

Und da gibt es bestimmt noch einiges, das ich mir anhören könnte, aber ich sehe nur meinen Vater gedanklich vor mir, der Charlotte einen Zehndollarschein in die Hand drückt, damit sie auf mich aufpasst. Davon habe ich nichts gewusst. Manchmal bin ich so dumm.

24. Kapitel

Als ich noch klein war, wollte ich Astronautin werden. Nicht, weil ich besondere Kenntnisse über den Weltraum gehabt hätte, die hatte ich nämlich nicht. Sondern, weil ich die ganze Erde auf einmal sehen wollte. In einem Buch war ich auf Bilder gestoßen, die zeigten, wie das vom Weltraum aus aussah. Davon wollte ich mich mit eigenen Augen überzeugen. Eine marmorierte Kugel mit Wirbeln aus Blau und Weiß. Dann hörte ich einen Astronauten sagen, er könne seine Hand ans Fenster des Spaceshuttles legen und ein großes Stück des Planeten dahinter verschwinden lassen. Muss man sich da nicht fragen, ob Gott das nicht ab und zu genauso macht? Einfach nur, weil ER es kann. Womöglich möchte ER sogar gewisse Leute verschwinden lassen, nur um mal zu testen, wie die Erde ohne sie ausschaut.

Heute Abend würde ich Charlotte und meinen Dad verschwinden lassen. Mein Dad denkt, dass ich immer noch einen Babysitter brauche. Und ich kann einfach nicht fassen, dass sie dafür bezahlt wird, mit mir zusammen zu sein. Das ist ein tief sitzender Schmerz, den ich nicht erwartet hatte. Sie ist eine Komplizin bei diesem Verbrechen.

Komplizin, die
Substantiv, feminin
Mittäterin, Helfershelferin bei einer Straftat

Dad ist früh von der Arbeit nach Hause gekommen. Ich dachte, wir würden über die Meldung in den Nachrichten reden, eine Art Plan machen. Ich würde durchblicken lassen, dass ich über seine Undercover-Babysitter-Geschichte Bescheid weiß. Aber als er ins Haus kam und seine Aktentasche auf den Küchentresen legte, hat er mir nur einen Kuss auf den Kopf gedrückt und gesagt: »Lass uns nicht jetzt darüber reden.«

War doch klar, dass er das sagen würde.

»Hat PBroom es rausgekriegt? Hat sie die Nachrichten gesehen?«, fragte ich ihn.

»Keine Ahnung«, sagte er. »Lass uns einfach abwarten.«

Abwarten bedeutet: Hör auf, davon zu reden, Sarah, wechsle das Thema.

»Wir sind rübergegangen und haben uns nach Mrs. Dupree erkundigt und erfahren, dass ihr Mann tot ist«, sagte ich. »Das ist sehr traurig.«

»Er war ein netter Mann«, antwortete Dad.

Dad versuchte, so zu tun, als wäre das Leben normal und als gäbe es nicht tausend Sachen zu besprechen. Er hatte endlich dran gedacht, Koteletts mitzubringen, und wie sich herausstellte, war das furchtbar, weil wir den schlechtesten aller Herde seit der Erfindung des Herdes haben. Die Herdplatten neigen sich nach links, man muss also ständig aufpassen und das Essen immerzu hin- und herschieben. Das Öl rutscht auf eine Seite, und da wird das Fleisch braun, während es auf der anderen Seite schwarz wird, wenn man nicht hinguckt. Und genau das ist mir passiert. Wir mussten halb braune, halb verbrannte Koteletts essen.

Nach dem Essen versuchte ich noch, ein Gespräch in Gang zu bringen.

»Glaubst du, dass uns ein Reporter anruft?«

»Darum brauchst du dich nicht zu sorgen.«

»Es gibt Dinge, die ich wissen muss, wie etwa: Ziehen wir um?«

»Weiß ich nicht.«

Er ging in sein Arbeitszimmer, so wie er das immer macht, und klappte die Tür zu.

Ich setzte mich davor und lauschte, während er Oma und Opa anrief. Viel konnte ich nicht in mein Notizbuch schreiben, nur viel *Hmmm, hmmm*. Vielleicht geht es ihm so viel besser, dass es ihn nicht mehr mitnimmt. Nein, das stimmt wahrscheinlich nicht. Je weniger er redet, desto mehr nimmt es ihn mit.

Meiner Ansicht nach war ich im Recht, das zu tun,

was ich getan habe. Es gibt Mittel und Wege, einen Menschen zum Reden zu bringen.

Ich habe Mittel und Wege.

Als Erstes bin ich in die Garage gegangen, habe seine *Jim-Beam*-Flasche genommen und angefangen, Pflanze damit zu gießen. Dann ging mir auf, dass ich sie damit umbringen würde, woran man bloß wieder sieht, wie dumm ich bin. Ich habe mich bei ihr entschuldigt und die restliche Flasche dann ins Klo geleert. Runtergespült! Und weg war es.

Dann habe ich die Flasche mit Apfelsaft aufgefüllt. Ha! Ich freu mich schon drauf, wenn er mitkriegt, dass der ganze Alkohol weg ist. Dann werden wir sehen, wie er das findet, wenn man Dinge ohne sein Wissen für ihn regelt. Trotzdem mache ich mir Sorgen, schließlich habe ich Pflanze betrunken gemacht. Ich werde die ganze Nacht an ihrer Seite bleiben und darauf achten, dass es ihr gut geht. Wenn ihre Blätter morgen schlaff sind, werde ich googeln, was zu tun ist.

Jetzt ist es mir in meinem Zimmer zu heiß zum Schlafen. Meine Gedanken flitzen immer noch in verschiedene Richtungen. Ich drücke meine Bettdecke an die Brust und versuche, sie dazu zu bringen, mich zurückzudrücken, aber dann ist mir zu heiß, und ich strample sie weg. Das Kissen drehe ich um, presse die kühle Seite an meine Haut und versuche, nicht mehr daran zu denken, dass jeder Mensch in Garland unser Geheimnis kennt. Jimmy Leighton und sogar Mr. Wistler. Ich vergrabe den Kopf im Kissen, doch es nützt nichts.

Und da fällt mir das Einzige ein, das ich jetzt tun kann. Ich steige aus dem Fenster, schlüpfe in den Garten. Pflanze nehme ich mit. Ein Streifen Vollmondlicht zieht sich durch den ganzen Garten, ich folge ihm. Es ist warm, aber die Luft riecht würzig, wie frisch gemähtes Gras, und ich denke: *Warum schlafe ich eigentlich nie im Freien?*

Ich stelle Pflanze auf den Rasen und lege mich in den Vorgarten, strecke Arme und Beine aus wie ein Sommer-Schneeengel. Der Himmel ist klar und weit. Zeit, den Kopf auszuschalten wie eine Lampe. Meiner ist der einzige, der noch an ist, die Gedanken kreisen in einer Dauerschleife. Ein paar Straßen weiter bellt ein Hund. Ich mag den Klang. Gleichbleibend und verlässlich. Stetig, der Ton verändert sich nicht, klingt fast wie eine Tonbandaufnahme.

Ob Dad mir erlauben würde, einen Hund zu haben? Ein mittelgroßer wäre schön. Nicht so groß, dass er einen umwirft, wenn man nach Hause kommt. Ein wuscheliges kleines Ding, dem ich all meine Geheimnisse erzählen kann. Aber eigentlich gibt es keine echten Geheimnisse. Nicht, wenn das größte Geheimnis die Sendung *Der Preis ist heiß* unterbrechen und einen vor einem Linguistikstudenten bloßstellen kann. Kein Zeitschriftenartikel der Welt gibt Ratschläge für diese Art Katastrophe.

Ein kleines klickendes Geräusch stört meine Gedanken. Erst vermute ich, dass es ein Vogel ist, aber nein, da ist ein Mann vor Charlottes Haus. Die Art, wie seine Schultern nach vorne hängen, und das *Klomp-Klomp-Klomp* seiner blöden Stiefel verrät mir gleich, dass es Ihr-wisst-schon-wer ist. Warum habe ich denn sein Auto nicht vorfahren hören? Er wirft was ans Fenster, greift immer wieder in seine Tasche und wirft. Schließlich geht in ihrem Zimmer das Licht an. Ich lege mich flach ins Gras, damit er mich nicht sieht. Charlotte schiebt ihr Fenster hoch. Es ist so still, dass ich die Flüsterstimmen der beiden hören kann. Ich fühle mich wie bei einer Beschattung, beim Sammeln von Beweismaterial.

»Was machst du da?«

»Du hast gesagt, ich soll rüberkommen und leise sein.«

»Die Haustür konntest du nicht benutzen?«

»Ich dachte, ich könnte jemanden wecken.«

»Meine Mutter ist nicht da, falls du das vergessen hast.«

Sie sagt: »Komm zur Haustür wie ein normaler Mensch.« Und das macht er.

Das Licht auf der Veranda scheint auf und sie schlüpft raus auf die Treppe. Die beiden setzen sich auf die Stufen und er legt seinen Arm um sie.

»Ich wollte reden … über …«, sagt sie, hört aber mitten im Satz auf und lässt das Geheimnis in der Luft hängen.

Ich verhalte mich immer noch still und starr, will

jetzt aber unbedingt wissen, wovon sie reden. Aber sie reden nicht. Die Geräusche, die von ihrer Veranda kommen, klingen wie Schmatzen. Aber sie werden doch jetzt nicht Kaugummi kauen? Ich wünschte, ich könnte das aus der Nähe sehen, damit ich lerne, wie's geht. Einfach nur die Geräusche zu hören, ohne was zu sehen, ist eklig.

»Nein, hör auf. Stopp«, höre ich Charlotte sagen.

»Komm schon«, sagt er. »Komm schon.«

Ich höre Christopher nichts weiter sagen. Ich hebe den Kopf ein wenig an, gerade rechtzeitig, um ihn über sie gebeugt zu sehen.

»Christopher!«, sagt sie. »Nein, nicht jetzt.«

Ihr Ton verrät mir, dass sie in Schwierigkeiten ist. Ich überlege, ob ich irgendwas tun kann, ob ich rufen sollte. Was würden Ermittler jetzt machen? Sie würden ganz bestimmt nicht wie angewurzelt im Gras liegen bleiben, aber genau das tue ich. Ich fühle mich genauso wie damals als kleines Kind, als ich dachte, unter meinem Bett wäre ein Monster, das darauf lauerte, mein Fußgelenk zu packen und mich unter die Matratze zu ziehen. Meine Strategie damals wie heute ist, mich so still und stumm wie möglich zu verhalten. Ich beschließe, dass ich bis zwanzig zähle und dann aufstehe. Ich werde mich in Bewegung setzen.

Dann höre ich weitere Rufe von ihr. Und ein lautes dumpfes Geräusch, so als sei jemand auf die Veranda gefallen.

Ich höre die Tür zuknallen. Dann ertönt Finns ruhige

Stimme. »Geh nach Hause.« Wenn ich Christopher wäre, hätte ich Angst vor Finn. Aber Christopher beschimpft ihn, dann nennt er Charlotte eine Bitch und gebraucht noch ein paar andere schlimme Wörter. Ich drehe den Kopf ein bisschen. Ich höre Christophers Stiefel den Gartenweg entlangstapfen. Eine Autotür knallt. Er macht eine Hundertachtziggradwende mitten auf der Sackgasse und Scheinwerferlicht huscht über unseren Rasen. Ich bete, dass er weiterfährt und mich nicht entdeckt.

Charlotte weint und brüllt Christophers fahrendem Auto was total Unverständliches hinterher. Was immer das war, bringt Christophers Auto zum Halten, dann legt er den Rückwärtsgang ein.

»Das wird dir noch leidtun!«, brüllt er. Seine Stimme ist glasklar.

»Hau ab hier!«, brüllt Finn.

Das Geräusch von etwas Hartem, das auf Metall kracht, ertönt, und Christophers Auto braust davon. Ich stütze mich auf die Ellbogen und erwische Finn dabei, wie er Christophers Stoßstange mit Steinen bombardiert.

Ich wünschte, ich könnte Charlottes Gesicht sehen. Mit ihren Augen würde sie so viel mehr ausdrücken, als Worte sagen können. Sie geht ins Haus und Finn steht allein auf dem Bürgersteig. Auf den Boden fällt der Schatten seines Körpers, den das Mondlicht erzeugt. Ich sammle meinen Mut zusammen und tue mein Bestes, gleichzeitig zu flüstern und zu rufen.

»Finn!«

»Sarah?«

»Hier drüben.« Ich habe meine Deckung aufgegeben, aber das ist okay.

Er dreht sich um und kommt auf mich zu.

»Was ist passiert?«, frage ich ihn.

»Was machst du hier draußen?«

»Den Mond angucken und mir wünschen, ich wäre dort.«

Er setzt sich neben mich ins Gras. Ich lege mich auf den Rücken und er ebenfalls.

»Man kann mit nur einem Daumen den ganzen Mond ausblenden.« Ich zeige ihm, wie man das macht, und er macht es mir nach. »Und mit genügend Abstand kann man auch einen ganzen Menschen ausblenden.«

»Ist das nicht nur Wunschdenken?«

Als Antwort lächle ich ihn an, obwohl er das im Dunkeln nicht sehen kann. Die kühle Nachtluft spült über uns hinweg, und plötzlich wirkt Garland nicht mehr wie eine trostlose, öde Stadt, in der niemals was Interessantes passiert.

»Sarah!«

Dads Stimme trieft vor Wut. Sein Atem riecht wahrscheinlich nach Apfelsaft. Ha! Ha! Ich stelle mir sein verstörtes Gesicht vor, als ihm aufgeht, dass er reingelegt worden ist.

Ich verstecke den Mond hinter meinem Daumen. Wenn ich auf dem Mond sein und die ganze Welt verschwinden lassen könnte, würde ich das tun.

Dad brüllt: »Sarah, wo bist du?«

Finn fragt: »Wirst du ihm antworten?«

»Ich hasse ihn. Wegen ihr trinkt er zu viel. Er ist so unreif.«

»Sarah!«

»Außerdem kann ich ihn nicht hören, weil ich so tue, als wäre ich im Weltraum.« Und wir liegen da und gucken in die Sterne. Finns Handy meldet sich. Dieser Piepton, der anzeigt, dass eine Nachricht eingetroffen ist. Er wirft einen Blick drauf und steckt das Handy wieder in die Tasche. Hoffentlich hat mein Vater nichts gehört.

»Wer war das?«

»Dieses Mädchen.«

»Und?«

»Und was?«

»Magst du sie?«

»Ich glaub schon. Sie ist schlau.«

Ha! Schlau sein kann ich auch.

Wieder piept sein Telefon, doch dieses Mal schaltet er es aus.

»Sarah! Du antwortest jetzt besser!«

»Willst du nicht lieber reingehen?«, will Finn wissen.

»Ich kann ihn immer noch nicht hören«, sage ich. »Im Weltraum kann man Geräusche nicht so hören wie wir hier auf der Erde. Schall braucht etwas, das er zum Schwingen bringen kann, was Gasförmiges oder Festes.«

»Ah, danke für die Info.«

Ich bin beeindruckt von mir. »Wissenschaftswettbewerb in der Schule. Dritter Platz.« Da ist er, der Beweis für meine Schlauheit – auf einer glänzenden weißen Schleife.

»Und wie kann es sein, dass du mich hörst?«

»Du bist auch im Weltall.« Aber nicht mit diesem Mädchen und ihren Textnachrichten. Sie muss auf der Erde bleiben und verdummen, während wir eine neue Galaxie entdecken. Finn darf ihr einen Namen geben, obwohl klar ist, dass ich mehr über das Weltall weiß als er.

»Gut, dann bleib doch in deinem Zimmer«, ruft mein Dad.

Gut, das habe ich vor.

Der Himmel glitzert, eine dunkelblaue Verheißung. Diamanten auf Samt. Finn ruht bequem neben mir, ganz so, als ob er genau hier sein möchte. Mein Kopf zeichnet die ganze Szene auf, speichert sie an einem sicheren Ort, damit ich diese Nacht immer wieder abspielen kann.

25. Kapitel

Am Morgen wirbelt der Deckenventilator über mir, er klappert in einem Rhythmus, der sich anhört wie: *Du kannst was erleben, du kannst was erleben.* Ich stelle ihn aus und öffne dem brütend heißen Tag das Fenster. Ich will es nicht wieder schließen. Ich brauche mehr Raum zum Atmen oder vielleicht auch einen schnellen Fluchtweg. Wer weiß, möglicherweise verbringe ich den Rest meines Lebens in diesem rosa Gefängnis. Er wird wütend auf mich sein. Es wird diese stille Art von Wut sein – und die ist die schlimmste. Es ist völlig unmöglich, zu wissen, was in einem Menschen vorgeht, wenn er schweigt. Und selbstverständlich wird alles meine Schuld sein. *Betrunken* war ein Problemwort, das wusste ich.

Als ich letzte Nacht reinkam, standen wir im engen Flur, ich an einem Ende, er am anderen mit der leeren *Jim-Beam*-Flasche in der Hand, wie bei einem Showdown, kurz bevor die Pistolen gezogen werden.

»Was hast du da draußen getan?«, fragte er. »Warum bist du nicht gekommen, als ich dich gerufen habe?«

Ich machte Gebrauch von meinem Recht zu schweigen und wartete auf das splitternde Geräusch, wenn Glas an der Wand in tausend Stücke zerschellt. Es gab schon so eine Stelle an der Wand, die geflickt und übermalt worden war.

Er sagte: »Möchtest du mir etwas sagen?«

»Nein.«

»Bist du sicher?«

»Ich glaube, meine Taten sprechen Bände.«

»Komm mir nicht naseweis, Sarah!«

»Komm mir nicht angetrunken, Dad!«

Es war, als ob irgendein anderes Mädchen in Garland diese Worte gesagt hätte, nicht ich. So mutig bin ich nicht. Aber dieses andere Mädchen, das so aussieht wie ich, na, die hatte Mut. Sie konnte Problemwörter aussprechen, ohne Probleme.

Nach gefühlten hundert Jahren ging er auf mich zu und drückte mich an sich. Das Gegenteil von dem, was man bei einem Showdown erwarten würde. Ich konnte das Rasierwasser riechen, das ich ihm zum letzten Vatertag geschenkt hatte, eine Marke, die ich in einer dieser Zeitschriften entdeckt hatte, in der eine Reklamebeilage mit einem Duftstreifen gesteckt hatte. Als die Umarmung vorbei war, hielt er mich auf Armeslänge von sich weg, den Blick auf den Boden gerichtet. Dann sagte er Gute Nacht, ging zurück in sein Zimmer und schloss die Tür. Ich habe gehört, wie er heute Morgen aufgestanden ist, das Wasser laufen gelassen hat, das quietschende Garagentor hochgeschoben hat und ohne ein Wort weggefahren ist. Aus Erfahrung weiß ich, dass Dads aufgeschobene Bestrafungen seine schlimmsten Bestrafungen sind, was heißt, dass ich einen ganzen Tag mit Leiden vor mir habe.

Heute Vormittag kann ich nur versuchen herauszukriegen, was zwischen Charlotte und Christopher vorgefallen ist. Als ich ihr heute Morgen eine Textnachricht geschickt habe, war ihre Antwort, sie fühle sich nicht wohl. Ich hab sie gefragt, ob Christopher vorbeikommen würde, was er bestimmt nicht machen würde, da war ich sicher. Sie hatte nur geantwortet, dass Liebe schwierig sei. Nichts von dem, was ich letzte Nacht gehört hatte, schien irgendwas mit Liebe zu tun gehabt zu haben. Aber was weiß ich denn schon über Liebe und Beziehungen? Antwort: gar nichts.

Ich war sieben, als mein Vater sich von meiner Mutter scheiden ließ.

Mit seiner sanften Stimme hatte er mir erzählt, dass er versuchen würde, ihr das Leben so angenehm wie möglich zu machen. Das Wort blieb mir am Gaumen kleben. Ein angenehmes Leben. Ich nehme an, das war das richtige Wort. Angenehm.

angenehm
Adjektiv
eine positive Empfindung auslösend, erfreulich, wohltuend

»Das hätte ich schon vor langer Zeit machen sollen«, hatte er gesagt.

Als er ihr die Papiere ins Krankenhaus gebracht hat, habe ich die beiden aus einiger Entfernung beobachtet. Jetzt erinnere ich mich an mehr und halte die Puzzleteile über meine Mutter in meinem Notizbuch schwarz auf weiß fest. Es war mein zweiter Besuch in der Klinik. Wir haben draußen gesessen. Ich habe ein Buch gelesen, er ist zu ihr gegangen und hat mit ihr geredet.

Als ich von meinem Buch aufschaute, habe ich gedacht: *Da unterhält sich ein nettes Paar.* Das hätte ein schönes Motiv für ein Gemälde abgegeben. Aber dann konnte man sehen, wie sie ein wenig in sich zusammengesunken ist, ihre Hände lagen in ihrem Schoß und spielten mit einem Stück Papier, das sie wieder und wieder zusammen- und auseinanderfaltete. Ihr Arzt hatte uns erzählt, dass sie einen Origamikurs gemacht hatte, was seltsam war, wie ich fand. Warum sollte man einen Kurs machen müssen, um ein Stück Papier zu falten? Später zeigte er uns dann die Papiervögel und Schmetterlinge, die sie gemacht hatte, alle selbst gefaltet. Dutzende davon auf ihrem Nachttisch, ihrer Fensterbank, kunstvoll um ihren Frisiertisch herum arrangiert. Zwei davon hab ich geklaut, hab sie zwischen den Seiten von meinem Buch versteckt.

Während Dad redete, arbeiteten ihre Finger, als ob sie sich die Drehungen und Wendungen eingeprägt hatten und genau wussten, wie man das Papier zu behandeln hatte, damit es eine Form annahm. An einem Punkt wandte sie das Gesicht dem Himmel zu, und man wusste, das war der Augenblick, in dem er das Wort *Scheidung* sagte. Das problematischste von allen Problemwörtern, die es je gegeben hat.

Dad trug seinen Ehering bis zu dem Tag, an dem die Scheidung gültig wurde. Das weiß ich, weil ich ihn an diesem Tag gefragt habe, ob ich ihn haben kann. Er hat ihn sofort abgenommen, ihn mir in die Hand gelegt und ist in sein Zimmer gegangen, um sich mit *Jim Beam* zu betrinken. Das hätte er natürlich nicht tun sollen. Ich hab gehört, wie meine Großmutter ihm gesagt hat, er solle es lassen. Ihre Stimme war so laut am Telefon, dass man jede Silbe verstehen konnte. Aber er hat sie ignoriert, und ich fand nicht, dass es schlimm war, so etwas zu tun, an einem Tag, an dem man sich von jemandem trennt. Ich hab nur gehofft, dass es die letzte Trennung war, die ich jemals sehen würde.

Die Origamivögel und seinen goldenen Ehering bewahre ich in meiner Kiste mit wichtigen Sachen auf, darunter auch die Briefe und die Zeitungsausschnitte über den Prozess meiner Mutter und die über seinen. Ich weiß nicht, warum es wichtig für mich war, den Ring zu behalten. Aber es kam mir verkehrt vor, ihn wegzuwerfen. Und das hätte er damit gemacht, hat er gesagt. Ich fand, was einen mal glücklich gemacht hat, sollte man behalten. Seine traurigen Gefühle würden nicht ewig anhalten, dachte ich.

Aber wie ich bereits sagte, was weiß ich schon über Beziehungen?

26. Kapitel

Hier ist noch was, das man selbst lernen muss: Du kannst alle möglichen Pläne machen, aber wenn du zwölf bist und kein Auto hast, kannst du die auch gleich vergessen. Du bist abhängig von der Gnade eines Menschen mit Führerschein. Trotzdem mache ich gerade Pläne, obwohl Pflanze auch der Meinung ist, dass es unersprießlich ist. Und das ist mein neues Lieblingswort.

> **unersprießlich**
> *Adjektiv*
> keinen Nutzen bringend [und dabei recht unerfreulich]

Manchmal begegnet mir ein neues Wort, und ich denke, wo bist du nur mein ganzes Leben lang gewesen? *Unersprießlich* ist so ein Wort. Viele Dinge, die ich getan habe, waren unersprießlich. Heute zum Beispiel stelle ich Listen mit Optionen auf, die ich habe, wenn wir umziehen. Ich könnte üben, meinen Namen mit einem extravaganten R als zweiten Vornamen zu schreiben, um Leute von der Spur abzulenken, dass ich Jane Nelsons Tochter bin. Und ich erwäge auch, den Namen Rose anzunehmen. Rose Nelson wirkt allerdings wie der Name einer alten Frau, die einen Hut aufsetzt, wenn sie zur Kirche geht. Solche Frauen habe ich bei meinen Großeltern in der Kirche gesehen. Vielleicht gibt es noch andere Optionen. Möglichkeiten, mich zu verkleiden.

Jetzt, da Garland mein Geheimnis kennt, packe ich auch meine Tasche, damit ich weggehen kann. Als ich das mit Pflanze besprochen habe, fanden wir beide, dass Wegziehen eine gute Strategie ist, um neugierigen Reportern und gemeinen Nadeln aus dem Weg zu gehen. Mein Plan ist, zu Tante Mariah zu fahren, damit laufe ich ja genau genommen nicht von Dad weg, sondern auf ein anderes Familienmitglied zu. Sogar Scout und Jem hatten ihre Tante Alexandra als Unterstützung, während Atticus gearbeitet hat. Das wird meine logisch nachvollziehbare Erklärung sein, wenn mein Verschwinden entdeckt wird.

Oh, ich wollte nur eine Verwandte besuchen, was überhaupt nicht gefährlich ist und dir das Leben wirklich einfacher macht, Dad. Du könntest mir meine Post nachschicken, wenn's recht ist.

Ein Vorteil dieses Plans ist, dass damit Problem 2 gelöst ist, das mich mit Wucht wieder eingeholt hat. In die siebte Klasse werde ich dann wohl in der Stadt von

Tante Mariah gehen, wo es kein Familienstammbaum-Projekt gibt, das mich unglücklich machen kann.

Wenn der Computer nicht wäre, wäre ich verloren. Aber so? Kein Problem. Ich habe den Fahrplan für die *Greyhound*-Fernbusse und die Adresse meiner Tante, die ich in mein echtes Tagebuch geschrieben habe. Wenn ich erst bei ihr bin, wird sie mir bestimmt helfen. Ich weiß, dass ich Ärger mit meinem Vater kriege, aber ich glaube, es ist besser, erst die Informationen zu beschaffen und den Ärger später zu kassieren. Mehr als einmal habe ich meinen Vater zu Oma sagen hören: »Du kennst ja den Spruch: ›Lieber später um Verzeihung bitten als vorher um Erlaubnis.‹« Immer wenn er das sagt, verdreht sie die Augen, als hätte er die nervigsten Worte aller Zeiten von sich gegeben.

»Warum musst du so stur sein, Tom?«, hatte sie letztes Mal gefragt. »Das war ein guter Job und du hast ihn einfach aufgegeben. Eine so gute Dozentenstelle bekommt man nicht alle Tage angeboten.«

»Es ist meine Wahl.«

»Du lebst in deiner eigenen kleinen Welt. Wie in einer Schachtel.«

»Ich beschütze, was mir noch geblieben ist.«

»Glaub ja nicht, mir wäre entgangen, dass du immer noch viel zu viel trinkst.«

Hack. Hack. Hack. Noch mehr Mohrrüben häufen sich vor ihr.

»Nun, tut mir leid, dich zu enttäuschen.«

Klack. Klack. Klack. Noch mehr Eiswürfel klimpern in seinem Glas.

Man muss nicht Königin des Durchblicks sein, um zu begreifen, dass er nicht verrückt nach seiner Mutter und ihren Meinungen ist. Und da könnte man sich natürlich fragen, warum er es immer für so eine gute Idee gehalten hat, mich jeden Sommer zu ihr zu schicken. Und außerdem trinkt sie auch ihren Wein. Kann man denn wirklich jemandem sagen, dass er nicht trinken soll, wenn man selbst ein Glas Alkohol in der Hand hält?

Dies sind Fragen, die ich in mein falsches Tagebuch schreibe, nur für den Fall, dass er in meinem Zimmer rumschnüffelt. Hatte mein Dad Eltern, die seine Fragen nicht beantwortet haben? Wenn ja, was hat er gemacht? Das Rätsel ihrer Beziehung möchte ich unbedingt lösen. Aber das werde ich jetzt auf Abstand tun müssen. So was nennt man objektive Beweisbeschaffung, und wenn ich weg bin, habe ich jede Menge Zeit dafür.

Während ich eifrig Pläne und gleichzeitig Frühstück mache, höre ich ein Klopfen an der Tür. Es ist Finn, der mir mitteilt, dass Charlotte sich den Tag freinimmt, weshalb er mir also zur Last fallen wird. Mein Magen macht einen Salto, weil es für mich überhaupt keine Last ist, mit ihm zusammen zu sein.

»Was fehlt ihr?«, frage ich. Ich will wissen, ob er

mir die Sachen erzählen wird, die ich nicht gesehen habe, als ich sie auf dem Rasen ausspioniert habe.

»Sie hatte einen Riesenstreit mit diesem Heini. Ich glaube nicht, dass wir ihn wiedersehen«, sagt er. »Gut, dass wir den losgeworden sind.« Natürlich glaube ich das erst, wenn ich es mit eigenen Augen sehe. Lisa hat mir erzählt, dass die erste Trennung nie klappt. Aus irgendeinem Grund muss man zweimal da durch, wenn es endgültig vorbei sein soll.

»Also, meine Oma sagt immer, dass man zwei Kisten braucht, auf der einen steht *Zurückgeben*, auf der anderen *Wegwerfen*.« Ich frage mich, wie es sein kann, dass ich so was Uncooles sage. Es liegt wohl an den schlechten Neuigkeiten. Aber er lächelt trotzdem. Ich habe ihn zum Lächeln gebracht.

»Wie auch immer, wir haben heute eine Aufgabe«, sagt er. »Wir wollen uns doch nicht hängen lassen. Mrs. Dupree braucht Hilfe beim Bücherpacken. Sie hat gesagt, wir können alle Bücher behalten, die wir haben möchten, und den Rest spendet sie.«

Er reicht mir ein kleines, fest gebundenes Buch. »Das habe ich schon mal für dich geholt.«

Ihr werdet es nicht glauben, aber es ist *Wer die Nachtigall stört* von Harper Lee. Und noch dazu eine echte Hardcover-Ausgabe.

Ganz vorsichtig schlage ich den Einband auf, streiche mit der Hand über die Titelseite und lasse diesen Geruch nach altem Buch auf mich wirken, der einfach unbeschreiblich ist. Auf der nächsten Seite steht was

Handgeschriebenes. Ich weiß nicht warum, aber als ich die Unterschrift sehe, verschlägt es mir irgendwie den Atem, sie wirkt ganz echt, und das ist sie natürlich auch. Ich möchte sie berühren, so wie das, was meine Mutter mit der Hand geschrieben hat, möchte ausprobieren, ob ich mir vorstellen kann, wie sie dabei den Füller gehalten hat.

Alles Liebe von mir,
Nelle Harper Lee

»Mrs. Dupree ist ihr tatsächlich mal begegnet«, sagt Finn.

Ich behandle das Buch vorsichtig, es darf sich dort öffnen, wo es aufgehen will. Und das ist eine Seite mit einem Klebezettel. Da habe ich das gelesen:

»Unsere Mutter ist gestorben, als ich zwei war«, sagt Scout, »ich habe ihre Abwesenheit also nie gespürt.«

»Das ist prägnant, fand ich«, sagt er. »Ich dachte, es würde helfen.«

»Wobei?«, frage ich.

»*Der Preis ist heiß.*«

»Oh.«

»War eine blöde Idee«, sagt er.

»Nein, war nicht blöd«, sage ich. »Danke.« Ich mache eine Notiz im Kopf, *prägnant* im Wörterbuch nachzuschlagen.

Meine Gedanken wirbeln durcheinander und plötzlich fühle ich mich schüchtern. Ich bin nicht stark wie Scout. Ich spüre die Abwesenheit meiner Mutter ständig. Umso mehr, je älter ich werde. Wenn ich einen Bruder hätte wie Jem, einen Vater wie Atticus ... vielleicht wäre ich dann wie Scout.

Es ist seltsam, wie ich dieses Geheimnis mit Finn teile. Seltsam, dass er mir Worte zum Geschenk macht. Ich versuche, mich an das zu erinnern, was ich über Jungs weiß. Letzten Sommer habe ich in einer Zeitschrift einen Artikel mit dem Titel *Sechs Geheimnisse, die er dir nicht erzählen wird* gelesen. Den habe ich ausgeschnitten und so lange als Lesezeichen benutzt, bis ich die Liste auswendig konnte.

1. *Er mochte dich schon lange, bevor er es gezeigt hat.*
2. *Er mag lange Spaziergänge am Strand.*
3. *Er kuschelt gern.*
4. *Er würde lieber nicht zum Abendessen zu deiner Mutter kommen.*
5. *Er glaubt, er ist der Einzige, mit dem du je zusammen warst (oder würde es zumindest lieber denken).*
6. *Seine Taten werden immer mehr sagen als seine Worte.*

Diesen Artikel habe ich Lisa auch gezeigt. Wir haben jedes Geheimnis seziert und auf Spuren untersucht. Sie hat gesagt: »Also, warum sollte er überhaupt mit meiner Mom zu Abend essen wollen?« Da war was dran.

Jetzt schaue ich vom Buch zu Finns Gesicht. Ich bin schlau genug zu wissen, dass ich nichts weiter sagen sollte als »Vielen Dank«. Und das mache ich. Er sieht mich auf eine neue Weise an, als ich das sage, und ich frage mich, ob er erkennen kann, was ich fühle.

»Wir alle haben große Geheimnisse«, sagt er.

»Wirklich? Was ist deins?«, frage ich. »Bist du irgendwo tätowiert?«

Er lehnt sich an den Türrahmen, mustert seine Schuhe.

»Mein Dad hat sich umgebracht, als ich elf war.«

Dann wartet selbst die Zeit auf ihn, bis er wieder etwas sagt. So groß ist das Geheimnis. Es muss langsam rauskommen. »Offenbar sehe ich genauso aus wie er, und das ist ein echtes Problem für meine Mutter«, sagt er. »Sie wird immer an ihn erinnert, weißt du, ob sie will oder nicht. Also habe ich, als er gestorben ist, gewissermaßen beide Eltern verloren. Ich war wütend auf alle beide, aber das hilft nicht. Ich glaube, so könnte das auch mit deinem Dad sein.«

Ich schlucke schwer. Das ist die Art Information, mit der man wegrennen und allein sein will, um sie zu zerlegen und aufzudröseln, damit man auch sicher ist, dass man richtig gehört hat.

»Das ist ätzend« ist alles, was ich sagen kann.

»Ich bin einverstanden mit deiner Wahl des Adjektivs.«

»Wenigstens kann dein Geheimnis nicht bei *Der Preis ist heiß* verkündet werden.«

»Touché.«

Mir geht auf, dass ich ein schweres Gefühl in der Brust habe und Leichtigkeit im Bauch, beides auf einmal. Sicher kann ich da nicht sein, aber ich glaube, Liebe ist, wenn einen jemand versteht. Und ich glaube, dieser Jemand steht vor mir.

»Eis. Wir sollten Eis essen«, sage ich.

»Ganz bestimmt.«

Obwohl ich gerade erst gefrühstückt habe, mache ich uns zwei große Schalen Vanilleeis mit Schokosoße zurecht, und wir setzen uns auf die Treppe vor unserem Haus, essen und reden über Bücher. Dann packen wir hundert von Mrs. Duprees Büchern ein, und das dauert ewig, weil wir sie alle anschauen müssen. Das ist der beste Tag meines Lebens.

Lieber Atticus,
in Garland gibt es Ärger. Ich wünschte, es wäre die Art Ärger, bei der ein Anwalt wie du hilfreich sein könnte. Weißt du, wie viele Anwälte jetzt Reklame machen und aus unseren Fernsehern brüllen, dass man doch Gerechtigkeit verdient habe und dass sie einem so viel Geld wie möglich verschaffen, gleich bar auf die Hand. Nun ja, so etwas gibt es. Ich mag diese Werbespots überhaupt nicht, und ich kann dir sagen, du … du wärst niemals so ein Anwalt. Am liebs-

ten würde ich denen hundert Exemplare von deinem Buch ins Gesicht schleudern. Du hättest es nicht nötig, Reklame zu machen. Wenn es ein Verbrechen, eine Ungerechtigkeit oder so etwas gäbe, hättest du Worte, die mir helfen würden, mein Problem zu lösen. Du würdest mir sagen, dass meine Taten wenig mit dem zu tun haben, wie ich fühle, sondern am meisten damit, was richtig ist. In dieser Situation gibt es kein klares Richtig. Es wäre hilfreich, jetzt Scout oder Jem bei mir zu haben. Sie würden wissen, wie das Leben aus meiner Sicht aussieht, und das brauche ich am meisten. Jemanden, der die Dinge wirklich von meinem Standpunkt aus sehen kann. Warum kannst du nicht mein Vater sein?
Nun ja, genug davon, würdest du sagen.
Hier ist also, was ich dir erzählen kann. Im Fernsehen gab es in den Nachrichten eine Meldung über meine Mutter. Keine Ahnung, warum die Leute diese alte, staubige Geschichte immer wieder hervorholen müssen. Ich glaube, sie kann den anderen Geschichten über andere Mütter nichts hinzufügen, aber irgendjemand in den Häusern, in denen Nachrichten gemacht werden, ist wohl anderer Meinung. Da ich nicht weiß, was mein Dad in der Sache unternehmen will, überlege ich mir, was ich selbst tun kann. Eigentlich ist es einfach. Ich werde eine Weile zu meiner Tante ziehen. Wenn es gut läuft, bleibe

ich vielleicht für immer da. Es wäre schön, mit einer Frau zusammenzuleben. Ich weiß, du verstehst das, denn du hast dir von deiner Schwester Alexandra mit Scout und Jem helfen lassen. Ehrlich gesagt, stammt die Idee, zu meiner Tante zu ziehen, aus deinem Buch. Nichts gegen dich, aber manchmal glaube ich, Scout weiß gar nicht, wie gut sie es hat, dass ihr eine Frau dabei hilft, eine richtige Dame zu werden. Ich wünschte, Atticus, ich könnte darüber mit meinem Dad reden und ihn dazu bringen, die Dinge mal mit meinen Augen zu sehen, was er einfach nie tun will.

Mit freundlichen Grüßen
Sarah Nelson

PS: Neulich hat jemand gesagt, in den Südstaaten ist eine Veranda ohne Farne keine richtige Veranda. Findest du das auch? Sollte ich nach Alabama fahren, um mir das mit eigenen Augen anzusehen? Ich hoffe, es ist wahr. Mit Pflanzen komme ich sehr gut aus.

27. Kapitel

Dad verbringt seine gesamte Zeit im Büro, die Tür ist zu und abgeschlossen. Ich höre Tippen und leise Gespräche, aber ohne den nötigen Mut, den anderen Hörer abzunehmen, kann ich die zweite Stimme nicht verstehen und weiß nicht, was los ist. Er macht Pläne und ich auch. Darüber geredet haben wir nicht, aber ich spüre, wie etwas kommt. Etwas Großes. Ich habe Angst, Pflanze zu sagen, dass wir wieder umziehen werden, auf die eine oder die andere Weise. Sie gewöhnt sich langsam an das Fenster in meinem Zimmer. Bis auf neulich Nacht mit dem *Jim Beam* ist Garland gut zu ihr gewesen. Nun ja, sie hat meine Verzweiflungsausbrüche wegen des Familienstammbaum-Projekts der siebten Klasse mit angehört, sie wird es verstehen. Da bin ich sicher.

Und eine weitere seltsame Begebenheit ist, dass ich PBroom auf unserer Anruferliste entdeckt habe. So was ist bisher noch nie vorgekommen, ich weiß also nicht, in welche Schublade das gehört. Gut oder schlecht.

Ich habe entschieden, dass ich erst nach der Beerdigung zu Tante Mariah ziehen kann. Wenn man auch nur eine Sache über mich sagen soll, nachdem ich weg bin, dann das: War es nicht nett von ihr zu bleiben, bis Mr. Dupree begraben war? Außerdem hat Mrs. Dupree mich heute zum Helfen eingeladen, sie backt nämlich Apfelkuchen, und es hätte verdächtig gewirkt, wenn ich abgelehnt hätte. Ich habe meinem Dad einen Zettel hingelegt und bin über die Straße gegangen. Der heiße Asphalt schlug schon Blasen und am liebsten hätte ich ein Ei darauf gebraten.

Mrs. Duprees Haus durchziehen tausend süße Düfte: Vanille, Kaffee, Zimt, Äpfel und Nelken. Ihr Sohn hat ja so ein Glück. Ich wette, er hat jeden Tag was Köstliches zum Mittagessen bekommen und immer stand ein Teller mit warmen Keksen auf dem Tisch. So lieb hat sie ihn, das weiß ich. Überall sind Bilder von ihrer Familie, die Wände hängen so voll mit Bilderrahmen, dass ich gar nicht sagen kann, welche Farbe die Wände des Hauses haben. Und die Bilderrahmen auf dem Kaminsims sind genauso aufgestellt, wie ich es selbst machen würde. Gerade nach vorn gerichtet, sodass man stehen bleiben und hingucken muss.

Ich schaue zu, wie der Kuchenteig mit erstaunlicher Kraft von zarten Händen mit pergamentartiger Haut ausgerollt wird. Dass eine alte Frau so stark ist, würde man nicht vermuten. Ich will offen mit ihr reden und sie fragen, ob sie mich unterrichten will, ob sie nützliches Wissen übers Kochen an mich weitergeben will, bevor es zu spät ist und das einzige Rezept, das ich jemandem beibringen kann, Fertignudeln aus dem Päckchen sind, was gar kein richtiges Rezept ist.

Wenn Dad ein Fan von Kochsendungen anstelle von Western wäre, wüsste ich übers Kochen vielleicht mehr als übers Pokern.

Jetzt muss ich einfach erfahren, wie man Apfelkuchen backt. Es ist zwingend notwendig. Das ist etwas, das jedes Mädchen können sollte, zusätzlich zum Annähen eines Knopfes und dem korrekten Auftragen von Wimperntusche. Und schon frage ich sie: »Wenn Sie eine Tochter hätten, was würden Sie ihr sagen?«

Mrs. Dupree lächelt. »Oh, lass mich überlegen«, sagt sie. »Nun ja, jedes Mal, wenn du dir eine neue Bluse kaufst oder Antifaltencreme, damit du schön aussiehst, geh und kauf dir gleich auch noch ein Buch. Es ist genauso wichtig, dass dein Verstand schön und frisch bleibt, nicht wahr?«

Auf der ganzen Welt gibt es niemanden wie Mrs. Dupree. Niemanden. Von ihr kann ein Mädchen viel lernen.

»Wo wir gerade von Büchern reden, dein Freund Finn hat mir erzählt, dass du Ms. Lees Buch gelesen hast«, sagt sie, ihr Blick bleibt dabei auf den Teig gerichtet.

»Ja.«

»Und was denkst du darüber?«

»Ich mag Scout. Und ich mag die Stadt, in der sie

leben. Maycomb. Sie laufen auch überall in der Stadt zu Fuß herum. Ich wünschte, wir würden mehr zu Fuß gehen.« Ich sage ihr nicht, wie viel Atticus mir bedeutet.

Doch ich gestehe ihr, wie sehr ich mir wünsche, dass wir ein so geheimnisvolles Haus wie das von den Radleys in unserer Straße hätten. Das von den Stanleys mit dem wuchernden Gestrüpp kommt am dichtesten an was Gefährliches heran, aber das liegt hauptsächlich an all den Bienen und dem Ungeziefer. Wenn man seine Fantasie bemüht, sage ich ihr, würde einem schnell was Gruseliges einfallen, das hinter diesen Büschen vor sich gehen könnte. Und dann ist da noch dieses blöde Haus mit der Pflanze auf dem Baumstumpf. Zu meiner großen Verärgerung ist sie wieder da, voller gelber Blüten.

Mrs. Dupree macht bestätigende Mmmmmh-Laute, während ich rede, und da kriege ich Lust, weiterzureden. »Scout ist ein bisschen wie ich, sie hat auch nur einen Vater, der sie großzieht.« Aber sie hat mehr Mut, so viel ist sicher.

»Stimmt. Das ist wahr. Sie ist eine entschlossene junge Dame.«

»Ich möchte an sie schreiben«, sage ich. »An Ms. Lee, meine ich.«

Das Nudelholz stoppt, und Mrs. Dupree sieht mich an, sieht wie durch mich hindurch. »Das solltest du tun, Sarah. Die Leute hätten niemals aufhören sollen, Briefe zu schreiben, erst recht nicht die, die sie niemals abzuschicken gedachten. Gerade diese Briefe sollten sie unbedingt schreiben.«

Mr. Wistler würde Mrs. Dupree mögen. Warum habe ich bisher nicht mehr Zeit mit ihr verbracht? Sie ist wunderbar und lieb – und hier bin ich, im Begriff wegzugehen. Vielleicht ja nicht für immer. Nur ein Jahr, in dem ich zur anonymen Siebtklässlerin werde, und dann komme ich als ganz neuer Mensch zurück.

»Würdest du mir gern bei diesem Kuchen helfen, Sarah?«

Was ich wirklich gern tun würde, ist, mich hier zusammenzurollen, mich zu verstecken und jedes Buch unter diesem Dach zu lesen, jedes Rezept, das sie kennt, zu lernen.

»Ja.«

Sie bindet mir ein Geschirrhandtuch um die Taille, steckt es in den Taschen meiner Shorts fest, stellt sich dann hinter mich und legt ihre runzeligen Hände auf meine, indem sie meine Handflächen, so wie es sich gehört, auf das Nudelholz drückt. Ich empfinde mehr Glück, als ein Mensch aushalten kann.

»Wie lieb von dir, mir zu helfen«, sagt sie. »Diesen hier machen wir für deinen Vater, okay?«

»Das macht mir keine Mühe«, sage ich.

»Du bist eine ganz liebe junge Dame«, sagt Mrs. Dupree. »Gut erzogen.« Das bringt sie zum Weinen und deshalb möchte ich gleich mitweinen. »Oh, das tut mir ja so leid. Zurzeit braucht man mich nur leicht anzustupsen, schon weine ich.«

»Ist in Ordnung«, sage ich.

Ich weiß genau, wie sie sich fühlt. Manchmal macht es einen Riesenunterschied, wenn noch ein anderer Mensch mit im Haus ist.

Wir schieben zwei Kuchen in den Ofen, und ich wasche das Geschirr ab, während sie sich hinsetzt und ihre Augen mit einem Taschentuch betupft.

»Dieser süße Junge, Finn, erinnert mich an meinen Sohn«, sagt sie. »Er ist so ein Netter.«

»Danke, dass ich dieses besondere Buch haben durfte.«

»Mr. Dupree hätte das so gewollt. Weil du erkennst, dass es besonders ist. Weißt du was, irgendwo haben wir noch eine Biografie von Nelle, das wäre doch eine schöne Ergänzung für deine Bibliothek.«

Mrs. Dupree faltet ihr Taschentuch zu einem perfekten Quadrat. »Wenn Mr. Dupree hier wäre, wüsste er genau, wo sie ist.« Ihre Gedanken schweifen umher, der Verlust packt sie so heftig, als wäre er gerade erst geschehen. Ich möchte sie so fest drücken wie noch nie irgendjemanden zuvor. In meinem Hirn suche ich nach den richtigen Worten, aber alles, was rauskommt, ist: »In Ihren eigenen Worten, was ist interessant an Ms. Lees Geschichte?«

Das hört sich dumm an, das weiß ich, sobald Mr. Wistlers Worte in diesem dummen Moment meinen dummen Mund verlassen.

Mrs. Dupree legt einen Finger ans Kinn und denkt eine Weile über meine Frage nach.

»Also, die Beziehung zu ihrer Mutter zum Beispiel. Soweit ich weiß, hat ihre Mutter sie praktisch nicht beachtet«, sagt Mrs. Dupree. »Und ihre Schwestern haben sie zweimal vor dem Ertrinken gerettet. Jedenfalls munkelt man das. Ihr Freund Mr. Capote hat das gesagt, aber was weiß man schon genau? Die Leute lieben guten Klatsch, weil sie sich dann im Handumdrehen ganz furchtbar wichtig vorkommen.«

Junge, ich verstehe genau, was Mrs. Dupree da über die Leute sagt. Und jetzt will ich natürlich auch gleich was über Truman Capote wissen.

»Sarah, man muss sich nur daran erinnern, dass Ms. Lee ein schönes Buch geschrieben hat, und das ist etwas, das wir genau wissen. Das ist eine Tatsache.«

Normalerweise würde ich auf den Boden starren, aber ich halte ihrem warmen Blick stand. Ich fühle mich in diesem Moment ganz nackt. Der Teil meines Lebens, der damit zu tun hat, dass ich eine verrückte Mutter habe, wird mich nicht loslassen, egal, was ich tue. Und für Dad gilt dasselbe. Die Nachrichten werden uns folgen, immer. So langsam halte ich es für eine gute Idee, wenn Dad und ich an verschiedenen Orten leben würden. Wenn ich weiterziehe. In Western beschließen zwei Cowboys manchmal, sich zu trennen und verschiedene Wege einzuschlagen. Das bringt die Person durcheinander, die hinter ihnen her ist. Sie sind schwerer zu verfolgen, dadurch irgendwie sicherer. So wenig ich auch aus Garland weggehen will, es ist immer noch das Schlauste, mich darauf vorzubereiten. Ich werde untersuchen müssen, wie Harper Lee das mit ihrer Familie gemacht hat.

»Sarah, ist alles in Ordnung mit dir?«

Mir wird klar, dass ich mich mal wieder ausgeklinkt habe.

»Oh, jaja«, sage ich. Und dann: »Ist sie verrückt geworden?«

»Wer?«

»Ms. Lee? Wegen ihrer Mutter?«

»Himmel, nein, meine Liebe! Wie kommst du nur darauf.«

»So was liegt in der Familie.«

»Nun, kann sein, aber normalerweise sind die Leute das, was sie zu sein beschließen, ganz gleich, von wem sie abstammen.«

Ich habe noch tausend Fragen. Mein Kopf listet die Fakten auf:

Es gibt noch einen Menschen auf der Welt, der so wie ich überlebt hat.

Sie hat ein Buch geschrieben.

Sie ist nicht verrückt geworden.

Sie sagt: »Ich sag dir Bescheid, wenn ich ihre Biografie gefunden habe.« Aber ich sehe mich schon die Biografie aus der Bücherei holen, sobald mich Finn oder Charlotte hinfahren.

Wir sitzen zusammen an dem kleinen quadratischen Tisch, während der Kuchen backt und die apfelförmige Uhr tick-tack-tickt. Wenigstens bin ich clever genug, Mrs. Dupree noch viele Fragen über ihre Reisen zu stellen, sie ununterbrochen reden zu lassen, damit meine Gedanken eine Weile frei umherschweifen können. Wie kann man einen Menschen denn schon vermissen, wenn man noch im selben Raum mit ihm ist? Ich weiß es nicht, aber in diesem Moment vermisse ich sie, dabei habe ich noch nicht mal meinen Koffer gepackt. Sie rührt an diese wunde Stelle, an der meine Mutter sein sollte.

28. Kapitel

Ein Samstagmorgen – und ich gehe shoppen mit Charlotte. Sie möchte neue Schuhe für Mr. Duprees Beerdigung am Sonntag haben, aber ich weiß Bescheid. Sie will ins Einkaufszentrum, damit sie an *Wilson's Western Wear* vorbeilaufen und der nichtsnutzige Schurke einen guten Blick auf das werfen kann, was ihm entgeht. Sie sagt, sie haben Schluss gemacht, aber ich bin mir nicht so sicher. Sie hat Lipgloss und Parfum aufgelegt, und man macht sich doch nicht zurecht, wenn man mit einer Zwölfjährigen shoppen geht. Das weiß sogar ich.

Zuerst gehen wir zu *Starbucks* und holen uns einen doppelten Caffè Latte mit extra Milchschaum, obwohl es draußen so heiß ist, dass ich das schon für eine doppelt irre Idee halte. Ha-ha! Charlotte sagt, sie braucht schwarze Pantoletten mit Riemchen, obwohl ich nicht begreife, was das soll. Sie hat tausend Paar Schuhe und will immer noch mehr. Ich tu nicht mal so, als ob ich das verstehe. Ich gähne. Shoppen macht nur Spaß, wenn man Geld hat. Und ich hab keins. Sie schlüpft in das zehnte Paar nahezu identischer Schuhe und ich nicke anerkennend.

»Also, was ist wirklich los mit Auflaufmann?« Ich warte nun schon eine Weile darauf zu erfahren, was hinter den Kulissen passiert ist und ob Lisas These über das erste Schlussmachen richtig ist.

»Keine Ahnung. Manchmal ist er komisch. Ich weiß nicht mal genau, ob ich noch verliebt bin«, sagt sie. »Die ganze Chemie zwischen uns ist jetzt anders.«

»Warum?«, frage ich – und das ist eine Ein-Wort-Frage, hinter der sich hundert weitere Fragen verbergen.

Sie betrachtet ein Paar silberne Sandalen. Sie glitzern derart in der Ladenbeleuchtung, dass man sie für kostbare Juwelen halten könnte.

»Na ja, ich mach mich einfach rar, sonst nichts«, sagt sie. »Ihm liegt was an mir und davon will ich mehr sehen.« Nach allem, was ich neulich Nacht gesehen habe, ist Christopher nichts weiter als ein blöder Arsch.

»Er klebt nur so an mir, weißt du. Will immer mit mir zusammen sein. Will die Hand auf meine Schulter legen. Lesen, was ich geschrieben habe. Und es bei einem Espresso besprechen«, sagt sie. »Ist alles viel zu einengend und kratzig wie ein Wollpullover.«

In meinen Ohren klingt das alles ziemlich toll. Außerdem kann man immer noch ein T-Shirt unter einem kratzigen Pullover anziehen, das fühlt sich dann besser an. Aber da ich weiß, dass sie die Wahrheit nicht hören will, überlasse ich sie ihrer Illusion. Das ist mein neues Lieblingswort.

Illusion, die
Substantiv, feminin
beschönigende, dem Wunschdenken entsprechende Selbsttäuschung über einen in Wirklichkeit weniger positiven Sachverhalt

Es ist klar, dass Charlotte nicht die Expertin in Sachen Beziehungen ist, für die ich sie gehalten hatte.

Finn setzt sich zu uns an einen quadratischen Tisch mitten im Restaurantbereich des Einkaufszentrums. Morgen kommt die Mutter der beiden von ihrer Kreuzfahrt zurück, und er übt schon mal, ihr aus dem Weg zu gehen. Ich wünschte, in Wahrheit wäre er hier, weil er mit mir abhängen möchte, doch nein, das ist nicht der Fall. Ich tue trotzdem so, als wäre es wahr.

Ich esse ein köstliches Stück Pepperoni-Pizza und schlürfe meine Cola, wohl wissend, wie unelegant das ist, aber das Geräusch gefällt mir nun mal. Ich glaube, es gibt eine Seite an mir, die noch keine richtige Frau ist. Ehe wir uns versehen, hat Christopher sich schon neben uns gepflanzt und lächelt, was das Zeug hält. Er glaubt, wir hätten das mit seiner dunklen Seite bereits vergessen.

»Charlotte, in zehn Minuten gehen wir«, sagt Finn.

»Ich bin so weit«, antwortet sie, dann steht sie auf

und bringt ihren Müll weg. Dieser blöde Christopher kommt nicht drauf, dass er sich jetzt besser verziehen sollte.

Finn lehnt sich auf seinem Stuhl zurück und schenkt mir ein Lächeln, das mir direkt ins Herz geht. Damit das keiner sieht, muss ich auf den Boden schauen. Da liegt ein offenes Ketchup-Tütchen, und ich tue so, als würde es auf der Welt nichts Interessanteres geben.

»Hallo! Erde an Sarah? Bist du noch im Weltraum?«

»Was? Nein.«

»Gut«, sagt er. »Ich brauche deine Hilfe. Wir haben eine Mission.«

Zuallererst: Nie im Leben wäre ich allein zum *Vikon-El-Bazaar-Flohmarkt* gegangen, obwohl das der seltsamste und coolste Einkaufsort ist, den man sich nur wünschen kann. Wenn du zum Beispiel einen falschen Ausweis, einen Welpen und ein Schlafsofa brauchst, ist das genau der richtige Ort für dich. Finn hat Mrs. Duprees Bücher für den Verkauf verpackt, für die ist es auch genau der richtige Ort.

Das ganze Gebäude ist ein riesiges Labyrinth. Am besten merkt man sich, wie man reingekommen ist, damit man wieder rausfindet. Es gibt ganz viele verschiedene Stände mit Sachen, die sich turmhoch stapeln, jeder Stand ist mit einer dünnen weißen Wand aus Holz vom nächsten getrennt. Das Einzige, das die Läden miteinander verbindet, sind bunte Lichterketten, die unter der Decke entlanglaufen.

Wenn man an den Ständen vorbeigeht, kommt man sich selbst vor wie ausgestellt. Die Verkäufer sitzen auf Stühlen, kauen auf Zahnstochern herum und warten nur darauf, dass du einen Elvis aus Samt oder eine Sonnenbrille mit einem gigantischen weißen Gestell bewunderst, damit sie sagen können: »Wie viel würdest du dafür denn zahlen?«

Zusammen mit Charlotte und Finn fühle ich mich einigermaßen selbstsicher, trotzdem bleibe ich schön in ihrer Nähe, weil es mir ein klein wenig Angst macht, so viele Blicke auf mir zu spüren. Jeder von uns trägt einen Karton zu dem Stand mit den gebrauchten Büchern. Ich stöbere in den Regalen, während Finn verhandelt. In dieser kleinen Bibliothek könnte ich ewig bleiben, aber Charlotte entdeckt einen Bereich mit Vintage-Klamotten, und weg ist sie. Wir folgen ihr, und sofort ist es so, als wären wir im Kleiderschrank einer alten Frau gelandet. Es gibt mindestens fünf Schränke aus glänzendem Holz, deren offene Türen wie ausgebreitete Arme aussehen. Die Einlegeböden sind beladen mit Schals, Perlenketten und Broschen mit falschen Diamanten. Auf goldenen, vor Spiegeln angebrachten Regalbrettern sind Schuhe aufgereiht. Und überall liegt der puderige Duft alter Frauen in der Luft.

Meine Finger fahren an einer Kleiderstange entlang.

Was, wenn diese Kleider reden könnten? Hat sich ein hübsches junges Mädchen mit knallrotem Lippenstift vielleicht in diesem Kleid verlobt?

Und die Handtaschen. Die gibt es in allen Farben und Formen und sie sehen fast brandneu aus. Die früheren Besitzer haben entweder gut auf sie aufgepasst oder sie sind nie ausgegangen. Meine Handtasche sieht immer ramponiert und alt aus, aber nicht auf eine gute Art.

Plötzlich geht mir auf, wie viele von Mr. Duprees Sachen in einem dieser Läden landen könnten. Wer sie wohl haben will? Ich habe keine Ahnung. Was macht man mit den Sachen eines Menschen, wenn er nicht mehr bei einem ist?

Jetzt hat Charlotte in einem riesigen elfenbeinfarbenen Schrank einen Schatz an Hüten gefunden. Wir wechseln uns vor dem hohen Spiegel ab, als wir sie aufprobieren.

Charlotte trägt einen dunkelrosa Hut mit einer langen Feder dran. Ich habe einen klassischen schwarzen Pillbox-Hut auf, und ich weiß auch nur, dass der so heißt, weil Charlotte es mir gesagt hat. Er passt nicht so gut zu meinen Shorts und Flipflops, aber wenn ich ein schlichtes schwarzes Kleid anhätte, würde ich vielleicht aussehen, als ob ich in eine andere Zeit gehören würde, wo ich auf einem Bahnsteig stehe und darauf warte, abgeholt zu werden. Und dann würde er, wer auch immer er ist, auf den Bahnsteig kommen und mich anlächeln. Da ich nicht weiß, wie er aussieht, füge ich Finns Gesicht ins Bild ein, Finn in einem blauen Anzug, der so gut zu seinen Augen passt…

Ich sage meinem Hirn, es soll das lassen und nicht so tun, als wäre ich ein Filmstar. Keine Ahnung, warum sich meine Gedanken ständig selbstständig machen.

Finn erscheint hinter uns im Spiegelbild und legt mir den Arm um die Schulter. Etwas löst sich in mir und mein Hals läuft rot an. Dort steht er mit der Melone eines Gentlemans, wie er es ausdrückt, auf dem Kopf.

»Ihr beide werdet todsicher von der Modepolizei festgenommen«, sagt Charlotte.

»Oder wir starten einen neuen Trend«, sage ich.

Wir kaufen die Hüte, beschließt Finn. Ein Geschenk von ihm. Er sagt, mit Hut sieht eine Frau von hinten genauso hübsch aus wie von vorne. Zur Beerdigung von Mr. Dupree setzen wir sie auf. *Wir gehen mit Schick, das gibt der Stimmung 'nen Kick*. Genau so hat er das gesagt.

29. Kapitel

Es ist Sonntag, und ich sitze auf meinem Bett, pflücke Fussel von meiner blöden rosa Tagesdecke und versuche dabei herauszufinden, warum ich schlauer bin als Charlotte. Sie hat sich noch mal mit Christopher gestritten. Warum man sich mit jemandem streitet, mit dem man längst Schluss gemacht hat, würde mich wirklich interessieren. Egal, ich versuche, sie zu unterstützen. Sie soll nicht denken, dass ich eine schlechte Freundin war, wenn ich weg bin, aber selbst ein Blinder kann sehen, dass Christopher nichts taugt. Sie macht sich noch immer Illusionen.

Ich wollte helfen. Ich hab ihr das sechste Geheimnis über Jungs erzählt.

Seine Taten werden immer mehr über ihn verraten als seine Worte.

Am Telefon sage ich ihr, sie solle eine Liste mit den knallharten Fakten über ihn aufstellen.

Ich sage: »Wenn du was auf Papier schreibst, ist es so, als würde deine Hand mehr wissen als dein Kopf.

Keine Ahnung, warum, aber es stimmt.« Ich muss das ja wissen. Ich besitze zwei Tagebücher. Und außerdem hat Mr. Wistler das gesagt.

Aber jetzt habe ich selbst was, worüber ich mir Sorgen machen muss. Ist es meinem Gesicht anzusehen, dass ich heimlich für Finn schwärme? Ich muss eine eigene Liste machen. Er wird wieder zurück an die Uni gehen, und in zehn Jahren werden wir uns in einem Buchladen wiedertreffen, eine Tasse Kaffee trinken, über Wörter reden. Und ihm wird wieder einfallen, was für ein tolles Mädchen ich bin, und er wird begreifen, dass ich die Liebe seines Lebens bin. Ich weiß schon jetzt, dass er meine ist.

Das sind die Fakten:

- *Er kennt mein Geheimnis und war nicht gemein zu mir.*
- *Er liebt das Wörterbuch.*
- *Ich werde es nie leid werden, in seine blauen Augen zu schauen.*
- *Er hat mir einen Hut gekauft.*

Ich starre auf meine Liste, während Charlotte am anderen Ende der Leitung ins Telefon plärrt: »Er ist einfach zu anhänglich, wie eine Klette, bei ihm laufen irgendwelche persönlichen Dinger, die ihn irgendwie bedürftig machen, und das verstehe ich ja. Abgesehen davon habe ich selbst zu viel an der Backe, also denke ich, ich werde mit ihm Schluss machen.« Eigentlich möchte ich sagen, dass sie auch ein bisschen bedürftig ist, aber das lasse ich. Vielleicht erzählt sie mir sonst nichts mehr über Jungs, wenn ich sie auf die offensichtlichen Fehler in ihrer Logik aufmerksam mache.

Nachdem wir aufgelegt haben, lenken Gedanken an Finn mich ganz schön ab, ich denke an den Arm, den er mir um die Schulter gelegt hat. Ich kann es gar nicht erwarten, ihn wiederzusehen. Bis zur Beerdigung will ich in Harper Lees Buch lesen. Ich lese es jetzt zum dritten Mal und bin an der Stelle, wo Tom Robinson ins Gefängnis gebracht worden ist und ein Haufen wütender Leute verlangt, dass Atticus von der Gefängnistür weggeht. Die Spannung fühlt sich so echt an, dass ich sie in den Knochen spüre. Ich bin da, in Alabama, und frage mich, was als Nächstes passiert. Ich möchte diese Männer anbrüllen, dass sie sich um ihren eigenen Kram kümmern und nach Hause gehen sollen, was ja irgendwie auch passiert, wenn Scout mit ihnen spricht. Keine Ahnung, warum ich diese Stelle so gern mag.

Dad freut sich drüber, dass ich dieses Buch noch mal lese, und er sagt, er möchte »einen Termin mit mir vereinbaren, an dem wir bei einem Eis darüber diskutieren können«. Doch als er das Buch im Haus rumliegen sieht, meckert er mich an, weil ich kein Lesezeichen benutzt habe, sondern es aufgeschlagen mit den Seiten nach unten liegen gelassen habe. Ich vergesse immer, wie viel so ein altes Ding wert ist.

Das Garagentor quietscht, und ich weiß, dass es Zeit wird, von Mr. Dupree Abschied zu nehmen.

»Bis später, Pflanze«, flüstere ich. »Wenn ich wieder da bin, erzähle ich dir eine tolle Geschichte. Hier ist noch ein Cliffhanger für dich: Ich werde verändert aussehen, wenn ich zurückkomme.«

Die Beerdigung hat mich mehr als einmal zum Weinen gebracht, am meisten aber, als ich neben Mrs. Dupree gestanden habe, während sie in den Sarg geschaut hat.

»Da liegt mein bester Freund, genau da«, hat sie gesagt. »Jeden Tag, wenn er das Haus verlassen hat, hat er mir zugerufen: ›Danke, dass du Ja gesagt hast, Süße.‹«

Sie hat mir einen Arm um die Taille gelegt und mich an sich gedrückt. Dann hat sie ihre Augen mit einem Taschentuch betupft, einem richtigen Stofftaschentuch, auf das ein D gestickt war. Sogar die Art, wie Mrs. Dupree weint, ist sublim, was übrigens mein neues Lieblingswort ist.

sublim

Adjektiv

1. nur mit großer Feinsinnigkeit wahrnehmbar, verständlich; nur einem sehr feinen Verständnis, Empfinden zugänglich
2. von Feinsinnigkeit, einem feinen Verständnis, Empfinden zeugend

Wenn ich genug Geld habe, werde ich mir meine eigenen Stofftaschentücher kaufen. Sie passen gut zu meinem neuen Status als Frau. Außerdem trage ich heute ein hübsches ärmelloses schwarzes Kleid, meinen neuen alten Pillbox-Hut und perfekt aufgetragene Wimperntusche, vielen Dank auch. Und als ich in den Badezimmerspiegel geguckt habe, habe ich eine Person gesehen, die fast sechzehn sein könnte. Vielleicht sogar siebzehn, wenn ich eine Perlenkette und Ohrlöcher hätte. Im Geiste setze ich auf die Liste für meine Reise: Ohrlöcher stechen lassen. Ich kann doch genauso gut gleich für mehrere Sachen auf einmal Ärger kriegen.

Beim Empfang höre ich, wie Mrs. Dupree einem Gast von Mr. Duprees Beerdigung im engsten Familienkreis erzählt. Ich wünschte, ich könnte auch mitgehen, einfach um zu sehen, ob er sicher unter die Erde kommt. Diesen Teil einer Beerdigung habe ich noch nie miterlebt, einen anderen übrigens auch nicht. Ich nehme an, ich war auf Simons Beerdigung, aber wer kann sich denn an irgendwas aus der Zeit erinnern, als er zwei, drei Jahre alt war? Ich hoffe, die Leute haben an jenem Tag nette Sachen über ihn gesagt.

Heute Abend beim Empfang in einem großen, offenen Kirchenraum füllen sich die Freunde von Mr. Dupree – ihr habt es erraten – Aufläufe auf die Teller. Es gibt alle möglichen Aufläufe: Hähnchen, Rindfleisch, Nudel, Undefinierbar.

Ich sammele Gesprächsfetzen über Mr. Dupree. Wenn

ich alles zusammenfüge, kommt dabei eines heraus: Wenn man Leute über einen Mann nach seinem Tod reden hört, möchte man ein interessantes Leben führen, damit es einen Grund gibt zu sagen: »Ich vermisse ihn.«

Jedes Mal, wenn jemand eine Geschichte über ihren Mann erzählt, betupft sich Mrs. Dupree die Augen. Wenn das so weitergeht, ist ihr Taschentuch bald durchweicht, hoffentlich hören die Leute endlich auf zu reden. Sie bemüht sich so sehr, stark zu sein. Ihr Sohn, ist mir aufgefallen, verhält sich währenddessen ziemlich still, und deshalb mag ich ihn gleich noch weniger. Er hat sich ganz schön Zeit gelassen, nach Texas zu kommen. Und was hatte er denn überhaupt noch zu tun, als er ankam? Finn und ich hatten alle Bücher sortiert und in Kartons verpackt, die Garage war gefegt und Mr. Duprees Auto gewaschen, da hatte er doch wirklich alle Zeit der Welt, sich was Gutes zu überlegen, das er sagen konnte.

Auf der anderen Seite des Raumes entdecke ich Dad, der sich Süßkartoffelauflauf auf den Teller lädt. Er redet mit einem älteren Mann und zeigt auf einen grünen Wackelpudding, den noch niemand angerührt hat. Er hat bei all seinen geheimnisvollen Aktivitäten hinter verschlossenen Türen ganz vergessen, mich für den *Jim Beam* zu bestrafen. Ich bin also auf der Hut.

Der Raum fängt an, nach Pilzsuppe und Gesichtspuder zu riechen, also gehe ich zum Luftschnappen vor die Tür. Die Sonne hat gerade einen breiten Streifen Orange und Pink über den Abendhimmel gepinselt. Ich lehne mich an die warme Kirchenmauer und spüre, wie die Hitze in meine nackte Haut dringt. Nur eine Sekunde lang schließe ich die Augen und lasse meine Gedanken zu Finn schweifen.

»Hallo, du«, sagt er. Ich schlage die Augen auf, und es ist, als wäre er wie durch Zauberei aus meinem Tagtraum getreten. Die Sonne steht gerade so hinter ihm mit seiner neuen Melone auf dem Kopf, dass er ein Filmstar auf einem Poster sein könnte. Ich würde es kaufen, in meinem Zimmer aufhängen und ihm immer Gute Nacht sagen.

»Selber hallo.«

»Ist Charlotte noch da?«

»Sie ist vor einer Weile gegangen.«

»Ich dachte, ich könnte ihr noch sagen, dass es mir leidtut.«

»Was denn?«

»Irgendwie hab ich Christopher wohl zu verstehen gegeben, dass er unsere Adresse verlieren soll.«

Er nimmt den Hut ab, die leichte Brise weht seine Haare zurück. Ja, er hat eindeutig Filmstar-Qualitäten. Ob er wohl erwägen würde, sein Linguistikstudium an den Nagel zu hängen und nach Kalifornien zu ziehen? Wir könnten in Mrs. Duprees Apfelplantage wohnen, vorausgesetzt, sein erster Film bringt so viel ein, dass wir sie kaufen können.

»Sie sucht sich üble Kerle aus«, sagt er. »Hoffentlich machst du das nicht. Such dir einen guten Kerl aus, Sarah.«

Seine Taten werden immer mehr über ihn sagen als seine Worte. Abgehakt.

Es wären nur ein paar Jahre abzuwarten. Vielleicht nicht mal zehn. Ich bin schon ziemlich reif, und er ist schließlich noch kein richtiger Erwachsener mit einem Abschluss und einem echten Job. Er liefert bloß Pizza aus in einem klapprigen Toyota, altersmäßig sind wir also echt nicht so weit auseinander, wie es den Anschein hat.

»Okay«, sage ich. Das hört sich ganz richtig an.

»Meine Mutter ist wieder da, also, du weißt schon …«

Er lächelt und blickt in den blau-rosa Sonnenuntergang.

»Und wann gehst du zurück an die Wörterbuch-Uni?«

»Warum? Willst du mich schon loswerden?«

»Nein, ich will es nur wissen«, sage ich. Meine Reisepläne sind flexibel.

»Ja, klar. Es wäre komisch, wenn ich mich nicht verabschieden würde. Und ich erwarte einen Bericht von dir, der beinhaltet, dass du alle Bücher gelesen hast, die ich dir gegeben habe.«

»Klar.« Sie liegen schon auf meiner Kommode, in der Reihenfolge, in der ich sie lesen werde. *Und vergiss bloß nicht, mich mitzunehmen, wenn du wegfährst.*

»Sarah Nelson, du bist auf eine Weise bemerkenswert, die du noch nicht verstehst.«

Was würde ich jetzt für Papier und Bleistift geben. Ich könnte ihn sogar bitten, es aufzuschreiben, damit ich diese Zeile niemals vergesse. *Auf eine Art, die du noch nicht verstehst.*

Ich sage: »Werde ich dich jemals wiedersehen?«

»Also, nun mach's mal nicht so dramatisch.«

Vermutlich finden alle Männer, dass ich mich dramatisch anhöre. »Ich gehe auch weg.«

»Wirklich?«

»Ja.«

»Hat das was mit deiner Mutter zu tun?«

»Es hat immer was mit meiner Mutter zu tun.«

»Wir bleiben in Verbindung.«

In Verbindung bleiben reicht nicht. Das sind zwei Karten im Jahr und ein »zum Schwanzwedeln schöner« Geburtstagswunsch.

»Ich glaube, ich liebe dich.«

Nun, ich kann nicht fassen, dass diese Worte aus meinem Mund gekommen sind. Da ist sie, diese Andere, die meinen Mund, meine Lippen benutzt. Ohne meine Einwilligung. So ist das vielleicht, wenn man verrückt wird. Womöglich habe ich auch eine gespaltene Persönlichkeit. Dieser anderen Seite von mir hat es wohl Mut gemacht zu hören, wie die Leute über Mr. Duprees Leben geredet haben. Es bringt einen mehr denn je zum Nachdenken darüber, was die Leute über einen wissen sollten.

Sein Blick fällt auf den Betonboden, und das sagt mir alles, was ich wissen muss. Für ihn ist *Liebe* ein Problemwort.

Er sagt: »Eines Tages wirst du das verstehen, Sarah, aber du liebst mich nicht wirklich.«

»Weißt du was, eben hast du den einzigen Satz in unserer gesamten Sprache gesagt, den ich am meisten hasse«, sage ich. »Das ist linguistische Drückebergerei für Leute, die nicht wissen, was sie antworten sollen, oder die nicht antworten wollen. Ich verstehe sehr viel mehr, als dir bewusst ist.«

Er fährt sich mit einer Hand durch die Haare, ich hab mir vorgestellt, so was selbst mal zu machen, und mich gefragt, wie sich das wohl zwischen meinen Fingern anfühlen mag. Ich finde es wunderbar, wenn er das macht. Man weiß dann, dass er gleich was Gutes sagen wird.

»Du bist… einzigartig«, sagt er. »Einzigartig. Und da es offensichtlich ist, dass du viel weiser bist, als deine zwölf Jahre es vermuten lassen, werde ich mich nicht der linguistischen Drückebergerei hingeben. Es tut mir leid. Ich werde einfach sagen, dass ich mich geschmeichelt fühle und dass irgendein Junge irgendwann mal sehr viel Glück haben wird.«

Er spricht nicht weiter.

»Vampire und Sterbliche haben dasselbe Problem«, erkläre ich ihm. »Sie können ihre Gefühle nicht ändern, sondern sie nur fühlen und einander dabei ansehen.«

»Vergleichst du mich gerade mit einem Vampir?«, will er wissen. Ich habe dieses Argument nicht besonders gründlich durchdacht. Ehrlich gesagt, habe ich es mir gerade eben aus dem Ärmel geschüttelt. Natürlich ist er der Vampir, aber das werde ich nicht verraten, wenn es ihn beleidigt, in dieser Beziehung der Gefährliche zu sein.

»Darum geht es nicht«, sage ich.

Er soll verstehen, dass er nicht mehr tun muss, als meine Gefühle für sich zu behalten. Niemals jemandem davon zu erzählen. Sie einfach in seinen Händen ruhen zu lassen, bis ich sie wieder abholen kann, aber nein, er kann meinem Gedankengang nicht folgen. Ich würde gern sagen, wie ich mir vorgestellt habe, ihn zu küssen, von ihm zurückgeküsst zu werden. Ich sehe mich zu Lisa sagen: »Oh, wen hast du im Ferienlager kennengelernt? Tatsächlich? Tja, ich habe einen Linguistikstudenten kennengelernt. Neunzehn Jahre alt. Er hat mich geküsst, und dann bin ich auf meine Reise gegangen. Das war der Sommer meiner Träume.«

Und ich setze gerade zu dem intelligentesten Kommentar meines Lebens an, als Ihr-wisst-schon-wer meine Chancen vernichtet. Mein Dad hat so ein Talent, mein Leben zu ruinieren. Man sollte ihm einen Preis verleihen.

»Da bist du ja. Hallo, Finn.« Er hat grünen Wackelpudding im Mundwinkel, aber glaubt ihr etwa, das erzähle ich ihm? Nein.

»Finn hat eben angeboten, mich nach Hause zu fahren«, sage ich. »Ist das in Ordnung?« Ich komme mir mächtig kühn vor. Wenn ich morgen sterbe, werden sie auf meiner Beerdigung wispern: Sie war eine, die wusste, was sie wollte, und war es nicht ein Glück, dass sie einmal geküsst worden ist?

Wahrhaft geküsst.

»Wenn es dir nichts ausmacht, Finn.«

»Er wollte sowieso nach Hause.« Ich spüre das ganze Ausmaß meiner Lügen. Sie umfangen mich von Kopf bis Fuß.

»Na dann, okay.« Er gibt mir einen Kuss auf den Scheitel und das ist einfach nur peinlich vor meinem in meiner Vorstellung zukünftigen Freund.

Ich mache einen Schritt auf Finn zu, sage ihm, dass ich so weit bin. Seinen Gesichtsausdruck kann ich nicht ganz klar deuten, aber ich weiß, dass er nicht Nein sagen wird. Er nimmt mich mit.

In Finns Toyota ist es auf ordentliche Weise unordentlich. Papierstapel auf dem Boden. Zwei Taschen voller Bücher auf dem Rücksitz. Halbleere Wasserflaschen in den Becherhaltern. Man kann sein Rasierwasser riechen. Er legt seinen Hut auf das Armaturenbrett und steckt den Schlüssel ins Zündschloss. Das Radio ist auf einen Countrysender eingestellt, der Sänger singt was von abgewetzten Jeans und einem gebrochenen Herzen. Ich hoffe, der Moderator nennt den Titel des Songs. Ich muss ihn haben.

Ich betrachte Finns Profil, so sehe ich ihn mir am liebsten an. Das Sonnenlicht ist völlig verschwunden. Der Mond geht auf und wirkt so groß wie eine Kuchenplatte. Wenn ich mein Leben lang von dieser Szene geträumt hätte, von diesem Song, diesem Kleid, diesem Hut, diesem Typen … eine bessere Kulisse als diese hätte ich mir nicht ausdenken können.

Ich lege die Hände in meinen Schoß. Ich glaube, ich habe alle notwendigen Zutaten, um es geschehen zu lassen, diesen Traum wahr werden zu lassen. Das ist etwas nur für mich, will ich ihm sagen. Etwas, das ein Mädchen für immer im Kopf behalten kann. Sag es einfach, Sarah. Sag es. Du bist jetzt eine Frau. Du solltest in der Lage sein, solche Sachen zu sagen.

Einmal tief durchatmen. Vor einer roten Ampel bremst er ab. Wir sind einen Straßenzug von zu Hause entfernt. Ich überlege, wie ich es sagen soll: *Von dir will ich meinen ersten richtigen Kuss, aber nicht nur, weil es ein Kuss ist, sondern weil du es bist, Finn Reynolds. Ich habe gelesen, dass es wichtig ist, beim ersten Kuss die Wahl mit Bedacht zu treffen. Er wird das Maß aller künftigen Küsse sein.*

»Sag mal, ist das, was ich gerade anhabe, okay für ein Date?«

»Was?« Damit kann er doch nicht das meinen, was ich glaube?!

»Dieses Mädchen, von dem ich gesprochen habe«, sagt er. »Das wird heute unser erstes Date. Sollte ich mich umziehen?«

»Nein«, sage ich, leise wie eine Maus. »Ist gut so.« Nichts ist gut.

Ich will meine Worte aus der Luft schnappen, alles zurücknehmen, was ich je zu Finn gesagt habe, und meine Gedanken neu arrangieren, damit ich mich schlau anhöre und er mich mag. Warum habe ich meine Argumente nicht geradeheraus auf den Tisch gelegt und ihn dann gefragt? Warum habe ich nicht an den Teil von ihm appelliert, der ein Gewinner sein will, und ihm gesagt, dass ich diesen Wettstreit mit Lisa gewinnen muss, dass *ich* jetzt dran bin, geküsst zu werden, dass das nicht irgendeiner machen kann, weil ein Mädchen sich immer daran erinnern wird, bis sie vierzig und steinalt ist.

»Ich glaube, ich würde jetzt gern zu Fuß weitergehen«, sage ich. »Hältst du an?«

Er fährt rechts ran, lässt den Motor laufen. Der Schein des Mondlichts lässt uns gesund und schön aussehen. Man könnte auf die Idee kommen, dass ich deswegen weniger traurig wäre, aber nein, dem ist nicht so. Ich bin die leibhaftige Definition von Traurigkeit.

»Sarah, es tut mir leid.« Warum hört sich das so viel schöner an, wenn er das sagt? Ich weiß es nicht. *Sarah.* Von seinen Lippen klingt mein Name wie ein Kompliment.

»Danke fürs Mitnehmen«, sage ich.

Jetzt zeigt er einen Gesichtsausdruck, der nicht zu seinen Standard-Gesichtsausdrücken zählt.

»Ich hoffe, wir sind immer noch Freunde«, sagt er.

»An deiner Stelle würde ich das Hemd wechseln«, sage ich. »Du willst doch nicht nach Auflauf riechen. Und setz den Hut nicht auf.« Das ist alles, was ich dazu sagen kann.

Mit purer Willenskraft bringe ich meine Hand dazu, den Griff dieser blöden alten Autotür runterzudrücken, bis sie aufgeht. Peng! Die Tür ist wieder zu, der Knall von Metall auf Metall entspricht dem Schrei, den ich jetzt gern von mir gegeben hätte, aber nein, das geht nicht. Ich kann ihn nicht meine Tränen sehen lassen. Meinen Schmerz darüber, dass ich ihm all meine Geheimnisse erzählt habe. *Jedes einzelne.* Das Wort *unersprießlich* umschwirrt mich.

Mein Gesicht ist tränenüberströmt. Sie sollen sich zurückhalten, bis ich zu Hause bin, habe ich ihnen gesagt, aber sie kommen ungewollt. Ich wünschte, ich könnte uns beide aus der Ferne sehen. Ihn in seinem Auto. Mich mit meinem Pillbox-Hut.

Ich gehe den Bürgersteig entlang, höre das Klackern meiner Schuhe, starre den Vollmond an, der mich leitet.

Zu Hause sehe ich ein verschmiertes Mädchen im Badezimmerspiegel, die Wimperntusche total verlaufen und verrutscht. Das Gesicht rot und voller Verzweiflung. Sie flüstert: *Hallo, gebrochenes Herz. Mein Name ist Sarah.*

Vollständig angezogen liege ich auf meinem rosa Bett, Tränen rinnen aus meinen Augen, sammeln sich in den Ohren. Ich stelle mir vor, dass ich meine Liebe zu Finn wie ein Lieblingsshirt in die Kommodenschublade lege und es ganz nach hinten schiebe. Dann vergesse ich, dass es existiert, bis es nicht mehr passt. In tausend Jahren nehme ich es dann raus und sage: »Oh ja, an dich erinnere ich mich. Ich mochte dich mal richtig gern, aber jetzt bist du überhaupt nicht mehr mein Stil.«

Lieber Atticus,
zunächst möchte ich sagen, dass ich niemals mit einem Jungen gehen werde, der dein Buch nicht gelesen hat. Ich werde sie fragen, und wenn sie Nein sagen, können sie gleich weiterziehen. Die sind dann nicht der Eine für mich, da können sie noch so süß sein. So was könnte eine gute Methode sein, um die Hirnlosen im Vornherein auszusortieren, findest du das nicht auch? Aber weißt du was, es gibt einen Jungen, den ich liebe, der dein Buch gelesen hat, und ich kann einfach nicht über ihn sprechen. Ich versuche, stark zu sein und nicht zu weinen. Und jetzt sollte ich lieber das Thema wechseln, weil er mich zum Weinen bringen könnte, und vor dir möchte ich nicht weinen.
Also, neues Thema.
Jetzt denke ich gerade daran, wie du deinen Sohn Jem seine Probleme lösen lässt, nachdem er die Blumen von Mrs. Dubose vernich-

tet hat. Für die Konsequenzen hast du ihn allein geradestehen lassen. Ich weiß also, du würdest mir sagen, ich soll dasselbe tun. Ich muss den beängstigenden Dingen in meinem Leben ins Auge schauen, kurz gesagt: meiner Mutter. Meine Mutter. Puh. Wenn ich dich jemals stolz machen will, muss ich sie besuchen. Ich möchte so gern deinem Rat folgen und in die Haut von jemand anderem schlüpfen, in seinen Schuhen herumlaufen und versuchen, ihn zu verstehen. Was ich sagen will, ist, warum müssen andere nicht versuchen, die Dinge so zu sehen wie ich? Ich vermute, ich weiß, was du sagen würdest. Du kannst andere nicht ändern. Du musst mit deinen eigenen Entscheidungen leben.

Wenn wir auf deiner Veranda reden würden, würdest du wahrscheinlich gar nichts zu mir sagen. Du würdest dir nur die Brille auf der Nase hochschieben und mich ansehen.

Ich weiß, was ich zu tun habe, Atticus. Warum ist das Richtige zu tun bloß so schwer?

Fürs Erste habe ich die Seite mit deiner Definition von Mut aus deinem Buch gerissen. Ich bin ohnehin schon geliefert, aber ich mache es trotzdem. Ich werde diese Seite mitnehmen und sie wieder einkleben, wenn ich zurückkomme.

Dies könnte also für einige Zeit mein letzter Brief gewesen sein. Bitte vergiss mich nicht.

Ich bin sowieso schon verrückt, weil ich so viel

an dich schreibe. Sogar Mr. Wistler würde da zustimmen. Wenn es überhaupt Hoffnung für mich geben kann, sollte ich anfangen, echten Menschen aus Fleisch und Blut zu schreiben. Aber ich kann dich nicht aufgeben.
Danke, dass du mir zuhörst.

Für immer deine Freundin,
Sarah

Liebe Nelle Harper Lee,
mein Name ist Sarah Nelson. Ich bin zwölf und ich habe Ihr Buch dreimal gelesen. Ich wollte, dass Sie wissen, wie sehr ich es mag, wie sehr ich besonders Atticus Finch mag. Sie halten mich vielleicht für verrückt, aber ich hatte das Gefühl, er ist einfach aus den Seiten gestiegen und real. Er ist so ein grundehrlicher Mensch. Niemand sonst kämpft so wie er für die gerechte Sache. Ich habe das Gefühl, ich kenne ihn. Nicht jeder Autor schafft so was, das kann ich Ihnen sagen. Ich habe tatsächlich Briefe an ihn geschrieben, aber gestern Abend ist mir klar geworden, dass diese Briefe in Wirklichkeit Briefe an Sie sind. Sie haben ihm schließlich Leben eingehaucht. Ich habe eine Menge Fragen an Sie. Auf meinem Computer habe ich ein paar Artikel über Sie gelesen, ich weiß also, dass

Sie nicht jeden auf Ihre Veranda lassen, um ein Schwätzchen zu halten. Ich werde einfach diesen Brief schreiben müssen – und sehen, was dann weiter passiert.
Sie sollten gleich wissen, dass ich genau wie jeder andere neugierige Mensch auf der Welt bin, der sich unheimlich für Ihr Leben interessiert. Keine Ahnung, ob die Geschichten über Ihr Leben alle wahr sind, aber hauptsächlich würde ich gern über Ihre Familie reden. Es sieht so aus, als ob unsere Mütter ein paar Dinge an sich haben, die sie von solch anderen Müttern unterscheiden, die tausend Keksausstechformen besitzen und Schulbrotdosen mit herzförmigen Broten und kleinen Zetteln darin vorbereiten. Dabei werde ich es belassen, denn ich will Sie nicht aufregen, erst recht nicht, wenn nichts dran sein sollte an diesen Gerüchten.
Falls es Sie interessiert: Meine Nachbarin Mrs. Dupree hat mir ihr ganz persönliches gebundenes Exemplar Ihres Buches geschenkt, in dem Ihre Unterschrift ist. Ich habe Mrs. Dupree versprochen, sehr gut auf dieses Buch achtzugeben. Wenn in meinem Haus ein Feuer ausbrechen sollte, werde ich Ihr Buch und meine Pflanze retten. Oh, damit bin ich schon bei einer anderen Frage, die ich für Sie habe, und zwar: Warum haben die Tiere in Ihrem Buch alle Vor- und Nachnamen? Ich glaube, das könnte

ich vielleicht in Alabama selbst herausfinden, ohne Sie irgendwie zu belästigen. Ich könnte eine Umfrage auf der Straße durchführen und die Leute fragen, wie ihre Haustiere heißen. Ich halte das für eine gute Idee, und wenn ich mal ein Haustier habe, werde ich ihm auch einen Vor- und einen Nachnamen geben.
Die letzte Sache, die ich wissen möchte, ist ziemlich persönlich. Hoffentlich macht das nichts, aber wahrscheinlich lesen Sie diesen Brief sowieso nicht, also schreibe ich einfach alles, was ich wissen will. Ich frage mich, warum Sie wohl nie geheiratet haben. Wenn Sie so sind wie ich, dann lag es daran, dass es nur einen richtigen Menschen in Ihrem Leben gegeben hat, und so gut wie dieser war sonst niemand. Bei mir ist das der Fall. Wenn es nicht dieser Mensch sein kann, werde ich niemals jemanden heiraten. Und so wird es kommen, denn er denkt, dass ich nur ein kleines Mädchen bin, was ich aber nicht immer sein werde. Warum kann er das nur nicht begreifen? In Ihrer Biografie habe ich auch noch gelesen, dass Sie einen Vater wie Atticus gehabt haben. Wenn Sie so einen Vater hatten, ist vermutlich jeder andere Mensch nur ein armseliger Ersatz dagegen, und deshalb konnten Sie einen Ehemann nicht gebrauchen. Das verstehe ich total.
Ich glaube, das ist alles, was ich im Augenblick

zu sagen habe, außer: Danke noch mal, dass Sie dieses Buch geschrieben haben. Es ist mein Lieblingsbuch und wird für alle Zeiten mein Lieblingsbuch bleiben. Hauptsächlich danke ich Ihnen für Atticus. Ich werde ihn nie vergessen, so lange ich lebe.

Mit freundlichen Grüßen
Sarah Nelson

30. Kapitel

Drei Handbreit tief habe ich das Loch gegraben. Mit der Gabel durch das dichte, trockene Gras zu kommen, klappte nicht auf Anhieb, aber schließlich habe ich es geschafft. Dann habe ich einen Servierlöffel benutzt, um die Erde rauszuschaufeln. Die Chancen stehen gut, dass dieser Platz Wasser vom Rasensprenger unseres Nachbarn abkriegt, aber sicher kann ich da nicht sein. Es ist schon schwer genug, Pflanze zurückzulassen, aber mir vorzustellen, wie sie welkt und stirbt, kann ich nicht ertragen. Mitnehmen kann ich sie nicht, denn nach dem, was ich online gelesen habe, lassen die sie vielleicht nicht im Bus mitfahren. Und einen Zettel mit *Bitte Pflanze gießen* kann ich auch nicht hinlegen. Als ich letzten Sommer weg war, hat sie auf dem Küchentisch gestanden und ist fast an Vernachlässigung zugrunde gegangen. Jeden Tag ist er direkt an ihr vorbeigegangen, ohne ihren offensichtlichen Durst zu bemerken.

Ich habe sie in das Loch gestellt und die lockere

Erde um ihren Wurzelstock herum festgedrückt. Dann noch Wasser über den Boden. Das wird sie für eine Weile am Leben halten. Ich knie mich neben ihren neuen Platz in der Welt und strenge mich gewaltig an, nicht zu weinen. Ich erzähle ihr, welche tollen Sachen sie von hier aus sehen kann. Den Postboten. *Sanchez' Rasenservice*. Kleine Kinder auf ihren Fahrrädern. Das kleine Mädchen mit den weißen Sandalen.

Gabel und Löffel werfe ich in unsere Büsche, um das Beweismaterial zu verstecken, und die Hände wasche ich mir unterm Gartenschlauch. Der Dreck unter meinen Fingernägeln will sich nicht lösen, aber darüber mache ich mir später Gedanken. Ich muss die nächsten Schritte meines Planes ausführen. Zuerst werde ich zur Übung mit dem Stadtbus fahren, und dann kaufe ich mir eine Fahrkarte für den richtigen Bus, wenn sich die Gelegenheit ergibt. In Krimis ebenso wie im wahren Leben weiß man nie, wann man am Zug ist, man muss also stets bereit sein. Ich habe Charlotte gebeten, noch mal mit mir zum *Vikon El Bazaar* zu fahren, und ihr erzählt, dass ich noch einen Hut haben will. Sie ist Feuer und Flamme, denn sie will, wie sollte es anders sein, noch mehr Schuhe. Außerdem habe ich vor, mir mit ihrer Hilfe einen falschen Ausweis zu besorgen. Ich brauche einen, auf dem steht, dass ich mindestens vierzehn bin, denn das ist das Alter, mit dem man allein mit einem *Greyhound*-Fernbus fahren darf. Wenn ich den Ausweis erst habe, müsste es ganz leicht sein, so zu tun, als wäre ich zwei Jahre älter, vielleicht sogar drei, wenn ich die Wimperntusche perfekt auftrage.

Der nächste Schritt ist, meinem Dad zu sagen, dass ich zwei Nächte bei Charlotte verbringe, damit wir jede Menge Mädchensachen machen können, und dann kann ich ihm vorschlagen, die Zeit doch zu nutzen und vielleicht mal mit PBroom auszugehen.

Mein Plan funktioniert.

Mit meinem Portemonnaie voll Geld, meiner Reisetasche voller Klamotten, meinem echten Tagebuch und Harper Lees Buch überquere ich die Sackgasse. Ich rede mir ein, dass es keine richtige Lüge war. Es war eine Notlüge, so wie die, die Dad meiner Mutter über Liebe erzählt hat. Die sanfte, gut gemeinte Art von Liebe. Weil ich meinen ganzen Plan aufgeschrieben hab und wusste, dass Charlotte niemals mit Absicht Bus fahren würde, musste ich was kleines bisschen Schlimmes tun. Eigentlich war es sogar ein richtiges Verbrechen. Ich hab die ganze Luft aus Finns Reifen gelassen, sodass er mit Charlottes Auto zur Arbeit fahren musste. Ihr hättet den deprimierenden Anblick, den sein Auto vor seinem Haus abgab, sehen sollen.

Und da ich nun sowieso schon kriminell geworden war, habe ich beschlossen, die Topfpflanze zu kidnappen, die diese Leute da immer wieder auf ihren Baumstumpf stellen. Ich habe sie, mit einem Zettel versehen, auf Mrs. Duprees Veranda gestellt. Sie wird für sie sorgen.

Als wir an der Bushaltestelle ankommen, sitzt da ein alter Mann mit einer braunen Einkaufstasche. Er sieht aus, als ob ihm furchtbar heiß ist, und ich würde gern was für ihn tun. Aber was? Er muss irgendwohin und ich auch. Und ich kann ja nicht den Wind anknipsen. Als der Bus dann vor uns hält, lässt er Charlotte und mich zuerst einsteigen. Mir rieselt ein kleiner Schauer den Rücken runter, als ich die Stufen hochsteige und den Blick über die Sitze schweifen lasse. Die meisten Fahrgäste sind allein unterwegs, die Gesichter sind zu den Fenstern gedreht, man kann also den Ausdruck in ihren Augen nicht sehen, es sei denn, man starrt das schmuddelige Spiegelbild im Fenster an. Aber nein, das mache ich heute nicht. Ich bin nicht in der Stimmung, mit irgendjemandem zu reden, außer mit Charlotte. Wir müssen inkognito bleiben. *Inkognito* ist eines meiner absoluten Lieblingswörter, weil es ein Substantiv oder ein Adverb sein kann. Mr. Oberschlau Eines-Tages-wirst-du-es-verstehen weiß das wahrscheinlich nicht mal.

Sobald der Bus anfährt, erzähle ich Charlotte ganz beiläufig, dass ich vorhabe, mir einen falschen Ausweis zu besorgen.

»Mit Sicherheit ist so was das Einzige, das Lisa nicht hat«, sage ich.

»Das ist gut. So was wird sie sicher nicht haben«, sagt Charlotte und blickt aus dem Fenster.

Auf der Rückfahrt vom Flohmarkt schaue ich auf meinen brandneuen falschen Ausweis. Ein Glück, dass ich bald zum Friseur muss. Mein langer Pony kaschiert viel von meinem Alter. Ich trage meine neue Wimperntusche. Und ich hab überhaupt nicht gelächelt, ich könnte also glatt für fünfzehn durchgehen.

Dad ruft mich auf dem Handy an und ich gebe mir Mühe, trotz all meiner Verbrechen ganz entspannt und völlig unschuldig zu klingen.

»Nein. Nein, es ist ganz toll. Wir machen einfach Mädchensachen, du weißt schon. Reden über BHs und Schuhe.« Ich wimmle ihn ab, indem ich genau die richtigen Einzelheiten nenne.

Aber was soll ich sagen. Die Dinge nehmen einen anderen Lauf und mein Plan löst sich in Luft auf. Es führt kein Weg daran vorbei, wie man so sagt. Opa ist gestürzt und hat sich die Hüfte gebrochen. Er ist im Krankenhaus. Wir fahren morgen nach Houston und greifen Oma unter die Arme.

Ich soll einfach heute Nachmittag wieder nach Hause kommen, bittet Dad.

»Morgen, Kleine«, sagt Dad. Ich bin am Computer, versuche mir einen neuen Busplan zu besorgen und könnte jeden Moment auffliegen.

Ich drehe mich um und sehe, wie er mich beobachtet. Er hat seinen *Bester-Dad*-Kaffeebecher in der Hand. Ha-ha! Wenn das kein Witz ist. Warum der bei all unseren Umzügen nicht kaputt gegangen ist, weiß ich auch nicht.

Ich fühle mich ertappt. Eine magische Seilwinde, die mich durchs Dach retten kann, ist nicht vorhanden. Die Beweise sind offen auf dem Computer. Mir wird schwindelig und ich setze mich vorsichtig auf den Computerstuhl.

»Ich schicke nur eine Mail an Lisa. Sie ist immer noch im Ferienlager«, lüge ich. Er schluckt es, denn er nickt und nippt an seinem Kaffee, während ich das Browserfenster schließe.

»Pack jetzt lieber mal deine Tasche.«

Meine Tasche ist schon gepackt, nur aus einem anderen Grund.

»Ist alles okay mit Opa?«

»Das wird schon.«

»Wie lange bleiben wir da?«

»So lange er uns braucht, würde ich sagen.«

Und hier bin ich nun, und fahre eine Autobahn entlang, dieselbe, die ich auch hätte nehmen müssen, um zu meiner Tante zu kommen. Mittlerweile hätte ich schon die Hälfte der Strecke hinter mir gehabt. Die Wahrheit über Harper Lees Leben zu ergründen, wäre das Erste gewesen, das wir gemacht hätten. Recherche stand ganz oben auf meiner Liste. Tante Mariah würde schon wissen, wie man so was anstellt. Aber nein, für mich gibt es kein Abenteuer. In Dads Auto sind die Fenster geschlossen, die Klimaanlage läuft auf vollen Touren, und das Radio ist auf einen Talk-Sender eingestellt, in dem ein Moderator total versessen darauf ist, die Zuhörer genauso wütend zu machen, wie er selbst schon ist. Die Kopfhörerkabel meines iPods baumeln an mir runter, die Füße habe ich aufs Armaturenbrett gelegt, ich lasse mich tief in den Sitz rutschen. Das hier ist ein Marsch Richtung Traurigkeit. Am anderen Ende wartet nichts Aufregendes.

Musikhören wird mir zu langweilig, sogar die beiden Songs von Finn, und ich nehme *Wer die Nachtigall stört* zur Hand. Ich bitte Atticus, mir was Neues und Weises zu erzählen. Wenn das nicht so eine besondere Buchausgabe wäre, würde ich Sätze mit meinem gelben Marker anstreichen. Ich warte auf den Tag, an dem es sich anfühlt wie mein eigenes Exemplar, so als ob es nur mir geschenkt worden wäre. Dann kann ich sie Nelle nennen, so wie ihre Freunde das tun. In ihrer Biografie steht, dass Nelle Ellen rückwärts buchstabiert ist. Ellen war der Name ihrer Großmutter. Da stellt sich doch die Frage, ob ihre Mutter von ihr erwartet hat, das Gegenteil von ihrer eigenen Mutter zu sein.

Irgendwo auf dem Weg bin ich eingeschlafen, und jetzt wache ich auf und höre, wie unser Auto über Schotter fährt. Ich reibe mir die Augen und schaue aus dem Fenster. Ich sehe ein *Dairy Queen*, und Dad weiß, dass das mein Lieblingsrestaurant ist. Garland hat ja nicht viel zu bieten, aber wenigstens hat es ein *Dairy Queen*. Ich schlüpfe in meine Flipflops und steige aus dem Auto.

»Das hier, das macht dich glücklich, oder?«, fragt Dad.

»Warum? Was?«

»So ein Lächeln habe ich bei dir schon lange nicht mehr gesehen.« Na ja, sie haben dort den *Belt Buster,* und da ich schon mal hier bin, wird mir klar, wie dringend ich einen Cheeseburger brauche.

Wir setzen uns in eine Nische am Fenster, eine winzige weiße Vase mit einer einsamen Blume ist alles, was es an Dekoration gibt. Auf dem Tisch liegt eine rot-weiß karierte Vinyltischdecke, eine von denen, die man auch zu einem Picknick mitnehmen könnte. Dad geht auf die Herrentoilette, und ich schaue mich im Lokal um, sehe nur ein paar Leute.

An einem Tisch isst eine Familie: Mutter, Vater, zwei Kleinkinder, die nicht still sitzen bleiben wollen. Eis tropft ihnen vom Kinn, und ihre Mutter langt rüber, nimmt eins beim Arm und wischt ihm das Gesicht ab.

Es ist Mittag. Nach dem Gottesdienst kommen langsam mehr Leute, bestellen ihre Cheeseburger und ihr Eis am Stiel. Anders als ich werden sie nach Hause fahren, um sich in die Sonne zu legen oder Filme zu gucken. Sie werden einen ganz einfachen, unkomplizierten Sonntag verbringen, und darauf bin ich so neidisch, dass ich kotzen könnte. Ich werde Krankenhausessen kriegen, Oma wird an meinen Haaren rumfummeln und wünschen, dass ihre Hände Wäsche falten, nähen oder was zerhacken könnten. Jetzt, da ich drüber nachdenke… Mrs. Dupree war am glücklichsten, wenn sie Äpfel klein schneiden konnte. Und meine Mutter hat ihre Hände damit beschäftigt, Papiervögel zu falten. Vielleicht ist das die Art Ratschlag für alte Frauen, die man in Zeitschriften wie *Die moderne Hausfrau* bekommt. Ich könnte einen Artikel schreiben. Drei Arten, wie Sie Ihre Hände immer in Bewegung halten. Wenn ich uralt und siebzig bin, werden meine Hände immer mit Schreiben beschäftigt sein, das kann ich euch sagen.

Dad bringt unser Essen, stellt es auf das rot-weiße Tischtuch.

»Du hast es schön gehabt mit Charlotte. Und du hast Mrs. Dupree so sehr geholfen. Und viel gelesen hast du auch. Ich sollte dir was Besonderes schenken, weil du so lieb warst«, sagt er.

Ich bin nicht lieb. Ich hab versucht, mit einem Jungen rumzumachen und aus der Stadt abzuhauen. Und dann sind meine Fingerabdrücke natürlich auch noch überall auf der gestohlenen Topfblume auf Mrs. Duprees Veranda.

»Du hast mir gar nichts von deinem Date mit Miss Broom erzählt«, sage ich, um das Thema zu wechseln.

»Interessiert dich das wirklich?«

»Ja. Spuck's aus.«

»Spucken? Und ich dachte, Finn würde dich zu einem kultivierteren Umgang mit Sprache inspirieren.«

Wen interessiert schon, welche Worte Finn wählen würde? Aber in meinem Kopf springt sofort der Suchlauf an. *Erzählen. Enthüllen. Mitteilen. Informieren. Preisgeben.*

Ich werde das einzige wandelnde Synonymlexikon der siebten Klasse sein. Vielleicht kann man damit eines Tages seinen Lebensunterhalt verdienen.

»Offenbare alles.«

»Geht doch. Es war nett. Sie ist witzig. Freundlich.«

»Habt ihr euch geküsst?«, frage ich. Er lächelt.

Dann, nach einer Weile, sagt er: »Nein, haben wir nicht.«

»Und warum nicht?«

»Wir sind nur zwischen zwei Kursen zusammen Mittagessen gegangen.«

»Hast du ihr im Restaurant die Tür aufgehalten?«

»Ich werde also verhört?«

»Sorry.«

»Okay, Inspektor Nelson. Ich habe im Restaurant die Tür für sie aufgehalten. Wir haben in einer roten Nische gesessen. Ich glaube, als wir wieder nach draußen kamen, hat ein Vogel in einem Baum gezwitschert. Vielleicht ein Blauhäher. Vielleicht auch ein für Garland typischer brauner Vogel. Ja, so einer muss es gewesen sein. Ihr Parfum duftete blumig. Ich habe das gestreifte graue Hemd getragen, das du mir geschenkt hast. Es sah recht gut aus. Nicht zu viel Rasierwasser aufgetragen, wie du mir schon vielmals geraten hast. Sie hatte Jeans an und eine braune Bluse mit so kleinen Goldknöpfen am Hals. Und sie mag alte Schwarz-Weiß-Filme und dieselbe Art Musik, die mir gefällt.«

»Na, da ist sie aber die Einzige«, sage ich.

Er muss sie mögen. So viel hat er mir bisher nur einmal erzählt – und zwar über diese grauenhafte Deidre.

»Oh, und wir haben uns noch mal verabredet«, sagt er. »Zu einem richtigen Date.«

»Geh nicht mit ihr ins Kino.«

»Warum nicht ins Kino?«

»Wenn es schnulzig ist, wird es ihr peinlich sein, und wenn es ein Actionfilm ist, wird es dir peinlich sein. Abendessen ist besser.«

»Du weißt Bescheid, oder?«

»Ich bin aufmerksam. Und zieh nicht dieses Hemd an, das du für einen Dollar gekauft hast.« Wenn Hemden einen Beliebtheitswettbewerb veranstalten würden, würde dieses Hemd ausgebuht. So furchtbar ist es. Trotzdem hält er sich jedes Mal, wenn er es anzieht, für genial, weil er nur einen Dollar dafür ausgegeben hat. Na ja, man kriegt, wofür man bezahlt.

»Danke für den Tipp«, sagt er.

Er könnte sie zu uns zum Essen einladen und ich könnte ihnen King-Ranch-Auflauf machen. Andererseits, vielleicht lieber doch nicht. Bei Charlotte und Christopher hat es nicht funktioniert. Manchmal passen die Zutaten nicht so zusammen, wie man gedacht hat, und am Ende geht man dann allein in einem kleinen schwarzen Kleid durch Garland.

31. Kapitel

Wenn Leute plötzlich eine Hand vor den Mund nehmen, weiß man, dass etwas Schlimmes passiert ist. Das sieht man immer wieder in Krimis und Western. Polizisten in Uniform klingeln an einer Tür, und *Wumm!* die Hand der Frau, die die Fliegengittertür öffnet, geht zum Mund. Der Sheriff reitet raus zu einer Farm, wo eine Frau Wäsche auf die Leine hängt, und *Zack!* sie erstickt alle Geräusche mit der Handfläche. Jemand ist gestorben und niemand muss irgendwas sagen. Es ist das universelle Zeichen für Schmerz.

Dad hat jetzt seine Hand vor dem Mund. Er ist über den ganzen Friedhof gegangen, an dreißig oder vierzig Grabsteinen vorbei, ehe der Schmerz ihn gefunden hat.

Ich würde sonst was geben, um zu erfahren, was er denkt, wenn er auf Simons Grabstein guckt. Ob er sich fragt, wie es wohl wäre, einen Sohn anstelle einer Tochter aufzuziehen? Warum ich überlebt habe und nicht Simon? Ob er wohl so fühlt wie Finns Mutter?

Denkt er an meine Mutter, wenn er mich ansieht? Aus Respekt nehme ich selbst die Hand vor den Mund, dann lege ich blaue und weiße Nelken vor Simons Grabstein.

Ich lasse meine Hand in die von Dad gleiten und drücke sie ganz fest. Da, hinter seinen Augen tobt dieser Sturm. Die Chancen, dass *Jim Beam* und *Dr Pepper* später noch zusammenfinden, stehen bei hundert Prozent. Im Kofferraum ist eine Flasche, das weiß ich. Er hat schon ersetzt, was Pflanze zu Hause getrunken hat. Es war hinter seinem Schuhfach, und hätte er nicht wissen können, dass ich es da sehe? Schließlich lässt er seine Schuhe überall rumliegen, und ich bin diejenige, die sie wieder in den Schrank stellt. War auch egal. Wir hatten sowieso keinen Apfelsaft mehr.

Schweigend standen wir da, jeder in seine eigenen Gedanken versunken, an Simon und wie das Leben hätte sein sollen. Ich hatte das Gefühl, das wäre die Gelegenheit für ein schönes Gespräch. Vielleicht würde der Damm etwas weiter brechen und ich könnte ihm noch ein paar Fragen mehr über meine Mutter unterschieben. Mein Gehirn verfasste schon eine Liste auf mentalem Papier. Erstens … zweitens … drittens.

Vielleicht wäre daraus etwas geworden, wenn uns nicht eine neugierige Reporterin aufgelauert hätte.

Folgendes ist passiert:

Er hatte gesagt: »Mit Opa wird schon alles wieder gut. Komm, wir besuchen Simon, bevor wir zu Oma fahren.«

Na, wir hätten erst zu Omas Haus fahren und die Nachrichten gucken sollen, denn da kam was über das, was vor zehn Jahren passiert war, nämlich die Tat meiner Mutter. Keine Ahnung, warum Leute das in die Nachrichten bringen. Schließlich ist heute kein historisches Datum, das man im Geschichtsunterricht auswendig lernen muss.

Eine hübsche Frau in einem schwarzen Anzug mit einem Leopardenmuster-Stirnband kam auf Dad zugerannt. »Mr. Nelson. Tut mir leid, Sie zu stören, aber dürfte ich Ihnen ein paar Fragen stellen?«

Ihre Begrüßung machte alles nur noch schlimmer. Sogar ich konnte sehen, dass es ihr nicht leidtat zu stören.

»Besuchen Sie Ihre Ex-Frau? Wie geht es Ihrer Tochter? Steht sie ihrer Mutter nahe? Bitte, das wird ein würdiges Exklusiv-Interview. Warum haben Sie nie jemandem die Geschichte aus Ihrer Sicht erzählt?«

Keine Ahnung, wie sie auf den Friedhof kam. Hatte sie vielleicht da auf der Lauer gelegen und gehofft, wir würden auftauchen? Wusste sie, dass Simons Grab einer der Gründe war, aus denen Dad es nicht über sich bringen konnte, aus Texas wegzuziehen?

Sie haben den Falschen erwischt. Dieser Satz war eigentlich mit Schimpfwörtern gespickt, was irgendwie sinnlos war, denn wir standen an Simons Grab, und wer sollten wir sonst sein?

Ein greller Blitz von einer Kamera traf mein Gesicht. Jetzt wird es irgendwo ein idiotisches Bild von mir geben. Dad packte mich am Arm und zerrte mich mit sich. Ich riss mich los und rannte zurück zu Simon, wo ich eine Seite aus Harper Lees Roman unter die Blumen stopfte. Eigentlich hatte ich vorgehabt, sie ihm vorzulesen, aber jetzt hatte diese Frau alles verdorben.

Dads Wut brachte auch ihn dazu, ein Verbrechen zu begehen, denn wie die Bösen, die von den Bullen verfolgt werden, rasten wir die ganze Strecke bis zum Haus meiner Großeltern mit Höchstgeschwindigkeit. Ich klammerte mich am Türgriff fest und wünschte, wir wären zu Hause geblieben. Das war eine schlechte Woche für die ganze Familie Nelson gewesen, dachte ich.

So sollte meine Oma ihn nicht sehen. Sie hatte genug Sorgen mit Opa im Krankenhaus. Zum Glück schafften wir es, heil anzukommen. Niemand war uns gefolgt.

Natürlich konnte ich nur lauschen und meine Gedanken in mein echtes Tagebuch schreiben, als sie über Opa und das, was passiert war, redeten. Ich schrieb, dass man doch denken könnte, die Leute würden sich mal originellere Fragen ausdenken. Aber nein, machen sie nicht. Sie stellen immer dieselbe Frage wie ein Englischlehrer in der sechsten Klasse, bloß lassen sie dabei einen großen Kerl eine Videokamera halten, schieben dir ein Mikrofon unter die Nase und sagen: »Erzählen Sie uns doch mit Ihren eigenen Worten, wie das Leben in den letzten zehn Jahren für Sie gelaufen ist?«

Das ist ein Hinterhalt. Das habe ich meine Großmutter im anderen Zimmer sagen hören.

»Das ist ein Hinterhalt«, sagt sie. »Die haben vielleicht Nerven.«

Dad läuft auf und ab. Wenn er was sagt, dann ist es dieses Schimpfwort, das sich auf Schweiß reimt.

»Sollten wir nicht deinen Anwalt anrufen?«, fragt meine Großmutter.

»Wozu denn?«

»Das ist eine Verletzung der Privatsphäre. Ganz zu schweigen davon, dass es ausgesprochen unsensibel ist.«

»Anwälte können nichts gegen mangelnde Sensibilität ausrichten«, brüllt er.

Omas Hand wandert zu ihrem Hals, sie berührt ihre Perlenkette. »Warum waren wir darauf nur nicht vorbereitet? Aber woher weißt du, was zu tun ist?«

»Ich wusste, dass es riskant war, da rauszufahren«, sagt Dad. »Ich wusste, dass es dieser Jahrestag war – oder wie auch immer du es nennen willst.«

»Das gibt ihnen nicht das Recht, sich aufzudrängen.«

Soweit ich von meinem Versteck auf der Treppe aus sehen kann, ist Dads Gesicht ungefähr so rot wie eine Tomate. Sie haben den Stecker des Telefons gezogen und mein Dad hat sein Handy ausgeschaltet.

Und alles wegen des Hinterhalts. Ich hab es nachgeschlagen, und es hat sich herausgestellt, dass es ein interessantes Wort ist.

Hinterhalt, der
Substantiv, maskulin
Ort, an dem jemand in feindlicher Absicht auf jemand anderen lauert

Das ganze Konzept eines Hinterhalts klingt aufregend, es sei denn, man ist die Person, der aufgelauert wird.

Die Holztreppe knarrt, als ich aufstehe und in mein Zimmer gehe. Ich schreibe all meine Betrachtungen auf. Und was ich über den ganzen Tag zu sagen habe, ist das hier: Manchmal finde ich, dass diese Reportertypen mal erwachsen werden sollten. Wenigstens könnten sie sich was Besseres für ihre Geschichten ausdenken. Ich würde mich mehr dafür interessieren, was in zehn Jahren passiert, in der Zukunft.

Aber für die Reporterin mit dem Stirnband ist es wohl wichtig. Sie will wissen, was aus uns geworden ist. Und klar würde ich gern Dads Antworten auf einige ihrer Fragen hören, damit ich sie auch kenne. Aber diese Leute wissen nichts über Tom Nelson. Wenn man ihm Fragen stellt, macht er nach außen bloß dicht und explodiert dann innerlich. Und abgesehen davon, wenn sie eine interessante Geschichte haben wollen, warum gehen sie dann nicht zu meiner Mutter und fragen die? Sie ist die Ursache für das ganze Drama. Geht an den Tatort, würde ich ihnen sagen. Irgendwie würde ich ganz gern meinem eigenen Rat folgen und sie besuchen.

Das ganze Drama spielt sich im Erdgeschoss ab und im ersten Stock ist die Hauptstadt von Langeweile. Es gibt also nur eines: Rumschnüffeln.

Ich schaue gern in Omas Kleiderschrank oder in die Schubladen in ihrem Badezimmer. Ich wette, sie weiß genau, ob eine Wollmaus aufgetaucht ist, ob ein Taschentuch benutzt wurde, und deshalb muss ich extrem vorsichtig vorgehen.

Ich ziehe die erste Schublade auf. Sie ist mit weiß-lila Papier ausgelegt. Dieses Schrankpapier ist schon ewig da, aber es duftet noch immer nach Parfum. Oma hat weiße Ablagekörbchen in der Schublade, in denen die verschiedenen Arten Make-up getrennt voneinander aufbewahrt werden. Die Lippenstifte stehen aufrecht, mit den Farbkreisen nach oben. Sie sind von hellrosa bis knallrot nebeneinander aufgereiht. Oma hat sogar ein Fach, in dem ihre falschen Wimpern ordentlich in einzelnen durchsichtigen Schachteln gestapelt sind. Wenn man es nicht besser wüsste, würde man denken, dass da mehrere Gesichter schlafen. Ich liebe die Ordnung in dieser Schublade, da möchte ich immer gleich mein Zimmer aufräumen und meine Sachen schön und besonders in Szene setzen.

Ich gehe rüber zum Kleiderschrank. Das Erste, das auffällt, ist der Duft nach Alte-Damen-Parfum. Babypuder und Zitrone. Das Zweite, das auffällt, sind 53 Shades of Beige. Ihre Kleider sind mit derselben Sorgfalt geordnet wie die Sachen in den Schubladen, alle kurzärmligen Blusen zusammen, dann die langärmligen, dann Pullover. Es ist eine Parade in Beige.

Mit der Hand streiche ich an den Regalen mit ihren Schuhen entlang, die auch von hell nach dunkel sortiert sind. Dann entdecke ich einen cremefarbenen, vorne offenen Absatzschuh, hinter dem etwas liegt. Es ist beige, aber ein dunkleres Beige. Ich hebe die Schuhe an und merke mir ganz genau, wo sie gestanden haben. Dann sehe ich es. Ein ganzer Stapel beiger Bücher, Taschenbücher. Ich ziehe eins von ihnen raus, vor lauter Aufregung dieses Mal nicht ganz so vorsichtig. Denn wenn das hier ist, für was ich es halte … OH MEIN GOTT, das ist es! Meine Großmutter versteckt einen Stapel Liebesromane unter ihren beigen Pumps.

Ich stelle die Schuhe zurück, behalte aber ein Buch. Ein paar Seiten sind verknickt. In meinem Zimmer verstecke ich das Buch sorgsam in *Wer die Nachtigall stört*. Ich schlage den Liebesroman an einer beliebigen Stelle auf, nur um einen Eindruck von der Geschichte zu kriegen. Mal schauen, ob es etwas ist, das ich mir auf Anhieb vorstellen kann.

Lana rauschte wütend in ihr Schlafzimmer und setzte sich an den Frisiertisch. Sie begann, ihre langen blonden Haare zu bürsten. Dann, im selben Moment, in dem ein Mann aus den Schatten trat, bemerkte sie das offene Fenster. Sie wusste selbst nicht, warum, aber auf seltsame Weise fühlte sie sich von ihm angezogen. Ob es das Licht war? Oder der leichte Regen, der draußen auf die Straßen Londons rieselte. Was es auch sein mochte, sie wusste, dass diese Nacht unvergesslich bleiben würde.

Dann trat er einen Schritt vor und rief sie bei ihrem Namen. Sie stieß einen Seufzer der Erleichterung aus. Vielleicht war er doch kein völlig Fremder.

Im Ernst? Sie fühlt sich jetzt schon zu ihm hingezogen? Könnte das nicht ein Psychopath sein? Ein Stalker? Haben diese Leute denn nicht die *Saw*-Filme mit dem Kettensägenmörder gesehen? Wie kann meine Großmutter so was lesen? Ich springe zur ersten Seite. Ich will wissen, ob das hier irgendeinen Sinn ergibt. Daran habe ich zwar so meine Zweifel, aber ich bin fest entschlossen, der Sache nachzugehen.

Meine Großmutter beugt sich über mich, als ich aufwache.

»Warum schläfst du auf dem Fußboden?«

»Äh, ich bin aus dem Bett gefallen.« Bei Oma schlafe ich immer auf dem Fußboden. Sie macht das Bett so schön, das will ich nicht zerwühlen.

»Sarah, möchtest du mir erzählen, was eigentlich los ist?«, sagt sie in einem strengen, klaren Ton, den ich schon eine Weile nicht mehr gehört habe. Es gibt so viele Dinge, für die ich Ärger kriegen könnte.

»Na ja … äh … ähem.«

Sie setzt sich auf die Bettkante.

»Du weißt, du kannst mich alles fragen. Du darfst dir meine Sachen ansehen, wann immer du willst.«

Ich schweige und verfolge im Geiste meine Schritte zurück. Wie ist sie mir auf die Schliche gekommen? Habe ich etwas an den falschen Platz zurückgestellt?

»Bitte, frag mich erst um Erlaubnis.«

Dann legt sie den Liebesroman auf die Überdecke. »Schlau, das hinter einem Klassiker zu verstecken. So hat dein Vater das immer mit seinen Comics gemacht.«

Ich will sie mit tausend Fragen darüber löchern, was mein Vater immer gemacht hat, bleibe vor Scham aber stumm.

»Diese Bücher sind vielleicht keine altersgerechte Lektüre für dich«, sagt sie. »Aber wenn du sie liest, möchtest du mir vielleicht Fragen stellen über … du weißt schon … Dinge …«

»Hast du *Ein unwiderstehlicher Schurke* gelesen?«

»Was?«

»Egal, nicht so wichtig.«

»Wasch dich und komm runter zum Frühstück«, sagt sie.

Sie streicht mir eine Haarsträhne hinters Ohr und sagt meinen Namen. Sarah. Mehr nicht. Wieder stehen die Fragen in meinem Gehirn Schlange, aber sie können nirgends hin, es gibt keinen Ort für sie. Ich überlege, ob es wohl eine Obergrenze für die Anzahl von Fragen gibt, die in ein Gehirn passen. Es scheint so.

32. Kapitel

Zum Frühstück gibt es Blaubeerpfannkuchen, Bacon und schlechte Nachrichten. Das merkt man an der Art, wie meine Oma Guten Morgen sagt, und daran, dass für meinen Vater nicht gedeckt ist.

»Wo ist Dad?«, frage ich. Sie belädt meinen Teller mit Blaubeerpfannkuchen, dann nimmt sie ihre Serviette und streicht sie auf dem Schoß glatt. Ohne auch nur aufzuschauen, sagt sie: »Dein Vater ist beim Fernsehen auf dem Sofa eingeschlafen.«

Na, ich weiß schon warum. Zu Hause ist es dasselbe. Nichts wird sich jemals ändern. Wird sie die Dinge jemals beim Namen nennen? *Betrunken*, *Trunkenheit* oder *besinnungslos*, das sind alles Problemwörter für sie. *Übertreiben* ist ihr lieber.

»Leider hat er es ein bisschen übertrieben«, sagt sie. »Reichst du mir bitte die Butter?«

Na, hat mir das nicht noch gefehlt zu meinem Glück? Ich bin so sauer auf ihn, am liebsten würde ich auf etwas einschlagen. Man sollte doch denken, vor seiner eigenen Mutter und seinem kranken Vater würde er sich zusammenreißen. Aber nein, er bringt alle seine schlechten Angewohnheiten aus Garland mit, packt sie aus seiner Reisetasche aus und verbreitet Chaos.

»Ich hätte gern Kaffee«, sage ich.

»Bist du dazu nicht ein bisschen zu jung?«, will sie wissen.

Nein, bin ich nicht. Ich versuche mein Leben in eine positive Richtung zu lenken, indem ich die Gene in mir vom Alkohol weg und zu Koffein hin leite. Ich gehe in die Küche, schnappe mir einen Becher, fülle ihn und trage ihn zum Tisch.

»Sarah, vielleicht bist du zu jung, um das zu verstehen, aber dein Vater hat ein Problem mit dem Trinken.«

Wenn ich ihr alles erzählen würde, was ich weiß, würde ihr das Gesicht entgleisen. Ein ganzer Absatz voller Problemwörter würde zusammenkommen, wie: *Bewusstsein verlieren, gegen Wände schlagen, Geburtstage vergessen* und *nicht zusammenpassende Kleidungsstücke zur Arbeit anziehen*. Aber ich will nicht, dass sich ihr Gesicht verändert. Es ist so schon zerfurcht genug von der ganzen Enttäuschung.

»Was ich sagen will, ist: Ich möchte deinen Vater bitten, sich in einer Art Einrichtung Hilfe zu holen«, sagt sie. »Was hältst du davon? Du würdest eine Weile hierbleiben müssen.«

»Wie lange?«, frage ich.

»Nun ja, wir müssen abwarten, wie es läuft«, sagt sie.

Der Sommer ist noch nicht mal vorbei, und schon taucht Problem Nr. 3 auf, für das ich eine Lösung finden muss. Man kann versuchen, ein Elternteil mit einem Problem, das in einer Klinik behandelt werden muss, zu verbergen, zwei Elternteile aber nicht.

Meine Großmutter legt noch einen Pfannkuchen auf meinen unberührten Stapel und einen auf ihren eigenen. Schweigend sitzen wir da und beobachten, wie der Sirup auf die blauen Blümchen auf unseren Tellerrändern zukriecht.

»Wir werden Spaß haben.« Nein, werden wir nicht. Es wird kein Spaß, wie auch immer man Spaß definiert. Ich bin so wütend auf meinen Dad.

»Oh, der ist für dich«, sagt sie und schiebt einen Umschlag über das gelbe Tischtuch. »Dein Vater sagt, er hat vergessen, ihn dir zu geben.«

Ich nehme einen großen Schluck Kaffee und mache den Brief auf. Oma wird es nicht gefallen, dass ich am Frühstückstisch lese, aber das ist mir egal.

Liebe Sarah,
was läuft so? Dieses Ferienlager ist gerade so langweilig, aber ich habe Meganeuigkeiten. Ich habe einen Freund. Er heißt Marcus und er ist so süß. Übrigens, er ist nicht der, von dem ich dir schon erzählt hab, der nur den Smiley mit dem Lächelgesicht in seinen Textnachrichten benutzen konnte! Menno! Nun lern doch

mal ein neues Emoticon! Der neue Typ ist im Jungslager und letzte Woche hatten wir einen Bunten Abend zusammen. Er war einer von den Jungs, die wussten, wie man Feuer macht, ganz einfach so. Er ist auch der süßeste Junge, den du je gesehen hast, viel besser als Jimmy Leighton. Guck ihn dir mal auf meiner Facebook-Seite an. Ich habe meinen Status gerade in »in einer Beziehung« geändert - und er auch! Das Problem ist, er wohnt in Tyler, das wird also eine Fernbeziehung. Ich muss dir auch erzählen, dass ich endlich so richtig geküsst habe. Sag das bloß nie meiner Mutter! Ich hab es nicht als Whatsapp-Nachricht geschrieben, weil sie seit Neuestem mein Handy kontrolliert. Sie würde ausflippen. Dir das hier zu schreiben, fühlt sich schon ziemlich riskant an. Vernichte diesen Brief, wenn du ihn gelesen hast, okay? Versprichst du das? Also: Zuerst war es irgendwie komisch, aber er schien zu wissen, wie's geht - und ich hab nur dagestanden und versucht, dasselbe zu machen wie er. Das war am ersten Abend, aber am zweiten Abend war ich genauso gut wie er, glaub ich. Ich hab vorher gar nicht gewusst, dass ich so ein Talent besitze, aber jetzt bin ich sicher, dass ich es draufhab.
Also, ich glaub, ich habe hier draußen in der Pampa einen Freund gefunden und meinen ersten richtigen Kuss gekriegt, du wahrscheinlich auch, da du ja nicht zu deinen Großeltern fahren musstest!
Oh, und Renee hat mir erzählt, dass ihr Dad meine Mom endlich gefragt hat, ob sie mal mit ihm ausgehen

will. Keine Ahnung, ob ich das schon total eklig finden soll. Hast du irgendwas von ihr gehört? Hat sie Steven Ng noch mal geküsst?
Das ist erst mal alles. Denk dran, vernichte diesen Brief. Und guck auf Facebook!!!
XOXOXO
Lisa

Na, da haben wir es. Sie hat den Pakt erfüllt und gleich *zwei* Jungs als Freund gehabt. Ich habe meine Periode gekriegt, war auf einer Beerdigung, und mein Dad liegt betrunken auf dem Sofa. Wie kann ein Sommer, der so vielversprechend angefangen hat, eine solche Kehrtwende machen, die Turnschuhe anziehen und einfach abhauen? Ich habe eine Theorie und die heißt: Jane Nelson macht alles kaputt. Alles. Wenn meine Mutter nicht wäre, dann wäre mein Dad kein Trinker und ich nicht das Mädchen mit der verrückten Mutter.

Ich gehe durchs Wohnzimmer und sehe ihn da liegen, schnarchend und schwitzend. Normalerweise würde ich ihm jetzt ein Glas Wasser und eine Aspirin bringen, aber das hier wird er allein durchstehen müssen. Wenn ich ein Glas Wasser hätte, würde ich es einfach über ihn schütten, das könnt ihr wetten. Ich sollte ein Foto machen, ihm zeigen, wie abstoßend er ist, und es an PBroom mailen. Ha! Das wäre ihm eine Lehre. Er wirkt runtergekommen, mit seinen verklebten Haaren, dem unrasierten Gesicht und seinem fürchterlichen Ein-Dollar-Hemd.

Ich schaue auf ihn runter und frage mich, ob er wohl aufwachen und sich bei seiner Mutter entschuldigen wird. Mir geht auf, wie sehr mir Atticus plötzlich fehlt, und das ist noch ein sicheres Zeichen dafür, dass ich verrückt werde. Wie kann mir jemand fehlen, der mir niemals begegnet ist? Jemand, den ich nur zu kennen glaube, weil er aus einer Buchseite in mein Zimmer getreten ist? Ich mache die Augen zu, sehe die Kinoversion von Atticus vor mir und lasse meine Gedanken schweifen.

Hey, Atticus,
ich bin's, Sarah. Ich bin an einem neuen Ort, der genauso ist wie der alte. In Garland haben wir unsere Sachen gepackt, aber alles ist mitgekommen. Unsere Sorgen. Unsere Probleme. Doch darüber wollte ich nicht mit dir reden. Mir ist gerade eingefallen, dass in Mr. Wistlers Aufgabe stand, wir sollten auch unbedingt schreiben, warum wir uns die von uns gewählte Figur ausgesucht haben. Wir sollen schreiben, was uns am besten an ihr gefällt. Ich weiß, ich hab das vorher schon mal erklärt, aber jetzt, da ich hier vor meinem schlafenden, betrunkenen, zu nichts taugenden Dad stehe, gefällt mir irgendwie am besten an dir, dass du nicht *Tom Nelson bist. Glaub mir, ich bin nicht zu harsch. Scott hat ja über dich gesagt, du würdest einem Menschen das Gefühl geben, rich-*

tig zu sein, auch wenn alles schiefläuft. Das ist wahr. Wenn ich an dich denke, geht es mir ein kleines bisschen besser. Du weißt, wie man das Richtige sagt, das Richtige tut, selbst wenn um dich herum große Ungerechtigkeit herrscht. Im Moment sehe ich eine Ungerechtigkeit vor mir, und die liegt auf dem Sofa und schläft zusammengekrümmt auf geblümten Kissen. So eine Schweinerei. Er ist nur ein Vater, weil er Kinder hat, nicht weil er sich wie einer verhält. In meiner Geschichte ist das die Ungerechtigkeit. Und meine Mutter, na, du weißt ja, warum sie keine Mutter für mich ist. Also, was habe ich, Atticus? Ich habe nur mich, auf die ich mich verlassen kann, und sonst niemanden. Außer dir. Du bist der einzige verlässliche Mensch, den ich kenne. Ich kann immer auf dich zählen, obwohl es dich in Wirklichkeit nicht mal gibt. Ist das nicht erbärmlich? Wenigstens weiß ich, dass du immer, wenn ich das Buch aufschlage, derselbe sein wirst. Also gibt es nur mich. Und mein Buch. Und Pflanze, falls sie da draußen in der Wildnis überlebt.

Danke fürs Zuhören.
Sarah

»Sarah«, sagt er. »Guten Morgen, Kleine.«

Vermutlich wirke ich wie ein Zombie, weil ich hier mit Lisas Brief in der Hand dasitze und in die Luft gucke. Er muss meinen Namen noch dreimal wiederholen, ehe ich aus meinem Kopf raus- und zurück in mein wirkliches Leben komme.

In Gedanken sage ich: *Ich hasse dich.* Laut sage ich: »Du machst mein Leben noch peinlicher, dabei hatte ich gar nicht für möglich gehalten, dass es noch schlimmer werden könnte. Ich will nicht mit dir leben. Nichts ändert sich jemals. Du sagst, du wirst dich ändern, aber du tust es *nie*!«

»Sarah, beruhige dich«, sagt meine Großmutter hinter mir.

»Ist in Ordnung«, sagt er. »Es tut mir leid. Ich werde es wiedergutmachen, meine Kleine.«

»Mach keine Versprechungen, die du nicht halten kannst. Ich besitze schon genug Schuldscheine von dir. Ich hasse das!«

Na ja, ich mache eine Szene, bin dramatisch, ist mir aber egal. Sogar Atticus hatte eine Gerichtssaalstimme, die alle dazu brachte, gerade zu sitzen und aufmerksam zuzuhören. Ich benutze meine eigene neue Stimme. Die Worte schießen schnell und scharf aus mir heraus. Noch nie habe ich sein Gesicht so nass von Tränen gesehen, aber diese Mitleidsnummer zieht bei mir nicht. Ich lade mein inneres Luftgewehr nach und fülle es mit allen Vorwürfen, die ich je hatte.

»... und du vergisst immer, immer die Wäsche aus

dem Trockner zu nehmen und schickst mich verknittert wie eine runzlige Rosine zur Schule.«

Er steht auf, legt seine Hände auf meine, aber ich zucke schnell zurück.

»Sarah«, sagt er. »Ich bin am Ende.«

»An was für einem Ende?«

»Meinem eigenen, vermute ich.«

»Vielleicht war das alles deine Schuld. Vielleicht hast du sie verrückt gemacht, und das war es, was ihr passiert ist, und deshalb willst du nicht darüber reden!«

»Sarah!« Meine Großmutter zieht an meinem Arm, ich wusste gar nicht, dass sie so viel Kraft hat. »Das reicht.«

Gut, meinetwegen. Ich bin fertig mit ihm, ich will nie wieder mit ihm reden. Wenn ein Mensch geknickt werden kann wie Papier, dann ist ihm das eben passiert. Er rutscht wieder runter aufs Sofa. Ich habe die Bösen im Western gesehen. Die knicken auch immer ein.

»Ich verstehe, warum du das denkst, aber es stimmt nicht. Einschlafen und wieder aufwachen war jeden Tag das Schwerste. Deshalb habe ich getrunken. Es gibt dafür keine Entschuldigung, aber das ist der Grund. Ich habe mich schuldig gefühlt an dem, was passiert ist, weißt du. Und jetzt richte ich diesen Schaden an …«

Schaden, denke ich, ist das passende Wort. Er ist ein einziger wandelnder Schaden.

Alle drei bleiben wir eine ganze Weile einfach stehen, bis Großmutter das Schweigen bricht. Ob ich mit ihr ins Krankenhaus gehen möchte? Wo wird mein Dad sein?, will ich wissen. Ich will da sein, wo er nicht ist. So ist es entschieden. Sie und ich besuchen Opa und dann gehen wir zu einem Gratisvortrag im Stoffladen: *Tolle Projekte aus Stoffresten*. Dad wird jede Menge Kaffee trinken und im Internet nach Reha-Einrichtungen suchen, die den Leuten beibringen, wie man nicht zum Schnapsladen fährt. Es ist schwer zu glauben, dass wir alle miteinander verwandt sind, wir sind so verschieden. Ehrlich, wenn ich in der Schule das Familienstammbaum-Projekt vorgestellt hätte, hätten die Leute bestimmt gesagt: »Das soll wohl ein Witz sein, wo ist denn deine *echte* Familie?«

33. Kapitel

Früher mal habe ich aus Angst vor Dad Sachen nicht gesagt. Jetzt trage ich dieses andere Mädchen in mir, das für mich spricht. Sie ist mutig. Sie spricht Sachen laut aus. Sie hält sich an ihre Pläne.

Ich halte mich an meine Pläne.

Nachdem ich meine Suche am Computer abgeschlossen habe, achte ich darauf, den Verlauf zu löschen. Wenn Opa nach Hause kommt, möchte ich weder, dass er die *Greyhound*-Fahrpläne von Houston nach Wichita Falls sieht, noch, dass ich seine Kreditkarte zum Kauf einer Fahrkarte benutzt habe. Was sollte ich denn machen? Ich hab in Houston nicht mein ganzes Bargeld bei mir und ich will die Sache hinter mich bringen. Der Bus fährt um 23.15 Uhr ab und kommt morgens um 8.15 Uhr an. Ich werde schon da sein, ehe sie überhaupt mitkriegen, dass ich weg bin. Ein Taxi holt mich am Eingang der Wohnanlage meiner Großeltern ab. Opa und ich haben früher immer mal aus Spaß ein Taxi genommen, wenn wir ins Einkaufszentrum gefahren sind. Er hat gesagt, er lässt sich gern durch die Gegend chauffieren. Ich kann nicht behaupten, dass ich keine Angst habe, aber ich weiß, was mich erwartet. Ich bin schon Taxi gefahren und am Busbahnhof war ich auch schon. Wenn ich doch nur meinen schwarzen Pillbox-Hut dabeihätte. Mit dem würde ich älter aussehen.

Ich klopfe an die Tür von Dads Schlafzimmer.

»Komm rein.« Er sitzt auf seinem Bett, angezogen und gepflegt. Der ganze Morgen ist abgewaschen von ihm. Er trägt eins von Opas Karohemden, es ist ihm zu weit. Er sagt, er hat eine Klinik gefunden, in die er zur Entwöhnung gehen kann. Ich muss nur zwei Wochen in Houston bleiben, und dann gibt es Treffen nicht weit von Garland, an denen er teilnehmen kann, und ob das nicht eine gute Sache ist, will er wissen. Ich sage ihm: »Es ist gut für dich, das zu tun, aber ich brauche dich, damit du etwas für mich tust.« An der Art, wie ich das sage, hört man, dass ich das Wort *mich* fett unterstrichen habe.

»Okay.«

»Ich werde sie besuchen, damit ich reden kann. Nur mit ihr. Es gibt da Sachen, die ich sagen muss.«

»Könnten wir nicht reden …«

»Nein.« Ich schneide ihm das Wort ab.

»Vielleicht ein Therapeut …«

»Nein«, sage ich wieder. Ich will weinen, aber das mutige Mädchen in mir lässt mich nicht. »Du weichst aus, Atticus sagt, Kinder merken so was schneller als Erwachsene. Du solltest meine Fragen beantworten.«

»Atticus? Welcher Atticus?«

»Atticus Finch.« Ich werfe ihm Mr. Duprees gebundenes Exemplar von *Wer die Nachtigall stört* zu. Er fängt es nur knapp. Ich sage ihm: »Lies es, du könntest was lernen. Wir haben bisher alles auf deine Art gemacht und jetzt bin ich dran. Ich glaube nicht, dass ich irgendwas noch mehr vermurksen könnte. Ich muss nicht mit dir oder mit Therapeuten oder sonst wem reden. Es gibt ein paar Dinge, die ich zu ihr sagen muss.«

»Sarah, vielleicht ist sie nicht in der Lage, dich zu verstehen«, sagt er, und ich sage: »Das weiß ich, aber ich muss es trotzdem tun. Du hast gesagt, du willst es bei mir wiedergutmachen, und genau das ist es, was ich möchte. Hast du etwa gelogen?«

Er besteht die Prüfung, denn er sagt Ja zu meinem Plan. Er sagt, er kommt mit, aber warum den Bus nehmen, wenn er doch Auto fahren kann? »Nein«, sage ich. »Du musst dir eine Fahrkarte für den Bus kaufen, ich hab schon eine. Außerdem kann ich mich nicht darauf verlassen, dass du in deinem Zustand ein sicherer Fahrer bist.« Mein letzter Satz war genial. Ich habe Logik angewendet, um mein Argument zu untermauern.

Er darf nicht neben mir sitzen, sag ich ihm, und er muss so tun, als würde er mich nicht kennen.

»Kann nicht so schwer sein«, sage ich. »Du hast ja

jede Menge Erfahrung darin, mich zu ignorieren.« Das Messer geht rein wie Butter. Als ich das Zimmer verlasse, spüre ich den schmerzhaften Stich, den meine Worte bei ihm verursachen, und es tut mir nicht leid. Man muss Leuten die Wahrheit sagen.

Der *Greyhound*-Busbahnhof riecht nach Diesel und Achselhöhle. Im Abfahrtbereich setze ich mich auf einen harten, löffelförmigen Plastiksessel. Einen unbequemeren Sessel gibt es nicht, trotzdem schaffen es eine Frau und ein Kind mir gegenüber, aufrecht sitzend darauf zu schlafen. Ich nehme mir vor, mich so reif wie möglich zu benehmen und mit niemandem zu reden. Ich hab mir das Parfum meiner Großmutter aufgesprüht und eines ihrer beigen Twinsets geklaut, was mir das Aussehen von jemandem verleiht, der mindestens drei Jahre älter ist als ich. Ich hätte auch noch eine Lesebrille mitgehen lassen, um den Look zu unterstreichen, aber damit konnte ich alles nur so verschwommen sehen, war also nicht so gut. Für Opa habe ich einen Zettel hingelegt. *Tut mir schrecklich leid, dass wir jetzt wegfahren. Du weißt warum. Ich zahle dir das Geld zurück. Ich hab dich lieb.*

Dad geht los und kauft sich seine Fahrkarte. Man sieht seinem Gesicht an, dass er mich nicht allein lassen will. Ich sehe mich schon mal nach der Art Person um, neben der ich im Bus sitzen möchte. Jemand in Charlottes Alter wäre gut. Noch besser wäre jemand wie Mrs. Dupree. Soweit ich das überblicken kann, habe ich die Wahl zwischen einem Mädchen mit einem schreienden Baby und einer alten Frau, die eine Rolle Paketband als Armband trägt. Was habe ich denn erwartet? Leute, die mitten in der Nacht mit dem Bus nach Wichita Falls fahren, sehen nun mal nicht aus wie Promis.

Die Nummer für meine Fahrt wird aufgerufen, und ehe ich *Pommes* sagen kann, bin ich im Bus und suche mir einen Sitzplatz aus. Jemand, der sauber aussieht oder sogar Blickkontakt herstellt, ist nicht zu finden. Also setze ich mich auf den Fensterplatz direkt hinter dem Busfahrer. Als er meine Fahrkarte geprüft hat, ist mir aufgefallen, dass seine Schuhe sauber sind, ich weiß also, dass er ein gründlicher Mensch ist. In einem Krimi, den ich neulich Abend gesehen habe, hat der leitende Ermittler gesagt, man kann einen Mann nach der Sauberkeit seiner Schuhe und seines Autos beurteilen. Daran erkennt man, ob jemand Wert auf gute Arbeit legt.

Ein Mann in Jeans und einem gelben T-Shirt setzt sich auf den Platz neben mir. Er trägt schwere Wanderstiefel. Hoffentlich redet er nicht mit mir oder guckt mich viel an. Er riecht nach Benzin, aber allzu schlimm ist das nicht. Auf dem Arm hat er ein Tattoo von einer knurrenden Bulldogge und darunter die Buchstaben USMC für United States Marine Corps. Gut, er ist Soldat. Opa hat eine ähnliche Tätowierung, nur mit einem schwarzen Panther anstelle der Bulldogge. Ich sehe das als gutes Zeichen für meine Reise.

Als Dad vorübergeht, erkenne ich sein Spiegelbild im Fenster, aber ich drehe mich nicht um. Er kann sich irgendwo da hinten um mich Sorgen machen und grübeln, ob dieser Soldat wohl mit seiner Tochter flirtet. Wenigstens hat er Harper Lees Buch zum Lesen dabei. Ich wünschte, er hätte meine Taschenbuchausgabe mit all meinen eingekreisten Stellen und Unterstreichungen, damit er lernt, wie man so verlässlich wird wie Atticus.

Als wir auf der Straße unterwegs sind, schlage ich mein Aufsatzheft auf und schreibe, bis der Soldat schnarcht. Bei jedem Atemzug bewegt sich die knurrende Bulldogge auf und ab. Ich versuche eine Skizze davon aufs Papier zu bringen, damit ich ein Souvenir von dieser Reise habe. Aber sie taugt nichts. Ich bin keine Künstlerin. Ich bin ein Mädchen mit einem Heft voller Fragen.

Dann schreibe ich an sie, lang und ehrlich, so wie ich es noch nie zuvor getan habe. Sie will was über mich als neuen Menschen wissen – nun, hier bin ich. Guck es dir an. Lies es und falte daraus einen Papiervogel, wenn du willst.

Liebe Jane,
mein Englischlehrer Mr. Wistler hat uns aufgefordert, diesen Sommer Briefe zu schreiben. Das habe ich häufig gemacht. Er hat vorgeschlagen, dass wir an unsere Lieblingsfigur schreiben oder an jemanden, den wir gern kennenlernen wür-

den. Also, ich würde dich gern kennenlernen. Ich möchte gern, dass du mich kennst. Es ist seltsam, dass du für mich eher wie eine Romanfigur bist als wie eine echte Mutter. Ich kann mich nur an zwei Begegnungen mit dir erinnern, seit du weggegangen bist.

Du hast geschrieben, dass du was über mich als neuen Menschen wissen willst. Ich schreibe dir, um dir alles zu erzählen, was du verpasst hast – und mehr. Das würde ich zu dir sagen, wenn du mir an unserem Küchentisch gegenübersitzen würdest. Du hast so viele Dinge verpasst.

Wenn du hier wärst, hättest du mich zum Beispiel am Ende des Schuljahres wie all die anderen Mütter mit dem Auto von der Schule abgeholt. Wir wären in die Stadt gegangen und hätten bei Sonic *Eis gegessen, draußen, auf diesen roten Plastikstühlen, die Zickzackmuster hinten auf den Oberschenkeln hinterlassen. Du hättest Schokolade bestellt und deine Portion auch mit mir geteilt. Ich hätte dir von Mr. Wistlers Aufgabe erzählt und du wärst begeistert gewesen.*

Wenn du hier wärst, würdest du wissen, dass ich mir meinen Geburtstag ganz anders wünsche, als er ist, mit einer dreistöckigen Eistorte vielleicht und einer Übernachtungsparty mit Pizza und zwei Freundinnen, und du kommst dann mit Schüsseln voller Popcorn und Cola in

Glasflaschen und einem Stapel Seventeen-Zeitschriften rein, und es macht dir gar nichts aus, wenn wir erst morgens um vier einschlafen.
Du würdest verstehen, warum es so schwer für mich ist, die Geburtstagskarten zu bekommen, die du schickst, und etwas in der Hand zu halten, das deine Hände nur Tage zuvor ebenfalls berührt haben.
Hast du gewusst, dass ich auf der Rückseite immer Simons Namen gesucht hab, weil ich das Gefühl hatte, so was würdest du machen? In letzter Minute hättest du seinen Namen schreiben und mir etwas Wunderbares von ihm erzählen können, an das du dich erinnerst. Oder du hättest einfach sagen können, es tut mir leid. Das habe ich dich niemals sagen hören, aber ich glaube, ich weiß, dass es so ist.
Außerdem würdest du auch wissen, dass ich zur Lügnerin werden musste. Als Übung erzähle ich alle möglichen Lügen, damit es sich echt anhört, wenn ich deinetwegen lüge.
Manchmal rede ich mir ein, dass meine Eltern geschieden sind und dass du nach Paris gezogen bist, um Kochen zu lernen und Rezepte mit meinem Namen darin zu erfinden. Am liebsten mag ich Sarah à la mode. *Manchmal lüge ich und sage, du bist gestorben, aber zuvor hattest du mir jedes Jahr zu Ostern ein neues Kleid genäht und ich durfte im Laden den Stoff dafür aussu-*

chen. Du hast immer so viel gekauft, dass du dir auch noch ein Stirnband machen konntest, und wo wir auch hingingen, wir hatten immer etwas mit demselben Muster an, und die Leute wussten gleich, dass wir Mutter und Tochter waren. Wenn du hier wärst, würdest du dich für mein Zimmer schämen. Du würdest mich anbrüllen, weil ich meine schmutzige Wäsche auf den Fußboden werfe. Du würdest mir einen blau-weißen Wäschekorb kaufen, der nach Lavendel duftet, und fragen, ob ich nicht so freundlich wäre, meine Sachen da hineinzulegen, oder ob das zu viel verlangt sei. Wir würden uns streiten, und ich würde die Tür zuknallen und mir wünschen, endlich in Ruhe gelassen zu werden. Dann würde ich mich vielleicht ein bisschen schlecht fühlen, weil ich mich mit dir gestritten habe, aber ich wäre ganz sicher, dass ich im Recht gewesen bin. Das ist mein Zimmer, und wenn ich es will, darf es unordentlich sein.

Wenn du hier wärst, würdest du mir immer die Haare bürsten, sie in ein warmes Handtuch wickeln und mir sagen, welchen Conditioner ich nehmen muss, damit sie hübsch bleiben. Du würdest wissen, wie man einen schönen Zopf flicht oder das Haar glättet, bis es schnurgerade und geschmeidig ist. Du hättest genau gewusst, was zu tun gewesen wäre, als ich in der zweiten Klasse Läuse hatte, und Dad hätte nicht die ganze Arbeit machen müssen, was schrecklich war. Männer wissen nicht, wie man Mädchen die Haare auskämmt.

Wenn du hier wärst, hättest du mich zum Abendessen in ein schönes Restaurant mit Stoffservietten eingeladen. Wir hätten über Menstruation und Ohrlöcher und Jungs geredet. Du hättest gesagt, wir würden in den Großhandel gehen und einen Jahresvorrat an Hygieneprodukten kaufen, damit ich niemanden um Hilfe bitten muss.

Wenn du hier wärst, würden die Medien dich nicht für einen kranken Menschen in einer Klinik halten. Du wärst einfach eine Mutter, die versucht die richtige Erdnussbutter zu finden, in der Schlange vor der Kasse ihren BH-Träger zurechtrückt, während sie darüber nachdenkt, ob sie zwei Geburtstagskuchen für ihre Zwillinge backen soll oder nur einen großen zum Teilen. Ich wollte immer zwei haben.

Wenn du hier wärst, hätte ich normale Probleme wie Pickel, und in meine Büchertasche würde ich Shorts schmuggeln, die für die Schule zu kurz sind, und ich würde einen Tangaslip haben wollen, der oben aus der Jeans rausguckt. Und so was würde ich nur wollen, weil die anderen Mädchen das machen, nicht weil das so bequem ist. Dann hätten wir Riesenstreit, weil ich abends lange in Jump Town *bleiben möchte, alle anderen dürfen das nämlich und warum ich nicht? Und am nächsten Tag würdest du mich fragen, was* ich *über ein gestohlenes Gemälde denke, über das du etwas in den Nachrichten gehört hast, und all meine Wut auf dich wegen der Klamotten würde sich in Luft auflösen, weil das sowieso total egal ist. In deinen Augen bin ich nämlich jemand mit Verstand. Und dann würden wir einen Besuch im Museum planen, um uns Gemälde anzuschauen, und du würdest zu mir sagen, dass du es nicht richtig findest, dass Leute Kunst besitzen, weil die ja irgendwie der ganzen Welt gehört, so wie Wolken und Regen.*

Wenn du hier wärst, wüsste ich von dir, was in Dad vorgeht. Dad erzählt mir nur gelegentlich, wenn ich ihn zu Tode nerve, wie sehr er dich geliebt hat. Dass du nicht immer krank warst und Pflege in einer Klinik gebraucht hast. Es ist schwer für ihn, weil er das Gefühl hat, immer noch die Person zu lieben, die er früher gekannt hat. Es ist nicht so, als wärst du gestorben, sondern so, als wärst du weggezogen, ohne ihm zu sagen wohin.

Wenn du hier wärst, würde ich mir keine Sorgen machen, so wie du zu sein. Ich hätte stichhaltige Beweise dafür, wie du genau bist, sodass ich sagen könnte: Oh, das ist der Unterschied zwischen Sarah und Jane. Auf diese Art sind

wir uns ähnlich, auf jene nicht so sehr. So wie es jetzt ist, muss ich all das ganz allein herausfinden, oder?
Ich würde gern deine Stimme hören. Ich fühle mich wie Atticus auf dem Weg in den Gerichtssaal, bevor er den armen Tom Robinson verteidigt. (Kennst du das Buch?) Atticus Finch wusste, er würde nicht gewinnen, doch er hat ihn trotzdem verteidigt. Und deshalb sitze ich gerade im Bus und fahre dich besuchen.
Nun, ich glaube, ich habe alles gesagt, obwohl es keinen Sinn hat. Ich werde dich bald persönlich sehen. Vielleicht kann ich ein paar von diesen Dingen aussprechen, wenn mich der Mut nicht verlässt. Ich habe gelernt, dass man sich täglich dazu entscheiden muss, Mut zu haben, so wie man entscheidet, welche Bluse man anzieht. Automatisch geht das nicht.

Deine Tochter Sarah

34. Kapitel

Der Busbahnhof von Wichita Falls ist voller Leute, die ganz woanders hinfahren wollen. Der tätowierte Soldat rennt durch die Halle, schlingt die Arme um ein blondes Mädchen, hebt sie hoch und schwenkt sie herum. Das ist so süß. Ich möchte, dass mir so was eines Tages auch passiert. Dass jemand sich so wahnsinnig freut, mich zu sehen, dass er mich hochheben muss.

Wir rufen ein Taxiunternehmen in der Stadt an und warten vor dem Busbahnhof darauf, abgeholt zu werden. Ich mache mich frisch, bürste mir die Haare, lutsche ein Pfefferminz. Dad setzt sich auf eine Bank. Wir reden nicht miteinander. Das ist unsere Abmachung. Er hat in der Klinik angerufen und gesagt, dass wir kommen. Mehr brauche ich nicht von ihm.

Der Taxifahrer guckt uns mit einem *Sind-Sie-sich-sicher?*-Blick an, als wir ihm die Adresse nennen. Ja, wir sind uns sicher.

Danach gehen wir durch die Sicherheitskontrolle

der Klinik, ein Wächter sagt, wir sollen uns in den Wartebereich setzen. Wieder warte ich lange. Ich blättere Zeitschriften durch, Dad studiert den Teppich. Hinter dem Empfangstresen arbeitet eine Frau und die ruft uns auf.

»Angehörige von Jane Nelson«, sagt sie.

Ehe Dad den Mund aufmachen kann, stehe ich schon am Tresen.

»Ich bin ihre Tochter. Ich bin Jane Nelsons Tochter. Sarah Nelson.« Zum ersten Mal in meinem ganzen Leben habe ich laut gesagt, dass ich Jane Nelsons Tochter bin. Das klang ganz selbstverständlich. Die Frau zuckt nicht zusammen. Sie ist den Umgang mit Verrücktem gewohnt.

Sie reicht uns Besucherausweise, die wir uns anstecken sollen.

Sie sagt: »Dr. Block kommt gleich zu Ihnen.«

Modezeitschriften gibt es hier nicht, nur Wirtschaftsmagazine. Also glotze ich auf den Fernsehapparat, der an der Wand befestigt ist. In den Nachrichten wird von einer Reihe Hurrikans berichtet, die auf die Golfküste zuhalten. Drei sind es: Igor, Julia und Karl. Ein großer Teil von Texas kann mit enormen Regengüssen rechnen. Das ist gut für Pflanze. Sie fehlt mir.

»Mr. Nelson?« Ich drehe mich zu der Stimme um. Ein nett aussehender Mann in weißem Kittel mit Drahtgestell-Brille, doch ich sollte ihn nicht nach dem Aussehen beurteilen. Ebenso gut könnte er ein irrer Wissenschaftler sein, der gekommen ist, um mein Hirn zu untersuchen.

»Danke, dass Sie sich Zeit für uns nehmen«, sagt Dad. »Für Sarah war es wichtig, sie – wenn möglich – einfach nur zu besuchen.«

»Nein«, sage ich. »Nicht wenn möglich. Ich muss sie besuchen.«

Dr. Block führt uns in sein Büro. Wir nehmen auf zwei orangefarbenen Stühlen vor seinem Schreibtisch Platz.

»Wie gut zu hören, dass du sie besuchen möchtest, Sarah«, sagt Dr. Block. »Sie bekommt Medikamente, das weißt du?«

»Ja«, sage ich. »Wie geht es ihr?«

Sein Lächeln und die Art, wie er die Hände faltet, verraten mir, wie froh er ist, dass endlich mal jemand fragt. »Nun, du kannst dir wohl denken, dass dies ein schwieriger Monat gewesen ist, wegen des Jahrestages.«

»Ich habe ihr einen Brief geschrieben«, sage ich und tätschle meinen Rucksack. »Den muss ich ihr geben.«

»Hätte ich ihr vor ein paar Wochen schon ankündigen können, dass ihr kommt, wäre das besser gewesen. Dann hätte sie sich darauf vorbereiten können«, erklärt er uns. »Ihr ist bewusst, dass zehn Jahre vergangen sind, und das ist einer der Gründe, aus denen sie zurzeit sehr empfindlich ist.«

»Sie muss nicht viel sagen. Ich muss sie nur sehen,

ihr meinen Brief geben. Es ist gar nicht nötig, dass sie spricht. Vielleicht könnte sie mir einfach zuwinken.« Ich sage mir, dass ich meinen Mut nicht verlieren und nicht weggehen soll. Bin ich etwa so weit gereist, um mich mit einem Winken zufriedenzugeben? Oder mit einem flüchtigen Blick? Nein, bin ich nicht.

Dr. Block wechselt einen Blick mit meinem Dad, der sich an sein Wort gehalten hat und mich selbst mein Anliegen vortragen lässt.

»Warte ein paar Minuten hier, Sarah.«

In meinem Bauch spüre ich ein Flattern, in meinem Hals sitzt ein Kloß. Dieses gespaltene Gefühl ist wieder in mir. Ein winziger Teil von mir will hier rausrennen, so schnell er kann. Ein größerer Teil weiß, dass ich es für immer bereuen werde, wenn ich jetzt weglaufe. Der Wunsch zu rennen und die Notwendigkeit zu bleiben tragen in mir einen Kampf aus. Genauso hat Atticus sich gefühlt, ganz bestimmt.

Wir haben zwanzig Minuten auf Dr. Blocks Rückkehr warten müssen, was die reinste Ewigkeit ist. Jetzt habe ich eine Faust in der Brust, die hämmert, hämmert, hämmert. Ich sage mir, dass ich mich beruhigen soll. Ich bin in einer Klinik. Wenn irgendwas passiert, können sie sich hier um mich kümmern. Zum Beispiel mich in meinem schwarzen Kleid und dem Pillbox-Hut beerdigen. Es wird Mrs. Dupree aber nur noch mehr deprimieren, wenn sie in einem Monat an zwei Begräbnissen teilnehmen muss, deshalb kann ich jetzt nicht sterben.

Dr. Block führt uns zu einem großen gläsernen Wintergarten mit Blick auf eine weite grüne Rasenfläche, an die ich mich noch von früheren Jahren erinnere.

»Sie sitzt da drüben bei den weißen Tischen und frühstückt. Siehst du sie?«

Ich schaue an seinem Arm entlang. In der Ferne sehe ich eine Frau mit einer blauen Hose und einer blauen Bluse, die Länge eines Fußballfelds entfernt. Nah, aber nicht zu nah. Sie sitzt an einem weißen Metalltisch. Ein grauer Vorhang aus Haaren hängt an ihrem Gesicht herunter. Ein Windstoß weht die Haare zurück und ich kann die Form ihres Gesichts erkennen. Ich würde gern ihre Haare hinten zusammennehmen und sie mit einer glänzenden Spange befestigen. Dann würde sie eventuell hoffnungsvoller aussehen. Sie sitzt da, starr wie eine Statue. Ich lege die Hand auf die Glasscheibe. Mit meiner Handfläche kann ich sie völlig verdecken, so wie den Mond mit dem Daumen. Es ist still, so als würde ich etwas in einem Glaskasten betrachten. Und ich denke, ich bin nicht von so weit hergekommen, um bloß durch eine Glasscheibe zu starren. Da hätte ich gleich zu Hause bleiben können.

Ich frage, ob wir nach draußen gehen können, und Dr. Block sagt: »Ja, das können wir, aber wir werden nur gucken.« Er meint, das Gespräch sollte an einem anderen Tag stattfinden. »Gib ihr Zeit, sich darauf einzustellen.«

Wir gehen nach draußen, alle drei. Mein Herz klopft

so laut, ich bete, dass sie es hört, die Gedanken empfängt, die ich ihr schicke. *Ich bin hier. Ich habe dir einen Brief geschrieben. Sieh mich an. Sieh mich an.*

Sie macht nichts, sitzt nur da, nippt an einer Kaffeetasse.

Dreh dich um! Dreh dich um! Dreh dich um! Schau mich an! Hier bin ich doch. Ich will, dass du weißt, dass ich da bin, ohne dass ich was sagen muss.

Und dann tut sie es. Sie dreht den Kopf. Sie schaut in meine Richtung. Ihr Hals und ihr Kopf zeigen eindeutig in meine Richtung. Ich frage mich, ob sie winken wird, aber das tut sie nicht. Sie ist still. Gleichmütig. Ein stärkerer Windstoß fährt durch meine Haare. Ich sehe, wie eine Böe auch ihre Haare nach hinten weht. Ich hatte recht. Es würde gut aussehen, wenn sie von einer Spange zusammengehalten würden. Ich hole den Fotoapparat hervor, den ich mir von Oma geliehen habe, knipse ein Bild. Ich bitte nicht mal um Erlaubnis, was ich mir eigentlich vorgestellt hatte, tun zu müssen.

Ich verlasse den Wintergarten und trete auf das grüne Gras. Das war nicht so vorgesehen, trotzdem gehe ich weiter. Lasst mich später Ärger kriegen. Aber lasst mich das hier auf meine Art tun. Ich gehe schneller, auf sie zu.

»Sarah«, ruft Dr. Block. »Komm zurück.« Aber ich bin nicht zu stoppen. Bewege mich, als würde ich von irgendwas gezogen. Das ist dieser größere Teil von mir, der mit dem Mut. Er sagt der kleinen Piepsstimme in mir, dass sie sich hinsetzen und ruhig verhalten soll. Jetzt bewege ich mich in ihre Richtung, die langen Grashalme streichen an meinen Sandalen entlang. Ich habe keinen genauen Plan. Ich hole den Brief aus dem Rucksack, halte die Seiten in der Hand, biete sie ihr aus der Entfernung an.

Ich halte sie in meinen Händen, meine geheimen Gedanken. Mehr als alles andere möchte ich, dass sie sie bekommt, damit sie mich kennenlernen kann, einen Teil von mir. Den guten Teil, der nicht lügt. Damit sie mir erzählen kann, dass sie mal dasselbe Buch gelesen hat und mich Scout nennen wollte, doch Dad war dagegen.

Ich bleibe stehen. Was jetzt? Ich weiß es nicht. Weiter geht mein Plan nicht. Dr. Block folgt mir. Vor mir liegt noch mal dieselbe Strecke grünes Gras, wie ich schon zurückgelegt habe. Wie mögen wir für Fremde aussehen? Normal? Nicht wie zwei Menschen, die an einem Verbrechen beteiligt sind. Leute, von denen in den Nachrichten berichtet wird.

Mir geht auf, dass ich schluchzend das Kissen nass weinen und dann im Haus meiner Großeltern schlafen möchte, unter der Bettdecke diesmal. Dass ich mich an einem sicheren Ort vor allen verstecken möchte. Aber meine Beine wollen sich nicht bewegen, nicht vor, nicht zurück.

Wir sind nicht zusammen, aber wir sind nicht getrennt. Ich könnte ihr tausend Fragen stellen oder gar nichts sagen. Es ist meine Wahl. Ich bin genau dazwischen. Wenn ich hier lange genug bleibe, werden sie mir was zu essen bringen müssen. Mich in eine Wolldecke wickeln. Mir einen Schirm bringen, wenn ich einen brauche. Wie lange kann ein Mensch auf einem kleinen Stück Rasen leben?

Dr. Block ist ein paar Meter hinter mir, er bittet mich reinzukommen und zu reden. Seine Stimme klingt ruhig und freundlich. Okay, sage ich.

Das hier ist nicht die Art Abwechslung, die ich mir für diesen Sommer vorgestellt hatte. Na, was hatte ich denn erwartet? Und ich kann gar nicht sagen, auf wie viele Weisen man meine Verwirrung gerade beschreiben könnte. Ich mag mein Gehirn nicht mal in den Synonymmodus versetzen. Halt die Klappe, würde ich sagen, wenn Finn hier wäre. Und dann würde ich ihn drücken wollen, obwohl er das nicht mögen würde.

Ich schaue mich einmal zu ihr um, sehe, wie sie dasteht und mit jemandem redet. Jemand anderes bekommt ihre Worte, nicht ich. Das ist so ungerecht. Sie streicht den Stoff ihrer Bluse glatt, genauso wie ich das mache. Aber irgendwas verleiht der Bewegung etwas Schönes und Zartes. Ich will noch ein Bild von ihr haben, eines, wie sie geht. Später, wenn ich das Foto ausdrucke, wird es so aussehen wie zwei Freundinnen bei einem Spaziergang, die besprechen, welche Blumen sie diesen Sommer pflanzen werden. Ganz normal. Ich nehme die Kamera hoch, um noch ein Bild zu knipsen. Und dabei vergesse ich meinen Brief und die Seiten gleiten mir aus den Händen. Der Wind reißt sie in den Himmel hoch. Meine Gedanken. Meine Geheimnisse. Sie wirbeln in den Böen wie aus dem Käfig befreite weiße Vögel.

Meine Füße setzen sich in Bewegung, laufen ihnen hinterher, trampeln auf eine Seite, als sie den Boden berührt. Ein anderes Blatt führt mich an der Nase herum und hebt wieder ab, sobald ich näher komme. Die letzte Seite fliegt hoch in die Luft und bleibt in einem Baum hängen. In meinem Kopf schreien die zwiegespaltenen Teile von mir: *Ist mir egal. Ist mir nicht egal. Ich will mich nicht mehr darum scheren, was die Leute von mir denken. Ich habe furchtbare Angst vor dem, was die Leute denken.*

»Nun wollen wir gehen«, sagt Dr. Block. »Ich lasse das für dich zusammensammeln.« Er ist so nett. Ich könnte ihn umarmen.

Ich bin in Dr. Blocks Büro und beiße mir auf die Lippe, um die Tränen zurückzuhalten. Er hat meine zerknickten Seiten ordentlich aufeinandergelegt. Keine Ahnung, wo er sie hergekriegt hat.

»Hast du irgendwelche Fragen?«, sagt Dr. Block. Wenn Dr. Block mein Gehirn untersuchen und all die Fragen sehen könnte, die ich darin habe, wäre es leichter. Dann würde es eine neue Meldung in den Nachrichten über mich geben. *Weltrekord gebrochen! Kein Gehirn der Welt enthält so viele Fragen wie das von texanischem Mädchen.*

»Sie müssen ihr sagen, dass ich hier war und sie besuchen wollte«, sage ich zu Dr. Block.

»Das mache ich.«

»Sie hat mir doch den Kopf zugedreht, oder?«, frage ich.

Und da ist es wieder, Dr. Blocks mildes Lächeln. »Weißt du, dich macht nicht aus, was mit deiner Mutter geschehen ist.«

Ich lasse den Gedanken in meinem Hirn rumpurzeln, bis er festsitzt wie der Griff an einem Koffer. Ich weiß, dass ich ihn mir immer wieder greifen kann. Ihn fest in meinen Händen spüren werde.

Dr. Block sagt: »Du und ich, wir sind jetzt unter uns. Du kannst mich alles fragen. Mir alles erzählen. Okay?«

»Danke. Sie waren so freundlich«, sage ich. Es klingt reif, so wie ich mir das gedacht hatte. »Glauben Sie, dass ich ihr Angst gemacht habe?«

»Soll ich die Wahrheit sagen? Wahrscheinlich hat sie dich nicht gesehen.«

Na ja, eine Begegnung von Angesicht zu Angesicht mit ihr kann ich wohl nicht haben. Das ist nicht drin. Ich konnte ihr keine Fragen zum Stammbaum-Projekt stellen. Nicht diese eine Gemeinsamkeit entdecken, die wir haben. Du kannst eine Person nicht dazu zwingen, deine Mutter zu sein, wenn sie krank ist. Du musst dich ganz auf dich selbst verlassen. Das dürfte jetzt eigentlich keine Überraschung für mich sein, ist es aber. Die ganze Zeit habe ich gedacht, ich wäre schlecht dran, aber jetzt sehe ich, dass es ihr wahrscheinlich viel schlechter geht.

»Ich habe nur noch eine Frage«, sage ich zu Dr. Block. »Warum kriege ich denn immer nur zwei Karten pro Jahr von ihr?«

»Weißt du, das ist kompliziert. Sie ist ein intelligenter Mensch, aber sie hat das Gefühl, dass sie ihre Familie nie wiedersehen darf. Du musst verstehen, dass ein Mensch mit einer psychischen Erkrankung trotzdem immer noch sehr intelligent ist. Für sie ist es manchmal zu schmerzhaft, zu zerstörerisch, sich zu erinnern, denn sie begreift, dass das, was sie getan hat, unglaublich falsch war. Ich weiß, dass sie sich wünscht, es wäre anders. Auf eine Weise glaubt sie vermutlich, sie beschützt dich.«

Ein paar Minuten sitzen wir schweigend da, und es fühlt sich gut an, so als dürfte ich wieder zu Atem kommen, nachdem ich eine Stunde lang gerannt bin.

»Da ist noch was.«

»Ja.«

»Ich finde, jemand sollte ihr die Haare nach hinten bürsten und sie mit einer Haarspange befestigen. Das würde hübsch aussehen.«

»Ja. Natürlich. Danke für den Vorschlag.« Er schlägt die Akte auf seinem Tisch auf, nimmt den Kugelschreiber aus der Tasche und schreibt es auf. *Haarspange für Jane*. Wenigstens stelle ich mir das so vor.

Zu Weihnachten werde ich ihr eine Haarspange schicken. Vielleicht auch zwei. Lisa und ich können ihr bei *Claire's* welche aussuchen. Kein Pink. Blau. Blau ist ihre Farbe.

»Alles okay mit dir?«

Mein ganzer Körper wird von einem Adrenalinschub erfasst, als ich mich umdrehe und ihn sehe, die Arme sind schon ausgebreitet, seine Augen schwimmen vor Tränen, die nicht fallen. Das haben wir gemeinsam, er und ich. Er schlingt die Arme um mich, hebt mich vom Boden hoch und schwenkt mich herum. Und ich bin es, die weint, nicht er, dabei drücke ich ihn so fest, wie meine Arme nur können.

»Was ich zu dir gesagt habe, tut mir leid«, sage ich zu ihm.

»Mir nicht«, sagt Dad, der nun vor mir kniet. Sein Blick trifft auf meinen und sagt mir, dass alles vergeben ist.

Dr. Block schüttelt die Hand meines Vaters und mein Vater dankt ihm.

Als wir gehen, greift Dr. Block nach dem Stapel Seiten. »Willst du die hierlassen?«

Ich hatte sie ihr geben, ihr erklären wollen, was ich genau meine, ihr Gesicht sehen wollen, während sie sie liest.

»Ja. Ich möchte, dass sie die bekommt.«

»Ehrlich gesagt, ich werde sie vorher lesen müssen. Ist das in Ordnung?« Man sollte meinen, das wäre das Schlimmste, das überhaupt passieren könnte, aber nein, das ist es nicht.

»Okay«, sage ich.

Ein anderes gelbes Taxi wartet am Eingang auf uns. Jetzt gießt es in Strömen. Ich fühle mich leicht. Es ist seltsam, da denkst du, du trägst ein enormes Gewicht, aber du weißt erst, wie schwer es wirklich war, wenn es weg ist.

Dad hält die Hand vor den Mund. Der Kummer ist da. Ich lehne mich an ihn und er streicht mir mit seinen Händen das Haar hinter die Ohren.

»Kann ich dich was fragen?«

»Ja.«

»Was hast du auf Simons Grab gelegt?«

»Eine Seite.«

»Aus dem Buch?«

»Die Stelle, wo Atticus beschreibt, was Mut ist. Was es bedeutet, ihn zu haben.«

Dad sagt, ich bin der mutigste Mensch, dem er je begegnet ist. Seine Worte dringen bis in den geheimen Ort in meinem Inneren ein, an dem ich meine Lieblingswörter aufbewahre.

35. Kapitel

Hier ist noch etwas, das man ganz allein lernen muss. Sobald du eine Sache in deinem Leben geändert hast, kannst du mit weiteren Veränderungen rechnen. Wenn man den ersten Dominostein umkippt, ist das genauso. Die anderen fallen ebenfalls alle der Reihe nach um, sie können gar nicht anders. Wenn du Glück hast, ist dir ganz recht, wie sie landen.

Ich habe Glück.

Ich werde meine Tagebücher noch mal lesen müssen, um zu sehen, wann genau der erste Stein gefallen ist. War es die Karte von meiner Mutter? Oder war es, als ich sie über das grüne Gras hinweg gesehen habe, als der Wind ihr die Haare zurückgeweht hat? Ich glaube, mit Sicherheit weiß ich nur, dass mein Leben sich verändert hat und dass mich das nicht stört.

Ich bin in Houston geblieben, während mein Dad in einer Entgiftungsklinik war. Dann ging's mit meinen Großeltern und Dad zurück nach Garland, wir sind die ganze Strecke ohne Pause gefahren, hat mir aber nichts ausgemacht.

Sobald ich wieder zurück in Garland war, habe ich Pflanze exhumiert (*exhumieren* ist mein neues Lieblingswort) und sie in einen großen neuen Topf gesetzt.

exhumieren
schwaches Verb
(eine Leiche) aufgrund behördlicher Genehmigung oder Anordnung wieder ausgraben

Mrs. Dupree kam rüber, als ich gerade Pflanze goss, und fragte, ob ich ein Stück Apfelkuchen und ein paar von ihren Topfpflanzen haben möchte.

»Ich habe so viele nach Mr. Duprees Beerdigungsfeier, und ich kann mich unmöglich um alle kümmern«, sagte sie. »Wir haben beide ein Händchen für Pflanzen, findest du nicht?«

Am nächsten Tag hing ich mit Charlotte ab, die sich nicht von Christopher hatte lösen können und noch mal mit ihm Schluss machen musste, ehe sie kapierte, dass sein Scheißkerlverhalten eher ein permanenter Defekt als eine vorübergehende Phase war.

In der ersten Woche, in der ich wieder in Garland war, hatte ich Finn kaum gesehen. Er mied sein Zuhause, wegen seiner Mutter, und sagte, er hätte sich zum Lernen in der Bibliothek verschanzt.

Erst heute, als ich wieder mal draußen auf den Baumstumpf geklettert bin, um zu beobachten, wie *Sanchez' Rasenservice* den Rasen von Mr. Gustafson mäht, rede ich mit Finn. Vermutlich war ich so abgelenkt, dass ich gar nicht bemerkt habe, dass er bei uns an der Bordsteinkante hält und sein Fenster runterlässt.

»Warum stehst du eigentlich auf diesem Baumstumpf?«

»Weil es sonst keiner tut«, sage ich und springe runter.

Ich gehe zu seinem Auto und beuge mich durchs Fenster rein. »Gehst du zurück an die Uni mit deiner Freundin, dem Wörterbuch?«

»Ja.«

»Es wird dich freuen zu hören, dass ich völlig, ganz und gar und absolut über dich hinweg bin und nicht mehr für dich schwärme«, lüge ich. »Deshalb kannst du mir ruhig trotzdem Mails und Textnachrichten schicken, weißt du.«

»Das ist gut.«

»Uns wird immer *Der Preis ist heiß* verbinden, das kann uns keiner nehmen.«

»Und Hüte.«

»Und Harper Lee.«

»Apropos Hüte, ich habe was für dich.«

Er reicht mir eine Tüte mit seiner Melone.«

»Bewahr sie für mich auf, okay?«, sagt er, und ich weiß sofort, dass ich sie für immer behalten werde. Ich gönne Lisa ihren ersten echten Kuss. Aber das hier ist besser.

Als er wegfährt, bilde ich lautlos die Worte: *Ich liebe dich immer noch, Finn Reynolds.*

Dann habe ich meinen neuen Lieblingshut aufgesetzt, einen Stein den Plattenweg entlang hüpfen lassen und daran gedacht, Lisa anzurufen und eine Tour ins Einkaufszentrum mit ihr zu planen. Es ist immer noch fast einen Monat hin, bis ich es mit der siebten Klasse aufnehmen muss, und meine Garderobe braucht Aufmerksamkeit. Vielleicht setze ich einfach diesen Hut auf, wenn ich das gefürchtete Familienstammbaum-Projekt präsentiere. Ich bin mir nicht ganz sicher, was mein Projekt beinhalten wird, aber jetzt empfinde ich es einfach nur als lästig, ein Riesenproblem ist es nicht mehr.

Alle, die diesen Sommer die Nachrichten gesehen haben, wissen sowieso schon über meine Mutter Bescheid, also werde ich nur meinen Mut zusammennehmen müssen. Ich kann sagen, dass ich nicht viel über sie weiß und wir uns nicht nahestehen. Der Rest geht die anderen nichts an. Das ist die Wahrheit.

Jetzt gehe ich in die Garage, einen Nagel holen, damit ich Finns Hut in meinem Zimmer aufhängen kann. Und was sagt man dazu? Das Garagentor geht quietschend auf und erschreckt mich fast zu Tode. Ich hasse dieses Haus.

Dad steht mit einem großen Lächeln im Gesicht vor mir.

»Wo sind die Nägel?«, frage ich ihn.

»Wozu brauchst du einen Nagel?«

»Ich will in meinem Zimmer was an die Wand hängen.«

»Häng es doch in dein *neues* Zimmer.«

»Wovon redest du denn?«

Und an dieser Stelle fällt der nächste Stein, das hab selbst ich nicht kommen sehen. Heute Abend beim Abendessen verkündet Dad meinen Großeltern und mir: »Ich habe uns ein Haus in der Harvard Street gekauft. Zwei Querstraßen weiter. Alle Wände sind weiß. Wir können sie anstreichen, wie wir wollen.«

Nun, das hatte ich nicht erwartet.

Er hat mich ganz fest gedrückt und dann während des ganzen Abendessens gelächelt. So viel habe ich ihn noch nie lächeln sehen. Danach habe ich Oma geholfen, die Küche aufzuräumen, in der sie anstelle von einem gewöhnlichen Abendessen Sachen für ein Frühstück gemacht hatte. Ist das nicht eine coole Idee? French Toast, Würstchen in Sirup und frisches Obst. Unsere hässliche Mietshausküche duftet nach Süßem. Ich werde dafür sorgen, dass unsere neue auch gut riecht. Überall werden Topfblumen stehen und Pflanze wird zur Königin aller Pflanzen werden, auf dem Fensterbrett über unserer neuen Spüle.

Als ich in mein Zimmer gehe, finde ich einen ordentlichen Stapel frisch gewaschener Kleidung auf dem Bett vor. Das war meine Großmutter. Sie hat meine Shorts und Shirts gewaschen und alle Kleidungsstücke zu ordentlichen Rechtecken gefaltet. Ich sage mir, dass ich das im neuen Haus auch so machen werde. Meine Wäsche nehme ich immer sofort aus dem Trockner und falte sie ordentlich zusammen, lege sie von hell nach dunkel sortiert in die Schubladen, genauso wie sie alles in ihren Schubladen und ihrem Schrank ordnet. Die Schubladen mit meinen Schminksachen räume ich so ein, dass sie aussehen wie in einer feinen Drogerie, jede Schublade und den Badezimmerschrank lege ich mit parfümiertem Schrankpapier aus, besonders die, in der mein Jahresvorrat an Hygieneprodukten liegt. Oma gefiel meine Idee, in den Großhandel zu gehen und mir die Peinlichkeit zu ersparen, je wieder Dad bitten zu müssen, mir so was zu kaufen.

Ich gehe in die Küche, um mich bei ihr zu bedanken. Sie ist gerade dabei, belegte Brote in Wachspapier zu wickeln. Abgesehen von meiner Großmutter kenne ich niemanden, der so was macht. Es ist seltsam und gleichzeitig wunderbar, das macht aus dem Essen ein für dich ganz persönlich eingewickeltes Geschenk. Ich glaube, so was würde ich auch gern für meine eigenen Kinder machen. Das Bügelbrett hat sie auch rausgeholt. Es gibt Anzeichen dafür, dass sie gerade die Unterwäsche von meinem Dad gebügelt hat. Das ist etwas, das ich ganz bestimmt *nicht* für meine Kinder tun werde.

»Ich freue mich immer auf unsere Besuche«, sagt sie mit ein klein bisschen Traurigkeit in der Stimme. Ich möchte sagen: »Tust du das?« Aber es ist nicht richtig, das infrage zu stellen. »Ich habe mit deinem Vater geredet – und wir sind uns über etwas einig geworden. Oder besser gesagt, ich habe ihn wissen lassen, wie ich das sehe, und jetzt ist er einverstanden. Es ist an der Zeit, dass du dir Ohrlöcher stechen lässt. Er sagt, er bringt dich nächsten Sonnabend hin.«

Sie berührt mich an der Schulter, ihre Hand wandert hoch zu meinen Haaren, und sie klemmt sie hinter mein Ohr. »Kleine Brillantstecker wären hübsch, die passen zu allem.«

Eine Welle von Wärme und Liebe steigt in meiner Brust auf. Ich drücke sie, schmiege mich an sie mit der ganzen Kraft meines neu entdeckten Glücks. Das hat sie nicht erwartet, glaube ich, weil sich ihr Körper nach hinten verbiegt. Sie und ich, wir waren nie liebevoll zueinander. Aber hier sind wir nun, zwei Menschen, die sich in einer Küche umarmen, ganz so, als würde das jeden Tag passieren.

»Du und ich, wir werden deinem Vater ein paar Sachen über Mädchen erzählen müssen. Er erinnert sich an so was nicht immer«, sagt sie.

In meinem Zimmer ziehe ich mir den Schlafanzug an und setze mich aufs Bett. Ich hole jetzt nicht mein falsches Tagebuch hervor. Es ist zu mühsam, damit weiterzumachen – und so was von letztes Schuljahr. Ich nehme mein grünes Aufsatzheft und schlage eine saubere weiße Seite auf. Tausendundeinen Gedanken möchte ich aufschreiben, einige davon nur für mich, einen Brief an Atticus. Und einen Brief an Mr. Wistler, in dem vielleicht einfach nur stehen muss: *Danke, dass Sie der beste Lehrer aller Zeiten sind.* Aber die Wörter wollen im Moment nicht von meinem Hirn in meine Hand fließen.

Ich denke immerzu daran, wie schnell dieser Sommer vergangen ist, und ich möchte ihn jetzt abbremsen. Auf Pause drücken, zurückspulen und Teile davon noch mal abspielen. Den Moment, in dem meine verlorenen Seiten in den Bäumen hängen geblieben sind. Wie ihr die Haare am Gesicht runterhingen. Die Risse von Traurigkeit im Herzen meines Vaters. Der Junge mit den tausend Wörtern, der seinem Vater zu ähnlich sieht. Ich mit einem Pillbox-Hut, wie ich komme und gehe. Die Hände einer Frau, die Teig für einen Apfelkuchen ausrollen. Und ein altes Buch, das, immer wenn ich es aufschlage, mehr wie ein alter Freund und doch irgendwie neu ist.

Ich bin erschöpft, deshalb klappe ich das Heft zu. Ich weiß, ich werde nicht vergessen, Atticus später zu erzählen, dass Mrs. Dupree ihr altes Exemplar von *The Gray Ghost* gefunden hat, eine Geschichte, die er Scout vorgelesen hat. Wir werden sie gemeinsam lesen. Es ist albern, so was zu denken, aber das würde ihm gefallen.

Dad schiebt meine Tür ein kleines bisschen auf und kommt in mein Zimmer. »So, hoffentlich bist du froh über den Umzug«, sagt er.

»Ja.«

Er setzt sich auf die Bettkante.

»Gut.«

»Hast du gewusst, dass Oma deine Unterwäsche bügelt?«, frage ich.

Er nickt und lächelt.

»Das ist so verkorkst«, sage ich. »Dagegen musst du was unternehmen.«

Er zieht mir die Bettdecke hoch bis unters Kinn.

»Tja, was soll ich sagen, irgendwie müssen wir alle mit den Unzulänglichkeiten unserer Eltern überleben, mit gebügelter Unterwäsche und so weiter.«

»Aber wenn PBroom das nun sieht? Wie würdest du diese Peinlichkeit überleben?«

Er streckt beide Hände aus. »Da ist der Elternteil, den du willst, und das der Elternteil, den du hast. Wenn du Glück hast, ist es manchmal ein und dieselbe Person.«

Na, und ich dachte, wir hätten gar keine Gemeinsamkeit. Aber wie leicht vergisst man, dass Eltern auch die Kinder von jemandem sind.

»Erzähl mir, wie sie dich sonst noch in Verlegenheit gebracht hat.«

»Das würde die ganze Nacht dauern«, sagt er. »Morgen dann.«

Er küsst mich auf den Kopf und macht das Licht aus. Morgen, wenn wir aufwachen, werden wir weiterreden, das weiß ich.

Danksagung

Jeder Autor braucht ein Team von inspirierenden, schlauen und Mut machenden Leuten hinter sich. Ich habe das Glück, so ein Team zu haben. Den folgenden Menschen bin ich zutiefst dankbar. Meiner Agentin Julia Kenny, für ihre Weisheit, ihren Rat, ihren Einsatz – und dafür, dass sie meine Träume Wirklichkeit werden lässt. Meiner brillanten Lektorin Bethany Strout, für ihre Begabung, Anmut und gute Laune. Besonderer Dank gilt Alvina Ling und allen bei Little, Brown. Ich glaube, das ist das beste Team in der Verlagslandschaft.

Mein Dank gilt meinen wunderbaren Freunden und Freundinnen, die mich unterstützen: Kathryn Casey, Mylene Clark, Dave Diotalevi, Robin Gage, Cheryl Haase, Cathy Heape, Anne Hunter, Julie, Mark und Katie Neinast, Jenny Wingfield, Sandra und Eldon Youngblood und ganz besonders Amy Hazell. Jeder von euch ist ein wahrer Segen für mich.

An Kathy Patrick und alle wunderschönen Pulpwood Queens: Danke, dass ihr die besten Freunde für ein Buch seid.

In Erinnerung an meinen Englischlehrer in der sechsten Klasse, den Autor G. Clifton Wisler. Manchmal kann die Gegenwart eines passionierten Lehrers als Inspiration für den Rest des Lebens ausreichen.

Und zum Schluss danke ich meiner Familie dafür, dass sie mir die Liebe und viel Platz zum Kreativsein gegeben hat. Allen voran Matt, der immer geglaubt, immer ermutigt hat. Ich liebe dich. Dank an Dad und Kathy, weil sie mich lieben und mir Brownies schenken. Und Chloe und Molly, die mein Herz zum Lächeln bringen.

Autorin

KAREN HARRINGTON ist begeisterte Kaffeetrinkerin, Mutter, Hundeliebhaberin und Buchsammlerin. Sie schreibt Geschichten, seit sie denken kann. Inzwischen hat sie ihren Traumjob gefunden und ist hauptberufliche Autorin. Sie lebt mit ihrem Mann und ihren beiden Töchtern in Texas.

Von Karen Harrington ist bei cbj erschienen:
Komm, lass uns die Welt ändern, gleich morgen (16550)

Übersetzerin

CATRIN FRISCHER, im Herzen Schleswig-Holsteins geboren, hat viele Jahre in Hamburg gelernt, gelebt, gelacht und viel gearbeitet. Nun haust sie mit mehrbeinigen Gefährten auf einem Deich, guckt in den Himmel und über die Wiesen, spinnt Wolle und Wörter, backt eigenes Brot – oder steigt in die Buchstabenminen, um dort Geschichten aus einer fremden in die eigene Sprache zu übertragen.

Mehr über cbj auf Instagram unter @hey_reader

Karen Harrington

Komm, lass uns die Welt ändern, gleich morgen

320 Seiten, ISBN 978-3-570-16550-8

Die 12-jährige Mysti Murphy wäre am liebsten eine Figur aus einem Buch. Dann wüsste sie mit magischer Leichtigkeit, was man tut, wenn einen der beste Freund plötzlich offiziell ignoriert. Und wie durch Zauberei hätte sie eine Lösung für das große Geheimnis ihrer Familie: dass ihre Mutter seit Jahren das Haus nicht verlassen hat. Aber so muss sie im wahren Leben herausfinden, wo sich echte Freunde finden und wie man verdammt mutig sein kann – indem man seine ganz eigene Geschichte schreibt.

20322

cbj

www.cbj-verlag.de

Lynda Mullaly Hunt
Wie ein Fisch im Baum

ca. 288 Seiten, ISBN 978-3-570-16420-4

Ally ist elf Jahre alt und eine Einzelgängerin. An der Schule ist sie als Freak bekannt und den Lehrern ein Dorn im Auge. Dabei geht es Ally nur um eins: Um jeden Preis ihr Geheimnis zu wahren – sie kann weder lesen noch schreiben. Da kommt ein neuer Lehrer in die Klasse, Mr. Daniels. Im Gegensatz zu seinen Vorgängern beobachtet er Ally genau und findet bald heraus, dass Ally an einer Lese-Rechtschreibschwäche leidet und gleichzeitig hochintelligent ist. Langsam lernt Ally, ihm zu vertrauen und schließt nebenbei Freundschaft mit zwei anderen Außenseitern. Gemeinsam widersetzen sie sich mutig dem Mobbing ...